KB113818

용마검전

FANTASY FRONTIER SPIRIT

김재한 판타지 장편 소설

용마검전 9

김재한 판타지 장편 소설

초판 1쇄 찍은 날 § 2015년 4월 3일
초판 1쇄 펴낸 날 § 2015년 4월 10일

지은이 § 김재한
펴낸이 § 서경석

편집부장 § 권태완
편집책임 § 박은정
디자인 § 신현아

펴낸곳 § 도서출판 청어람
등록번호 § 제387-1999-000006호
등록일자 § 1999. 5. 31
어람번호 § 제1-2093호

주소 § 경기도 부천시 원미구 부일로 483번길 40 서경B/D 3F (우) 420-822
전화 § 032-656-4452 팩스 § 032-656-4453
http://www.chungeoram.com
E-mail § chungeorambook@daum.net

ISBN 979-11-04-90184-3 04810
ISBN 979-11-316-9234-9 (세트)

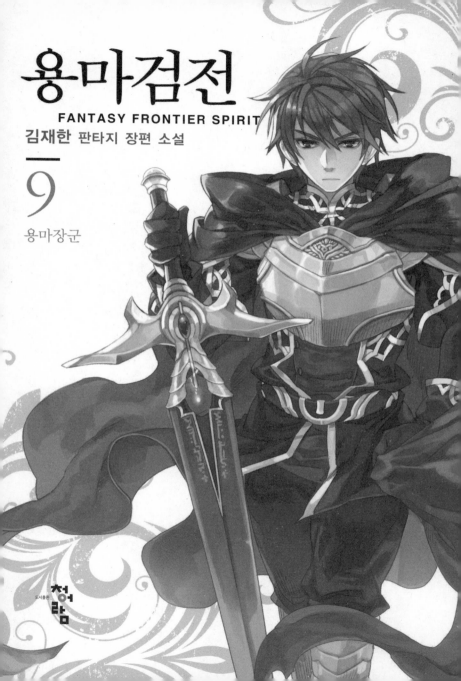

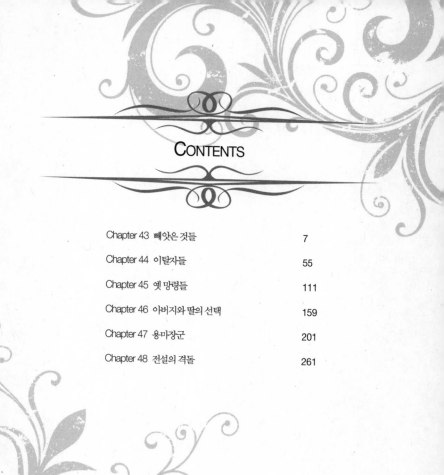

CONTENTS

龍魔
劍展

1

신을 믿는 자들은 기다리고 있었다. 신이 현세에 기적으로 스스로를 증명해 주기를.

세상에는 사람들이 섬기는 많은 신의 이름이 있었다. 그 신들이 실제로 존재하는지는 알 수 없다. 신이 기적으로 자신을 증명하는 것은, 지금 시대에는 그저 오래된 역사 혹은 신화의 한 페이지였을 뿐이니까.

그러나 단 하나, 예외가 되는 신이 있었다.

"왕이시여……."

그 순간, 온 대륙의 용마왕 숭배자들은 보았다.

대지로부터 저 하늘 끝까지 뻗어 나간 어둠의 기둥을.

"마침내 그날이 왔도다……."

그것은 모든 인간에게 보이지는 않았다. 그러나 모든 용마왕 숭배자에게는 보였다.

아무리 멀리 떨어져 있어도, 기상이나 지형 때문에 시야가 제약된다고 하더라도…….

용마왕 숭배자는 누구나 그것을 볼 수 있었다. 그리고 본능적으로 알았다.

그들에게 전해진 예언대로, 용마왕 아테인이 죽음으로부터 돌아왔다는 것을.

2

"정말로 되살아났군, 아테인."

대륙의 동쪽 땅에서 거대한 용이 중얼거렸다. 최초로 용살의 의식을 이겨내고 지혜를 얻은 용, 아발탄이었다.

"흠. 과연 그가 무엇을 하려는지 모르겠군요. 또다시 세상을 정복해서 바꾸려고 할까요?"

그렇게 물은 것은 검푸른 비늘과 전체적으로 길쭉하고 매끈한 체형을 가진 용이었다. 물의 힘을 자유자재로 다룬다고 알려진 수룡이다. 아발탄보다는 훨씬 덩치가 작은, 상식적인 용의 덩치를 지닌 그는 아발탄 다음으로 지혜를 얻은 용 리벤탄이라고 했다.

아발탄이 말했다.

"분명한 건 이번에도 뭔가 거창한 일을 하려고 할 거라는 것뿐이다."

"그런 말은 누구나 할 수 있겠습니다."

아발탄에게 핀잔을 준 리벤탄이 고개를 돌렸다.

아발탄의 처소로 통하는 입구 쪽에서 한 용마족 청년이 걸어오고 있었다. 부스스하지만 눈에 확 띄는 청백색 머리칼, 산양의 그것과 닮은 회백색의 뿔과 녹색의 눈동자를 지닌 그는 용혼의 창시자인 1세대 용마족 레슈였다.

그가 자신의 앞으로 다가오자 아발탄이 물었다.

"떠날 생각이냐?"

"응. 아테인이 부르고 있어."

레슈와 아테인이 마지막으로 만난 것은 대암흑 말기, 현자로 알려졌던 바이언이 신전의 추악한 의도로 인해서 암살당했을 때였다.

바이언은 아테인의 전생체였고, 그 생의 끝에서 아테인이 깨어나서 미련을 정리했다. 그리고 바이언의 생전에 정체를 감추고 그를 지켜주었던 레슈를 찾아와서 자신의 뜻에 동참해 줄 것을 부탁했다.

인간 세상에 넘쳐나는 비극에 넌더리를 내고 있던 레슈는 그 제안을 받아들였다. 아테인이라면 그 문제를 해결할 수 있을지도 모른다는 믿음을 품었기에.

아발탄이 말했다.

"다음에 볼 때는 적일지도 모르겠구나."

"그럴지도 모르지. 만약 그렇게 된다면… 봐주진 않을 거야."

"무섭구나. 레슈, 정말 네 선택이 옳다고 믿느냐?"

아발탄의 물음에 레슈는 잠시 생각하다가 고개를 저었다.

"…모르겠어."

"그런데도 군이 그를 도우려고 하느냐? 만약 그 선택이 잘못된 것이라면 감당할 수 없는 사태가 발생할 텐데."

"난 말이지, 이 숲이 좋아."

레슈가 빙긋 웃었다.

아발탄은 인간이 패권을 쥔 세상에서 멸망을 향해 가는 약자들을 지키기 위해 아발탄 숲을 마경(魔境)으로 만들었다.

자연의 법칙은 약육강식, 강자가 약자를 잡아먹고 세상을 지배하는 것은 당연한 이치다.

그러나 모든 일에는 정도와 균형이 필요한 법. 인류의 탐욕이 그 자신들이 절제하지 못할 정도로 크다면 누군가는 그들의 손으로 황혼으로 내몰린 약자들에게 생존을 보장할 울타리가 되어줘야 한다.

그런 의도로 만들어진 아발탄 숲은 바깥세상에 비하면 원시적이고 야만적이었다. 그 안에서는 약육강식의 법칙에 의거, 폭력으로 자신들의 가치를 증명하고 권리를 쟁취하는 것을 당연시한다.

그래도 레슈는 이 숲이 좋았다. 비록 야만적이기는 하나 그들은 지켜야 할 법도와 명예를 아는 자들이었기에.

"하지만 영감님이 만든 새장은 내가 원하는 답은 아니야. 지금까지 살면서 아직 답을 구하지 못했으니, 그 답을 찾아낼 수 있을지도 모르는 녀석에게 걸어볼 수밖에."

그 결과 자신이 사랑하던 고향을 적대하게 된다고 하더라도, 레슈는 이 기회를 놓치고 싶지 않았다.

문득 아발탄이 말했다.

"아젤과는 필연적으로 싸우게 되겠구나."

"아마 그렇게 되겠지. 유감스럽지만……."

전에 아젤과 이야기할 때는 그와 적대하는 것이 확정되지 않은 일처럼 이야기했다. 하지만 사실은 그때 이미 알고 있었다.

아젤은 아테인을 용서하지 않을 것이다.

그저 그 자리에서 레슈와 담판을 짓고 싶지 않다는 망설임, 그리고 혼란 때문에 그 사실을 확실히 하지 않은 것뿐이다. 아젤이 아테인과 적대한다면, 필연적으로 레슈하고도 싸우게 되리라.

"감수해야 할 일이지."

레슈는 이미 각오를 굳히고 있었다. 고향인 아발탄 숲을, 친구인 아젤을 적으로 돌리더라도 이 선택을 철회하지 않을 것이다.

"그럼 이만. 부디 영감님하고는 적으로 만나지 않았으면 좋겠어. 내가 정할 일은 아니지만."

레슈는 짧은 인사를 끝으로 떠나갔다.

3

아테인은 눈을 떴다.

그를 감쌌던 어둠이 흩어지면서 시야가 트였다. 긴 잠을 자고 일어난 것처럼 몽롱한 기분으로 아테인은 세상을 바라보았다.

"아름답군."

참으로 공감하기 어려운 감상이었다.

주변에는 온통 황폐한 풍경이 펼쳐져 있었다. 얼마 전까지만 해도 울창한 숲이었건만 지금은 거대한 파괴의 흔적만이 남아 있을 뿐이다. 어딜 둘러봐도 온통 부서진 것들, 무참하게 꺾인 나무와 부서진 암석과 흉측하게 파헤쳐진 대지 같은 것들만 보인다.

그러나 아테인은 마치 홀린 듯이 그 풍경을 바라보며 말했다.

"여전히 아름다워."

그의 시선이 하늘로 향했다. 하늘 역시 그의 말과 어울리지 않기는 마찬가지였다. 흐린 하늘은 보기만 해도 기분이 우울해질 것 같았다.

하지만 아테인의 눈에는 그 모든 것이 눈부시게 아름다워 보였다. 죽음의 세계에서는 느낄 수 없었던 생생한 세계의 감각. 오랜 시간 동안 전생체들의 삶을 한 발짝 물러난 곳에서 바라보았지만, 직접 자신의 육체로 대지를 걸으며 공기를 호흡하는 느낌은 그때와는 비교도 할 수 없을 정도의 감동을 불러일으켰다.

문득 누군가의 목소리가 들려왔다.

〈…너무 오랫동안 죽어 있어서 정신이 이상해진 거 아닐까?〉

"폐하께 무슨 무례한 소리를."

〈정말 왕인지 어떻게 알아? 일단 확인해 볼 때까지는 왕에게 지켜야 할 예의 문제로 나를 귀찮게 굴지 말라고.〉

"예전에도 별로 잘 지키진 않았지."

〈말투만큼은 깍듯했던 것 같은데.〉

"네 기억은 아주 심각하게 왜곡되어 있군. 하긴 불사체가 되기 전부터 그랬지."

레이거스와 알마릭이었다. 둘은 황폐한 풍경 속에서 아테인을 기다리고 있었던 것이다.

아테인이 그들을 보며 빙긋 웃었다.

"레이거스, 알마릭, 내 오랜 벗들이여. 다시 보게 되어 반갑군. 혹시 내 육신이 이곳에서 완전히 나로 거듭날 때까지 얼마나 시간이 흘렀는가?"

"막 100시간이 넘은 참입니다."

정중하게 대답한 것은 알마릭이었다. 아테인이 조금 눈을 크게 떴다.

"그렇게나? 계산대로라면 불과 30분 남짓이었을 텐데, 죽음을 각오한 인간의 의지는 정말로 강하군."

〈유렌 리제스터 말인가?〉

"그래, 내 마지막 전생체. 강한 의지를 지닌 인간이었지."

레이거스의 물음에 아테인이 고개를 끄덕였다.

긴 잠에서 깨어나기 전까지 그는 인도자로서 유렌 리제스터의 생애를 지켜보고 있었다.

유렌을 통해서 그는 많은 것을 알았다. 자신을 신격화한 용마왕 숭배자들이 어떤 광기를 낳았는지, 그리고 거기에 사로잡힌 인간이 어떻게 변하는지.

그 광기의 주박으로부터 풀려난 인간이 품는 결의가 얼마나 눈부신지까지도.

"기대와 우려, 양쪽을 다 뛰어넘었어. 그의 마지막 발버둥 탓에 시작부터 심각한 손해를 보고 시작하겠군."

"손해라니 어떤……?"

"100시간."

아테인이 말했다.

"원래 예정된 대로라면 내 각성은 30분 안에 끝났을 것이다. 모든 것은 준비되어 있었고 마무리만이 남았지."

그런데 유렌이 훼방을 놓았다. 아직 숨이 붙어 있는 동안 아테인의 기억 속에 있는 비술을 이용, 그의 부활을 최대한 늦춰놓았던 것이다.

그 결과 아테인은 부활까지 100시간을 소모해야 했고, 레이거스와 알마릭은 혹시 모를 사태를 대비해서 그의 곁을 지키느라 발이 묶였다.

"대단한 일이다. 만약 이 방해가 없었다면 나는 부활과 동시에 해야 할 일의 절반은 마칠 수 있었을 것이다. 아젤 카르자크를 손에 넣고, 그 일행을 말살하는 것을 시작으로."

아젤 카르자크는 한 번 아테인을 죽였던 인간이다. 기나긴 아테인의 삶에서 불멸에 이르지 않은, 한낱 인간의 몸으로 자신을 뛰어넘은 존재는 처음이었다.

그냥 놔두기에는 너무 위험하다. 어떻게든 제압해서 손에 넣거나 정 여의치 않을 경우 죽여야 했다.

알마릭이 이해할 수 없다는 듯 물었다.

"하지만 과거의 폐하께서는 우리에게 그들을 죽이지 말라고 했습니다만?"

과거의 아테인은 아젤을 제압해서 위대한 어둠에 종속시키되 그 일행은 되도록 살려놓기를 원했다. 그런데 부활한 아테인은 그들을 죽였어야 했다고 말하니 혼란스럽다.

아테인이 미소 지었다.

"어쩔 수 없는 일이지. 과거의 나는 현세의 나를 판단할 수 없었으니까. 자칫 실수해서 일이 틀어질 수도 있기 때문에, 무조건 달성해야 하는 목표 말고는 되도록 상황을 바꾸지 않는다는 지침을 내려두었다."

그래서 과거의 아테인은 아젤을 제압하는 것 말고는 다른 상황은 최대한 건드리지 않고 그대로 두려고 했다. 세세한 지시를 내릴 수 있었다면 좋았겠지만 아테인이 마음대로 의식을 교류할 수 있는 것은 전생체뿐이었다.

"하지만 그 또한 내가 자초한 일이니 감내해야겠지. 성공적으로 죽음을 극복한 것만으로도 감사할 일이다. 더 많은 축복이 주어지길 바라는 것은 사치일 뿐."

"흠. 폐하께서 부활한 이상 시간문제일 뿐입니다. 아젤이 위험한 존재라는 것은 인정하지만……."

"그렇지 않다, 알마릭."

아테인이 고개를 저었다.

"세상을 미워할 각오를 한 자는 세상의 미움을 받을 각오를 해야 하는 법. 아젤 카르자크, 그자야말로 세상이 나를 막기 위해 벼려낸 미움의 칼이다."

아젤의 전투 능력은 그저 재능이 충만해서, 열심히 노력했기 때문에 도달할 수 있는 수준을 아득히 뛰어넘었다. 그가 불과 20대 중반에 세계의 정점에 도달한 것은 온갖 특별한 경험이 더해졌기 때문이다.

그 재능을 극대화할 특별한 스승들을 만나고, 강적들과의 싸움에서 살아남아 그다음을 바라볼 기회를 얻고, 그를 믿고 미래의 희망을 맡긴 동료들로부터 탁월한 용마기들을 계승받았다. 아테인은 아젤이야말로 시대의 선택을 받은 인간이라고 생각했다.

"이 경험을 고스란히 가진 채로 그때로 돌아가서 다시 한 번 싸운다 하더라도 승리를 장담할 수 없다. 이번에는 서로 그때와는 다른 상태로 싸우게 되겠지만… 시작도 해보기 전에 너무 많은 것을 빼앗겼군. 대체품을 찾으려면 애를 먹겠어."

"무슨 말씀이신지 모르겠습니다만."

알마릭이 의아해했다. 아테인이 쓴웃음을 지었다.

"유렌 리제스터의 발버둥은 내 부활을 100시간 늦추는 것에 그치지 않았느니. 그는 내게서 아주 소중한 것을 빼앗아갔다."

"무엇을 말입니까?"

"그것은⋯⋯."

4

유렌의 희생으로 아젤 일행은 죽음의 위기에서 벗어나서 재정비할 시간을 얻을 수 있었다. 아젤뿐만 아니라 카이렌과 레티시아도 중상을 입은 상황에서는 실로 천금 같은 행운이었다.

일행은 최대한 멀리, 공허의 길 거점이 없는 곳을 골라서 피신했다. 그리고 수호그림자 조직원들의 도움으로 은신처를 구하고 치유술사들을 불러서 부상을 치료했다.

"아테인이 부활했다⋯⋯."

문득 아젤이 중얼거렸다.

느껴진다. 먼 곳에서 솟구치던 장대한 어둠이 사그라지는 것이.

그리고 아젤의 숙적, 세계를 바꿀 힘을 가진 최초이자 궁극의 마법사가 긴 죽음의 잠에서 깨어난 것이.

라우라가 대꾸했다.

"느껴져."

비록 배신자의 신분이기는 했지만 그녀는 어둠의 설원의 고위 간부였다. 과거에 위대한 어둠과 연결되어 있던 흔적이 그녀에게 아테인의 부활을 알려주었다.

아젤이 말했다.

"유렌에게는 아무리 감사해도 모자랄 판이야. 우리에게 이만큼이나 많은 시간을 주다니."

유렌은 아테인의 부활을 100시간이나 늦춰 놓았다. 일자로 보면 나흘. 그 시간이 없었다면 일행은 지금쯤 아테인 일행에게 추격당해서 몰살당했을지도 모르는 일이다.

거기에 더해서 유렌은 더 이상 비탄의 잔이 추격당하지 않도록 위대한 어둠과의 연결 고리를 차단했다. 이제 알마릭은 더 이상 비탄의 잔의 위치를 알 수 없으며, 설령 라우라가 죽는다 하더라도 비탄의 잔은 위대한 어둠으로 돌아가지 않는다.

그런 조치를 취한 유렌은 한정된 시간을 이용해서 많은 이야기를 해주었다.

왜 아테인이 아젤을 손에 넣고자 하는지, 아테인의 진정한 목적이 무엇인지, 그리고 부활한 그가 무엇을 할 수 있는지까지도……

그 정보는 일행에게 깊은 공포를 안겨주었다.

비록 대군세가 전쟁을 벌이는 상황에서 전술적으로 궁지에 몰려서 아젤과 일대일 대결을 벌이게 되었고, 패하기는 했지만 아테인의 저력은 무궁무진하다. 그리고 강력한 마법사의 저력은 일대일의 승부보다는 광범위한 상황에 개입할 때 극대화되는 법이다.

용마전쟁 때 인간 연합군도 그것을 뼈저리게 알고 있었다. 그렇기에 어떻게든 아테인을 전장에서 따로 분리해서 아젤과 일대일 싸움으로 묶어두려고 했던 것이 아닌가?

"만약 아젤, 당신과 왕이 일대일로 싸운다면……."

문득 라우라가 물었다.

"승률은?"

"반반이야."

아젤은 생각할 것도 없다는 듯 대답했다.

지금의 아젤은 종합적인 전투 능력 면에서 전성기 수준을 회복했다. 여덟 개의 생명의 고리를 듀얼 밴딩함으로써 얻은 무지막지한 용마력은 아젤로 하여금 이전까지 안고 있던 한계를 뛰어넘을 수 있는 여력을 제공했고 그것은 잃어버린 용마기들의 공백을 채우고도 남았다.

라우라가 고개를 갸웃했다.

"두 개의 용마기를 빼앗아 왔는데도?"

유렌은 그들에게 너무나도 큰 선물을, 동시에 아테인에게는 끔찍할 정도의 피해를 안겨주었다.

바로 아테인의 용마기 두 개를 강탈해서 아젤에게 계승해 준 것이다.

낙원의 낙인과 백염의 불사조.

과거의 아테인과 격전을 벌이는 와중에 그로부터 자신이 반드시 빼앗아야 한다고 판단한 두 개의 용마기를 강탈하는 데 성공했다. 이것은 정말로 감탄스러운 위업이었다.

낙원의 낙인은 아테인이 최후의 아르프, 레제노르의 권능을 해석하는 과정에서 만들어낸 용마기였다. 이 용마기는 국지적으로 시간을 조작할 수 있는 어마어마한 권능이 내재되어 있었다.

"하지만 아테인은 이 용마기가 없이도 시간을 조작할 수 있어. 그저 스스로의 마법으로 같은 효과를 얻어야 하기 때문에 부담을 져야 한다 뿐이지. 그리고 내가 낙원의 낙인을 어떻게 활용할지 충분히 상상할 수 있다는 점도 고려해야겠지."

아젤의 전력은 강화되었고 아테인의 전력이 약화된 것은 분명하다. 하지만 서로가 그에 대해 알고 있는 이상 다룰 수 있는 패에 변화가 생겼을 뿐, 허를 찌르는 비밀병기로 활용할 수는 없었다.

"백염의 불사조를 빼앗은 것은, 사실 일대일 대결에서는 큰 의미가 없어. 어디까지나 전략적인 이득이지."

백염의 불사조는 울부짖는 불새와 마찬가지로 일단 초래하고 나면 단독으로 전투 수행이 가능한 용마기다. 또한 이것은 사용자가 계속 정신을 집중하지 않아도 유지되며 다수의 인원을 태우고 초고속으로 이동 가능하다는 장점이 있다.

이것은 아테인이 잃었을 때의 손해보다는 아젤 일행이 얻었을 때의 이점이 큰 용마기다. 유렌은 애당초 울부짖는 불새를 가진 아젤이 아닌 다른 사람이 이 용마기를 갖기를 바라면서 강탈했다.

아젤이 말했다.

"어쨌거나 놈이 세상을 흔들기 전에 죽여야 해."

"하지만 어떻게?"

"……"

라우라의 물음에 아젤이 입을 다물었다.

부활한 아테인이 혼자라면 모를까, 용마왕 숭배자라는 세력을 거느리고 있는 한 그것은 정말로 어려운 일이다.

아젤이 전성기 수준의 전투 능력을 회복했고, 동료들도 용마전쟁 당시에도 이름을 떨칠 정도로 강력하지만 거대한 집단을 상대로 소수 정예가 할 수 있는 일에는 한계가 명확하다.

아젤이 한숨을 쉬었다.

"방법을 찾아야지. 그 부분은 우리의 공작님께 맡기기로 하고……"

아젤은 용마전쟁 때도 앞장서서 싸우는 자였지 전략을 구상하는 자가 아니었다. 아젤이라는 명검의 위력을 극대화하여 휘둘러 줄 이들이 필요했고, 용마전쟁 때는 칼로스를 비롯하여 그런 이가 많았다.

지금은 카이렌이 그 역할을 담당하고 있다. 어둠의 설원으로 하여금 수성전을 하도록 몰아넣었던 것처럼, 아테인을 상대할 전략이 필요했다.

"나는 아테인의 목을 벨 칼을 완성해야겠지."

최후의 대화에서 아젤과 칼로스는 같은 결론을 내렸다.

극멸을 보다 자유자재로 일으킬 수 있어야 한다.

현시점에서 아젤은 오로지 광검해를 통해서만 극멸을 일으킬 수 있었다. 그리고 궁극의 기술인 광검해를 구현하기 위해서는 너무 큰 부담을 져야 했다.

좀 더 쉽고 빠르게 극멸을 구현할 방법을 찾아야 한다. 그것이 아테인과의 싸움에서 승리할 열쇠가 되어줄 것이다.

심지어 아테인조차도 행동으로 그 사실을 증명해 주고 있었다.

유렌은 말했다.

"아젤, 아테인이 너를 죽이지 않고 손에 넣으려고 하는 것은 극멸 때문이야."

더 정확히 말하자면 하늘을 가르는 검과 극멸, 두 가지 때문이다.

칼로스가 경탄했던 것처럼 하늘을 가르는 검은 현세의 이치를 초월한 용마기였다. 물질을 광화하고 빛을 물질화하는 것이 가능한, 실체와 비실체를 자유자재로 넘나드는 이 용마기의 권능은 결국 극멸이라는 현상에 도달했고 그것은 아테인에게 경악을 안겨주었다.

그것은 아테인이 지금껏 불가능하다고 결론지어 놓고 있던 문제를 해결할 수 있는 답이었다. 아테인은 세계의 섭리를 바꾸고자 하는 자로서 아젤이 이끌어낸 가능성을 반드시 손에 넣을 필요가 있다고 여겼다.

"하지만 아테인이 이미 극멸이라는 현상이 존재함을 인식한 이상, 재현은 시간문제일 뿐. 그렇게 생각하지 않으면 또 어떤 식으로 뒤통수를 맞을지 알 수 없어."

칼로스가 죽은 이상 현시점에서 극멸을 일으킬 수 있는 것은 아젤뿐이다. 하지만 이 우위가 영원히 계속되리란 보장은 없다.

아테인은 수차례에 걸쳐 세계의 섭리마저 바꿨던 궁극의 마법사. 언젠가는 극멸을 이해하고 재현할 수 있게 될 것이다. 그것뿐이면 다행이지만 극멸을 방어할 수 있는 방법을 개발한다면 아젤 일행에게는 악몽이 될 것이다.

"그전에 끝내야 해. 극멸이 놈에게 치명적인 위협인 동안에."

5

유렌의 죽음은 아젤 일행에게 돌이킬 수 없는 손실이었다. 그가 일행에게 남겨준 것들의 가치는 컸지만, 그의 빈자리를 대신할 수는 없었다.

그래서 아리에타는 막중한 책임감을 느꼈다.

누구도 그녀에게 강요하지 않았다. 하지만 그녀는 자신이 이제까지 별 도움이 되지 못했다는 사실에 낙심하고 있었다.

만약 자신이 일찌감치 용혼을 각성했더라면 유렌이 죽은 그날의 전투도 다른 결과를 얻을 수 있지 않았을까?

그런 생각을 이야기하자 레티시아가 말했다.

"쓸데없는 생각을 하는군."

"역시 그런가?"

가차 없는 대답에 아리에타가 힘없이 웃었다. 레티시아가 그녀를 잠시 바라보다가 말했다.

"기적을 일으키지 못했다고 해서 스스로를 탓하는 것은… 어리석다 못해 오만한 일이야. 사람에게는 할 수 있는 일과 할 수 없는 일이 있지. 기대는 늘 할 수 있는 일에 대해서만 해야 해. 특히 생사가 걸린 싸움에 임하는 자로서는 더더욱."

"……."

"유렌이 이 자리에 있었어도 그렇게 말했을 거다. 아마 나보다는 장황하게 말했겠지만."

"장황한 게 아니라 상냥하게 말해줬을 것 같은데."

"가식을 사랑하는 사람들은 그런 식으로 포장하기도 하더군."

그 말에 아리에타가 웃어버렸다. 이번에는 유쾌한 웃음소리였다.

레티시아가 말했다.

"난 솔직히 아리에타, 당신이 곧바로 그런 결정을 내린 것에 놀랐다. 용혼에 미련은 없었나?"

"없었다고 말하면 거짓말이겠지. 하지만 언제 각성할지 알 수 없는 용혼에 매달리기보다는 당장 적이 덮쳐오더라도 써먹을 수 있는 용마기를 선택하는 쪽이 옳다고 보았다."

아리에타는 용혼을 포기하고 용마기 보유자가 되었다.

유렌이 아테인에게서 강탈해 준 두 개의 용마기 중 백염의 불사조는 아젤이 갖고 있을 이유가 없었다. 울부짖는 불새와 기능이 겹치는데다가, 일행 두 사람이 나눠 갖고 있는 쪽이 활용도가 훨씬 올라가니까.

그래서 한쪽을 아리에타가 계승받았다. 그녀는 아젤이 제안했을 때 즉시 승낙해서 일행들을 놀라게 했다. 카이렌이 너무 아깝지 않냐고 만류했을 정도였다.

하지만 그녀의 결의는 확고했다.

"유렌이 귀중한 시간을 벌어주었지만 언제 적들이 우리를 덮쳐올지 모릅니다. 스승님과 아젤, 레티시아가 중상을 입은 지금 당장에라도 우리를 지킬 힘을 갖춰야 합니다."

이제 일행에게는 느긋하게 미래를 기약할 시간이 없었다. 아리에타는 그 사실을 잘 이해하고 결단을 내렸다.

하지만 그녀에게도 아젤의 결정은 의외였다.

아젤은 백염의 불사조가 아니라 울부짖는 불새를 아리에타에게 계승해 주었다. 모두들 놀랐지만, 아젤은 명쾌한 이유를 들었다.

"공주님이 마법사였다면 백염의 불사조를 드렸을 겁니다. 하지만 공주님은 스피릿 오더 수련자고, 그러니 울부짖는 불새와 더 잘 맞겠지요."

사실 울부짖는 불새 역시 마법사가 만들어낸 용마기였다. 그러나 아젤이 계승받아서 사용하는 동안 지속적으로 스피릿 오더 수련자가 쓰기 좋도록 조정되었다.

그에 비해 백염의 불사조는 아테인의 용마기니 당연히 마법사에게 맞춰져 있었다. 아젤이라면 비탄의 잔을 다뤘을 때처럼 그 잠재능력을 충분한 선까지 끌어낼 수 있을 것이고, 과거의 경험에 비추어 자신에게 맞게 조정해 가기도 쉽겠지만 아리에타는 그렇지 않을 것이다.

그래서 아젤은 울부짖는 불새를 아리에타에게 계승해 주었다. 죽은 전우에게 받은 미래의 희망이며, 오랜 시간 동안 함께 해 왔던 용마기이기에 상실감도 컸지만 아젤은 올바른 결단을 내렸다.

"용마기는 단순한 도구가 아닙니다. 비록 타인이 버려낸 것일지언정 계승받은 그 순간부터 자기 영혼의 분신으로 여겨야 합니다. 일단은 질리도록 써보세요. 거기서부터 시작입니다."

아리에타는 그 가르침을 충실히 따랐다. 학습 능력이 뛰어난 그녀는 며칠간의 훈련을 통해서 용마기를 쓰는 감각을 체득한 것은 물론, 상당히 빠른 시간 안에 용마기를 초래할 수 있었다.

문득 그녀가 말했다.

"하지만 왠지 반칙을 저지른 느낌도 든다."

"뭐가 말이지?"

"세이가한테 못할 짓을 했다는 기분이 드는군. 누가 용혼을 먼저 각성하는지 경쟁 중이었는데……."

"계속 불공정 경쟁 중이었으면서 무슨."

"그건 그렇다만."

레티시아의 핀잔을 아리에타는 부정하지 않았다. 기본을 배운 뒤 완성까지 혼자 해결해야 하는 세이가와 계속 카이렌의 지도를 받는 아리에타의 경쟁은 애당초 공정함과는 거리가 멀었다.

문득 레티시아가 먼 곳을 바라보며 말했다.

"끝났군."

그 직후 먼 곳에서 빛이 솟구치며 강대한 힘의 파동이 뻗어나갔다.

우우우우우우……!

아리에타가 혀를 내둘렀다.

"싸우는 동안에도 굉장했지만 끝났을 때의 현상도 굉장하군. 아젤이 용살의 의식을 치르면 이렇게 되는 건가?"

저 멀리서 아젤이 용살의 의식을 치렀다. 그가 이 시대에 깨어난 후 네 번째로 치른 용살의 의식이었다.

이 싸움은 모두를 경악케 했다. 아젤과 용의 싸움이 천지를 경동시킬 정도로 어마어마했기 때문이었다. 아젤이 도전한 용은 빙설의 힘을 자유자재로 다루는 서리용이었는데, 용살의 의식을 시작한 후 보여준 그 힘은 일행이 알고 있는 일반적인 용의 수준을 현격히 뛰어넘었다.

이유는 용살의 의식의 구조에 있다.

용살의 의식은 용과 인간이 목숨을 걸고 나누는 싸움이며 영혼의 대화이기도 하다. 도전하는 인간의 용마력이 강하면 강할수록 용은 거기에 호응하듯이 강해진다. 그렇기에 용살의 의식을 많이 치러봤다고 해서 난이도가 낮아지는 일은 결코 없다.

이번에도 아젤은 목숨을 걸고 용살의 의식에 도전했다. 지금 자신이 직면한 문제들을 해결하기 위해서 반드시 필요하다고 여겼기 때문이다.

문득 아리에타가 물었다.

"레티시아, 정말 당신도 다시 도전할 건가?"

"필요한 일이니까."

아젤만이 아니라 레티시아도 두 번째 용살의 의식에 도전하기로 결정했다.

그녀가 아발탄 숲에서 첫 번째 용살의 의식을 치른 것은 불과 4개월 전의 일이다. 이미 취한 용의 힘을 완전히 소화하지 않은 채로 또다시 용살의 의식을 취할 경우, 용에게 그 힘을 강탈당하지만 그 점은 걱정할 필요가 없었다.

원래대로라면 아직 좀 더 시간이 필요했으리라. 하지만 일행은 칼로스와 크로이스 니델이 합작해서 만든 상생하는 용마력 훈련법을 지속적으로 시행하고 있었기에 레티시아는 이미 그 힘을 완전히 소화해 냈다.

아리에타가 물었다.

"무섭지 않나?"

"당연한 걸 묻는군. 무섭다."

레티시아는 허세 부리지 않고 솔직하게 대답했다. 한 번 승리했다고 하더라도 용살의 의식에 도전하는 것은 여전히 두려운 일이다. 용과 싸우는 것이 무섭고, 거기서 패해서 반드시 이겨야 할 싸움은 시작도 못해 보고 사라질 것도 무섭다.

"그런데도 하려는 거군."

"다시 말하지만, 필요한 일이니까. 당신도 마찬가지 아닌가, 아리에타?"

"……."

누구도 아리에타에게 또 용살의 의식을 치르라고 말하지 않았다. 하지만 아리에타 역시 마음을 정한 후였다.

레티시아가 말했다.

"아젤은 참으로 심보가 고약한 인간이야. 그렇게 생각하지 않나?"

"동의한다. 정말로 나쁜 남자지. 그래서 그토록 많은 여자가 그에게 홀렸던 모양이야."

아젤은 가장 강한 전력을 지녔으면서, 이제 더 이상 그런 위험부담을 지지 않아도 될 것 같으면서도 본보기가 되기를 주저하지 않았다. 말로 이렇게 하라, 저렇게 하라고 말하기보다는 앞장서서 행동함으로써 다른 사람들을 움직이는 것이다.

레티시아가 말했다.

"그럼 나쁜 남자를 맞이하러 가야겠군."

6

어둠의 설원은 대혼란에 빠졌다.

지금까지도 별로 안정된 분위기는 아니었다. 수호그림자 조직의 맹공에 맞서 수성전을 벌이느라 허둥거리고 있었으니까.

하지만 이날 그들에게 찾아온 한 인물이 던진 충격은 그런 것과는 비교도 되지 않았다.

용마왕 아테인이 돌아왔다.

"나의 왕……."

아인세라가 들뜬 목소리로 말했다. 그녀의 얼굴을 본 알마릭은 갑자기 시간이 과거로 되돌아간 것 같은 착각을 느꼈다.

위대한 어둠의 관리자 역할을 수행하는 동안 아인세라의 자아는 마모되었고 감성은 메말랐다. 하지만 이 순간, 긴 세월을 넘어 자신 앞으로 돌아온 아테인을 보는 아인세라의 표정은 마치 꿈꾸는 소녀 같았다.

그 옛날, 아인세라는 아테인에게 목숨을 구함받고 그를 연모하게 되었다. 그녀는 북부에서 강대한 세력을 지닌 일족의 지배자 가문의 일원이었다. 아테인과 맺어지고 싶어서 자신의 일족의 어른들을 설득, 정략혼을 통해 맹약을 맺게 한 그녀의 행보는 불꽃같은 사랑으로 가득 차 있었다.

그 마음은 처음부터 마지막까지 한결같았다. 그녀는 자신이 치러야 할 대가가 어떤 것인지 알면서도 아테인을 위해서 위대한 어둠의 관리자가 되었고, 지금 이 순간까지 인간성을 대가로 바쳐 가면서 그 역할을 수행해 냈다.

'왕에 대한 마음만은 고스란히 간직하고 있었던 것인가?'

당장에라도 눈물을 쏟을 것 같은 아인세라의 얼굴은 너무나도 인간적이라서, 이제까지 자아가 마모된 그녀를 대해왔던 알마릭은 마치 그녀가 오랜 저주에서 깨어난 것 같다고 생각했다.

"아인세라."

아테인은 부드럽게 웃으며 그녀를 바라보았다.

"사랑스러운 나의 왕비, 늦어서 미안하오."

그는 우아하게 아인세라의 손을 잡고 손등에 키스했다. 그리고 부드럽게 그녀를 안아주었다.

과거에는 한쪽의 일방적인 구애로 맺어진 관계였지만 지금은 다르다. 이제 아인세라는 진정한 의미에서 아테인의 동반자가 되어 있었다. 그녀는 자신이 그토록 원하던 자리를, 그 열

망마저 마모되어 잃은 후에야 손에 넣은 것이다.

"내가 부활할 수 있었던 것은 그대의 공이오."

"부끄러울 따름입니다. 맡겨주신 것을 보관하는 것만으로도 급급해서 왕의 이상을 설파하는 일에는 소홀했습니다."

"그것은 그대가 책임져야 할 문제가 아니었소. 그대가 나의 유산으로 제시해 준 미래를 사리사욕을 위해 쓴 자들의 책임이지."

아테인은 이미 어둠의 설원이 어떤 모습인지 잘 알고 있었다. 전생체, 특히 유렌을 통해서 그들이 어떤 식으로 살고 있는지 적나라하게 체감했으니까.

"그럼 이제 실험을 끝낼 시간이군."

아테인은 그렇게 말하고는 마법을 발현했다. 그러자 어둠의 설원의 구성원 모두가 머릿속에 누군가 들어온 것 같은 이질감을 느끼며 흠칫했다.

오랜 시간 동안 어둠의 설원의 실권을 장악하고 지배계층으로 살아온 자들도, 그들이 육성한 젊은 세대들도, 그리고 그들을 위한 노동력으로서 삶을 희생하는 밑바닥의 인간들까지도…….

모두가 자신의 의지와는 상관없는 초월자의 뜻이 임했음을 직감했다.

"제군들, 나는 아테인이다. 먼 옛날의 약속대로 죽음의 강 저편에서 돌아왔노라."

아테인은 나직한 목소리로 말했지만 듣는 이들에게는 그렇게 들리지 않았다. 모두가 왕의 부활을 느꼈지만 이런 식으로 그의 존재를 접하게 되자 놀람을 주체할 수 없었다.

곳곳에서 경악과 경탄, 그리고 감동으로 흐느끼는 자들이 속출한다. 그들에게 있어서 아테인은 자신들을 이상향으로 인도하기 위해 죽음조차 극복하고 돌아온 신이었다. 어둠의 설원의 실세들이 오랜 시간에 걸쳐 행한 세뇌는 아테인을 신격화하는 데 성공한 것이다.

아테인은 위대한 어둠을 통해서 그들의 반응을 알 수 있었다. 잠시 눈을 감고 그들의 감정이 가라앉기를 기다린 그가 말을 이어갔다.

"먼저 고백하마. 나는 그대들에게 절망했다."

아테인은 청중의 가라앉은 감정을 다시 격동시키는 말로 연설을 시작했다.

7

이상향을 꿈꿨던 남자가 있었다.

그는 이 지상에 모두가 행복하게 살 수 있는 세상. 아무도 굶주리지 않고, 차별받지 않고, 억압받지 않고, 약탈당하지 않고, 서로를 존중하며 충실한 삶을 살아갈 수 있는 사회를 만들어낼 수 있으리라고 여겼다.

하지만 그런 세상을 만들기 위해서는 희생이 필요했다. 그릇된 세상을 자신의 구상대로 뜯어고치기 위해서 일단은 세상을 정복하는 과정을 거칠 수밖에 없었다.

　그는 세상과 싸우기로 결정했고, 자신의 이상에 찬동하는 자들을 모아 거대한 전쟁을 벌였다.

　"내게는 바로 어제 같지만 그대들에게는 용마전쟁이라 불리며 흘러간 역사의 한 페이지가 되어버린 그 시절, 우리는 드높은 이상을 이루기 위해서 싸웠다. 더 좋은 세상을, 모두가 행복하게 살 수 있는 세상을 만들기 위해서 많은 이가 목숨을 아끼지 않고 피를 흘렸다."

　대륙을 휩쓴 전란 속에서 수많은 이가 죽어갔다. 그 사태의 원흉이었던 용마왕군 역시 헤아릴 수 없을 정도로 많은 죽음을 겪었다.

　"비록 세상과의 싸움에서 패배했으나, 우리의 이상은 죽지 않았다. 그랬어야 했다. 나는 그 이상이 어두운 황야를 헤매는 후예들에게 등불이 되어주리라 믿고 훗날을 예비했다."

　용마궁을 비롯해서 어둠의 설원에 예비된 모든 것은 전세가 기울어갈 때부터 준비한 것이다. 용마전쟁에서 패배한다고 하더라도 거기서 모든 것을 끝낼 수는 없었다. 비록 세상을 이기지는 못했어도 살아남은 자들은 이상향을 이룰 자격이 있었다.

　가혹한 환경에서도 생존을 보장하는 용마궁과 용마왕군의 생존자들이 가진 마법의 능력, 그리고 대륙 곳곳을 오갈 수 있는 공허의 길이 있다면 충분히 그럴 수 있을 것이다. 세상 전체를 이상향으로 바꿀 수는 없었어도 외부의 손길이 닿지 않는 이 땅에 작은 이상향을 만들고자 노력할 수 있으리라.

"그러나 그대들은 함께 추구하던 이상을 저버리고 사리사욕만을 추구했다. 살아남은 자들이여, 나의 동지였던 자들이여, 슬프지만 분명한 사실이 있다. 그대들은 타락했다."

용마전쟁을 수행하는 동안 아테인은 자신이 품은 이상과 현실의 괴리를 알게 되었다. 자신이 용마족의 잠재력을 믿었던 것이 잘못되었음을 깨달은 아테인은 실패를 인정하고 다음 시도를 예비했다.

그러면서도 용마왕군에 대한 기대를 완전히 포기하지는 않았다.

어둠의 설원은 아테인이 지상에 남긴 최후의 희망이며 또한 실험이었다. 자신이 죽더라도 살아남은 자들은 이상향을 만들고자 노력해 줄지도 모른다. 이상향을 만들어내는 데 성공하지 못해도 좋다. 그저 그러기 위해 노력했다는 것만으로도 아테인은 인류에 대한, 용마족에 대한 기대를 붙잡을 수 있으리라.

그러나 220년에 걸친 그 실험은 처참한 실패로 끝났다. 어둠의 설원에는 아테인이 꿈꿨던 이상은 흔적조차도 찾아볼 수 없었다.

"나의 기대는 헛되었도다. 이 자리에서 분명히 해두마. 한때 나의 동지였던 자들이여, 그대들은 더 이상 나의 동지가 아니다."

아테인은 차갑게 단언했다. 어조는 담담했지만 말하는 내용은 단호하기 이를 데 없었다.

어둠의 설원의 실세들이 술렁였다.

이 순간 그들이 느끼는 감정은 형언할 수 없을 정도로 격렬하고, 그러면서도 복잡했다.

'그게 무슨 소리인가? 우리는 당신만을 믿었다! 당신이 돌아오기만을 기다리고 있었다! 캄캄한 암흑 속에 내팽개쳐진 상황 속에서도 오직 이날만을 기다리면서 악착같이 버텨왔다! 그것 말고는 할 수 있는 일이 아무것도 없었단 말이다! 그런데 이제 와서 우리가 틀렸다고?'

격렬한 배신감과 분노가 치솟았다. 신처럼 떠받들던 자가 자신들의 삶을 통째로 부정해 버렸다는 사실에, 가차없이 자신들을 비난하고 버렸다는 사실을 참을 수 없었다.

동시에 죄책감과 두려움이 밀려들었다.

그들은 아테인의 이상을 아주 잘 알고 있었다. 그러면서도 어둠의 설원을 광신도들의 집단으로 만들었다. 죽은 아테인을 신격화하고, 사이베인처럼 아테인의 이상을 이어가려는 자들을 정치적으로 짓밟아 가면서 끔찍하게 뒤틀린 계급구조를 완성한 것이다.

거기에 대해서 아테인이 분노하는 것은 지극히 당연한 일이다. 감정과 별개로 이성은 그 사실을 이해하고 있었다.

하지만 그러면서도 변명하지 않을 수 없었다.

'과연 그 시절에도 정말로 이상을 믿었던 자들이 몇이나 되겠는가? 다들 자신의 욕망에 따라서, 더 많은 것을 갖고 싶어

서 당신을 따랐을 뿐이다. 모두에게 나은 세상이 아니라 자신에게 더 나은 세상을 원했기 때문에!'

그 변명은 아테인이 그들에게 절망한 이유를 재확인시켜 주는 것에 지나지 않았다. 그래도 그들은 그렇게 변명하지 않을 수 없었다.

아테인은 위대한 어둠을 통해서 그들이 품은 감정, 그들이 뱉어내는 말들을 듣고 있었다. 그들은 이미 220년 동안이나 위대한 어둠에 의존해서 살아온 자들, 아테인에게 있어 그들의 내면은 신에게 바치는 기도나 다름없었다.

아테인이 말을 이어갔다.

"그러나 동시에… 그대들에게 감사하는 마음도 있다."

아테인의 말이 뜻밖이었는지라 다들 움찔하며 귀를 기울였다.

"그대들 덕분에 나는 내 마음속에 남아 있던 한 줌의 미련조차 털어버릴 수 있었다. 이제는 망설이지 않을 것이다. 이것 말고 다른 방법이 없다는 결론에 도달했기 때문이다."

부활한 아테인이 하고자 하는 일은 이미 오래전에 구상이 끝나 있었다. 실현하기 위한 방법도 준비했다.

그러면서도 용마전쟁이라는 극단적인 방법을 선택한 것은 인간과 용마족이 이상향을 이룰 수 있는 재목이라는 믿음이 있었기 때문이다.

그러나 이제는 아니다. 그들에 대한 믿음을 버렸기에 아테인은 마지막 방법을 선택할 수 있었다.

"나의 옛 동지들이여, 그리고 이 시대에 용마왕 숭배자라 불리는 자들이여, 이 자리에서 확실히 해두겠다. 나는 그대들의 신이 아니다. 그대들이 원하는 구원을 주는 일은 없을 것이다. 그것은 타락한 자들이 주입한 망상에 불과하다."

자신을 신으로 섬기는 자들 앞에서 아테인은 스스로의 신성(神性)을 부정했다.

그것은 이 광신을 만들어낸 용마왕군의 생존자들이 아닌, 그들에 의해 만들어진 용마왕 숭배자들에게는 날벼락과도 같았다. 그들이 영혼까지 바쳐서 믿고 있던 모든 것이 송두리째 부정당한 것이다.

"나는 그저 그대들에게 선택할 기회를 줄 수 있을 뿐이다. 들어라!"

동요한 그들의 정신에 아테인의 말이 채찍처럼 강타했다.

"이 세상은 근본적으로 잘못되어 있다. 지금의 세상에서는, 지금의 지성체들은 아무리 노력해도 이상향에 도달할 수 없다."

이 세상이, 그리고 그 안에서 살아가는 자들의 본성이 글러 먹었다. 처음부터 이상향에 도달하는 길은 존재하지 않았던 것이다.

아테인은 무수히 많은 실패를 겪은 지금에야 그 사실에 대한 확신을 얻었다.

"그러니 세상을 바꿀 것이다."

용마전쟁에서 이겼다면 인간적인 노력으로 세상을 바꿔 나갔을 것이다. 구성원들의 동의를 바탕으로 하는 사회 시스템 위에서.

하지만 그런 방법으로는 결코 답에 도달할 수 없다는 결론이 나왔으니, 이제는 인간의 문명이 이룩한 시스템을 초월한 영역에서 답을 구할 수밖에 없다.

이 세상의 섭리가 이상향을 용납하지 않는다면, 섭리를 바꿀 것이다. 예전에 용과 인간의 관계를 재설정하고, 세상의 언어를 하나로 통합했던 것처럼.

"선택하라! 나를 따를 것인가, 따르지 않을 것인가? 따르는 자들만 남아라. 따르지 않는 자들은 옛정을 생각하여 지금까지 나의 유산을 사리사욕을 위해 쓴 죄를 용서할 테니, 떠나라."

그날, 어둠의 설원이 만들어낸 아테인의 신성은 파괴되고 용마왕 숭배자들은 진정으로 섬겨야 할 신을 만났다.

그러나 모든 이가 아테인의 뜻에 찬동하는 것은 아니었다.

8

—오랜만이에요, 아테인.

아테인이 연설을 마치자 유령처럼 반투명하고 새하얀 소녀가 나타났다. 긴 백금발과 바위 같은 회백색의 뿔, 청회색의 눈동자와 용마석을 지닌 용마족 소녀.

"그렇군, 케이알리아."

아테인이 그녀의 갑작스러운 등장에도 놀라지 않고 대꾸했다.

알마릭이 흠칫 놀랐다. 부활한 이후로 케이알리아가 그의 앞에 모습을 드러내는 것은 처음이었기 때문이다.

아테인이 말을 이었다.

"우리는 같은 세상에 있으면서도 만날 수 없었지."

─그래요. 항상 당신을 가까이 느끼면서도 닿을 수는 없었지요.

케이알리아가 아테인의 곁으로 다가가 그의 얼굴에 손을 대며 말했다.

아테인 또한 그 본질은 위대한 어둠 속에 있었다. 위대한 어둠을 자신의 현실로 느끼는 케이알리아 입장에서는 항상 그가 곁에 있었던 셈이다.

그러나 두 사람이 그 안에서 만나는 일은 한 번도 없었다. 아테인은 늘 전생체를 통해 현세를 살아가고 있었기 때문이다. 그는 부활하기 전까지 의식을 잠재우는 일 없이 전생체를 통해서 한 발짝 물러난 삶을 살아가고 있었다.

문득 케이알리아가 아인세라를 흘끔 바라보았다. 아인세라는 다시금 무심한 표정으로 돌아와서 그 광경을 바라보고 있었다.

─언니, 아니, 아인세라… 당신은 정말로 아테인에 대한 것 말고는 모든 감정을 잃었군요.

비록 지금 이 자리에 보이는 케이알리아가 허상이라고는 하지만, 방금 전에 아테인에게 한 행동은 마치 사랑스러운 연인에게 하는 것 같았다.

예전의 아인세라였다면 분노했으리라. 하지만 지금의 그녀는 아무런 감정도 보이지 않고 있었다.

—못할 짓을 했네요, 아테인.

"부정하지는 않겠다. 그녀에게 의존하지 않을 수도 있었지."

아인세라에게 위대한 어둠의 관리자 역할을 맡기지 않을 수도 있었다. 그러나 그랬다면 아테인은 좀 더 불확실한 도박을 해야 했으리라.

그녀가 자아를 마모시켜 가면서 관리자 노릇을 해왔기에 위대한 어둠이라는 시스템은 이날까지 문제없이 유지된 것이다. 아테인은 진심으로 아인세라의 희생에 감사하고 있었다.

"내가 원한 일이오. 폐하께서 잘못하신 것은 없소."

아인세라가 아테인을 두둔하고 나섰다. 그 태도는 너무나도 단호해서 케이알리아는 한층 서글픈 눈으로 그녀를 바라보았다.

—새삼스럽지만, 역시 내가 알던 아인세라는 죽었군요.

서로 애정이라고는 눈곱만큼도 없었던 사이였다. 그런데도 그 사실이 슬프다는 것이 신기한 일이다.

용마왕의 첫 번째 왕비였던 아인세라는 죽었다. 지금 이곳에 남아 있는 것은 망령이다. 아테인에 대한 사랑과 집착만이 남은……

물론 이제 그녀는 위대한 어둠의 관리자 역할에서 해방될 것이고, 닳아 없어졌던 인간적인 감정들을 조금씩 되찾을지도 모른다. 하지만 그렇게 자아를 회복한다 한들 그것을 아인세라라고 부를 수 있을까?

─아테인, 당신은 내 비술이 삶의 연속성을 완벽하게 확보하지 못한다는 것을 알았지요. 하지만 그건 이런 식으로도 끊어질 수 있는 거였어요.

케이알리아는 탄식했다.

과거에 그녀와 아테인은 거래로 맺어진 상대였다.

인간의 몸으로 죽어가던 그녀에게, 아테인은 용마족이었던 시절의 육체를 제공하고 전생의 비술을 제공받았다. 그 과정에서 케이알리아는 아테인의 수제자이며 세 번째 왕비라는 신분을 갖게 되었고 인간들에게 공포의 대상으로 악명을 떨쳤다.

불완전한 전생의 비술로 인해 인간으로 살아가다가 죽음을 맞이했던 케이알리아는 아테인이 품었던 이상에 찬동했다. 그러나 그 이상을 이루기 위해 치른 희생에, 그리고 한때 인간이었던 자신을 구원해 주었던 은인이 보인 살의를 접하고 회의를 느끼며 생을 마감했다.

그런 그녀를 아테인은 위대한 어둠의 일부로서 살아가게 만들었다. 오랫동안 위대한 어둠 속에서 잠들어 있던 그녀는 불사체로 깨어난 레이거스에 의해서 깨어나게 되었다.

─당신은 내 비술의 문제를 해결하기 위해서, 그리고 그러

기 위해서 반드시 소모되는 시간을 유용하게 해결하기 위해서 인간으로 전생했지요?

"그대의 추측이 옳다."

케이알리아가 지적한 것은 유렌이 과거의 아테인과 나눈 문답에서 결국 말해주지 않았던 부분이었다.

아테인은 케이알리아의 비술이 지닌 문제를 없애는 데 실패했다.

한 번 죽고 나서 다른 존재로 전생하는 과정이 자아의 변질과 열화를 부르는 것은 필연이었다. 이것만은 도저히 해결할 수 없었다.

전생이 자아의 열화와 변질을 부르는 가장 원인은 두 가지다.

첫 번째는 기본적인 인격이 형성되는 기간이 지난 후에야 각성한다는 점이다. 즉 그때까지 형성된 인격이 전생 전의 인격과 뒤섞이는 것이다.

두 번째는 육체가 바뀐다는 점이다. 정신은 흔히들 인식하는 것 이상으로 육체의 영향을 많이 받는다. 알기 쉬운 예를 찾아본다면 거세된 남성의 정신이 어떻게 변화하는가를 들 수 있을 것이다.

결국 아테인은 다른 존재로 전생하기를 포기했다.

"다른 누군가로 전생하는 선택지를 고를 수 없다면 '나'를 되살리는 방법밖에 없다."

많은 시간이 걸리겠지만 최후의 아르프 레제노르의 비술을 이용해서 죽은 자신의 육체를 복원한다. 다시 태어나는 것도 아니고, 다른 누군가의 것이 아닌 자신의 육체로 부활하는 것이니 자아의 변질과 열화를 걱정할 필요는 없으리라.

하지만 부활의 때까지 위대한 어둠 속에서 잠든 채로 보내기에는 시간이 너무 아까웠다.

"인간을 알도록 하자."

용마전쟁이라는 거대한 실험이 실패했을 때, 아테인은 자신이 인간에 대해서도, 용마족에 대해서도 무지했다는 사실을 깨달았다. 부활 후에 새로운 시도를 할 때는 같은 실패를 되풀이하지 않기 위해서는 그 공백을 채워야 할 필요가 있었다.

그래서 아테인으로서의 자아는 위대한 어둠에 둔 채로 전생을 시작했다. 한 발짝 물러난 입장에서 전생체들의 삶을 보면서 자신이 장구한 세월을 살아가는 동안 점점 모르게 되었던 사실들을 알아갔다.

케이알리아가 물었다.

─그렇게 여러 번 인간의 삶을 체감했으면서도 결론이 바뀌지 않았나요?

"케이알리아, 그대는 이미 내가 선택한 방법을 알고 있군."

아테인은 그녀의 말투에서 그 사실을 직감했다. 케이알리아도 부정하지 않았다.

　—네.

　"바뀌지 않았다."

　—진실을 안 전생체가 당신의 뜻에 반하는 일까지 겪었으면
서도요?

　"유렌 리제스터에 대해서도 알고 있는가? 지금의 그대는 내
가 처음 예상했던 것을 초월한 존재가 된 것 같군."

　—흔히 있는 일이지요.

　"그래, 애써 고안한 비술이 쓰레기 같은 결과밖에 내지 못하
는 것도, 반대로 기대를 초월하는 것도 흔한 일이지. 내게는 유
렌 리제스터의 삶도 그랬다."

　—어떤 의미죠?

　"그의 삶은 감동적이었지. 동료들을 위해서 목숨을 버리기
로 했을 때도, 그리고 모든 진실을 안 후에도 변함없는 결의를
유지했을 때도… 나는 그 의지에 감동받았다."

　유렌의 삶은 전생체들의 삶 중에 아테인이 가장 많이 개입
한 경우였다.

　그 이유는 간단했다. 이 시대에는 자신의 부활이 가까워지
고 있었으며, 자신이 건 저주를 극복한 아젤이 깨어나 있었기
때문이다.

　유렌을 통해 자신의 후예들이 어떤 광기 속에서 살아가는지
적나라하게 체감한 아테인은 그의 의식을 각성시켜 어둠의 설
원을 배반하게 만들고 아젤의 동료가 되도록 유도했다. 자신

에게 죽음을 선사했던 아젤이라는 인간을 더 깊이 알기 위해서였다.

그러기 위한 준비는 이미 오래전부터 갖춰두었다. 유렌이 칼로스의 후손이라는 점까지도 아테인의 계산 속에 있었다.

"하지만 그 하나의 사례가 내 결심을 흔들 수는 없다. 아무리 감동적이어도 그건 결국 단 한 명의 삶이기 때문이지."

유렌이라는 인간의 삶은 아테인의 기대를 뛰어넘었지만, 그렇다고 해서 그를 절대적인 판단 기준으로 삼을 수는 없다. 아테인은 죽은 후로 열네 번의 전생을 거쳤고 유렌은 그중 하나였을 뿐이다.

"용마전쟁을 통해서, 그리고 전생을 통해서 나는 확신을 얻었다. 아무리 강렬한 인상을 주더라도 고작 한두 번의 예외 사례가 그 확신을 뒤집지는 못해. 한 명이 지고의 선을 행하는 가운데 만 명이 사소한 악의를 행하고 있다면 어느 쪽에 기준을 맞춰야 할 것 같은가?"

뛰어난 사람, 돌출된 존재에 맞춰서 기준을 잡는다?

말도 안 되는 일이다. 그런 존재들만을 모은 작은 조직이라면 모를까, 수많은 이를 포용해야 하는 사회는 그런 식으로는 절대 굴러가지 않는다.

"그리고 케이알리아, 그대 역시 인간으로 살았을 때 겪은 체험으로 절망하지 않았는가?"

―분명 그랬지요. 하지만…….

〈흠. 잠깐만.〉

잠자코 두 사람의 대화를 듣고 있던 레이거스가 끼어들었다. 모두의 시선이 자신에게 모이자 그가 말했다.

〈폐하, 전 지금 당장 들어야 할 이야기가 계속 뒤로 밀리고 있다는 느낌을 지울 수 없군요.〉

레이거스답지 않게 정중한 말투였다. 용마전쟁 시절, 아테인을 대하던 그때처럼.

아테인이 물었다.

"무엇을 듣고 싶은가?"

〈폐하의 목적… 아니, 목적이야 더 좋은 세상 만들자는 거겠지만 그 방법이 뭐냐 하는 겁니다만. 또다시 사람 모아서 전쟁을 벌이자는 것은 아닐 테고.〉

"아니다. 나는 같은 방법을 쓸 생각이 없다. 우리는 이미 한 번 패배를 맛보았고, 전쟁이 불러일으키는 광기가 구성원들을 어떻게 변질시키는지도 보았다. 그러니 이번에는 다른 방법을 선택할 것이다."

〈그 방법이 무엇입니까?〉

"감시와 제재다."

〈음?〉

레이거스가 고개를 갸웃하자 아테인이 미소 지었다. 하지만 레이거스에게는 그 미소가 왠지 울고 싶어 하는 것처럼 보였다.

"어느 시대에나 인간은 서로의 선의를 믿지 않았다."

아테인이 먼 옛날의 일들을 떠올리며 말했다.

"잘 아는 누군가를 믿을지언정 인간이라는 종족이 선량함을 믿지 않았다. 인간 사회의 법이라는 것은 기본적으로 인간이 강한 이기심과 악의로 이루어진 존재이며, 두려움을 강요하지 않는다면 상대를 존중하지 않을 거라는 공포 위에서 만들어진 것이다."

〈흠. 갑자기 학구적인 이야기가 튀어나오는군요. 깁니까?〉

"재미없어하는군. 하지만 필요한 이야기였다. 레이거스, 그대는 이미 내 구상의 일부를 본 적이 있을 것이다."

〈어디서 말입니까?〉

"수호그림자."

〈음?〉

"예전 우리의 동지였던 자들이 만들어낸 광기를 막아낸 방벽. 비록 적이기는 하지만 칼로스 리제스터의 업적에는 경의를 표할 수밖에 없군. 그로 인해 소중한 벗 아운소르와 발타자크를, 그리고 벨런과 익세르까지 잃었지만 오히려 피해가 그 정도로 그친 것을 다행으로 여겨야 할 정도다. 설마 그런 식으로 내 구상을 실현할 줄이야. 그것도 그는 내 구상을 전혀 모르는 채로 그저 위대한 어둠이 지닌 잠재력을 탐구한 끝에 그것을 만들었겠지. 나는 수호그림자를 보면서 한발 뒤쳐졌다는 분함마저 느꼈다."

용마전쟁 시절에도 칼로스는 아테인을 여러 번 놀라게 했다. 아젤이 그랬듯이 칼로스 역시 시대의 선택을 받은 인간이었다. 그저 천재적인 재능만으로는 설명할 수 없는, 20대의 젊

은 나이에 세계의 운명을 바꿀 수 있는 영역에 도달한 대마법
사.

"수호그림자의 시스템에서 가장 놀라운 것은 바로 용마왕
숭배자라 불리는 존재들을 색출하는 과정에 있다."

수호그림자는 위대한 어둠에 기반을 둔 존재지만, 정작 용
마왕 숭배자들을 찾아낼 때는 위대한 어둠과는 전혀 상관없는
존재들을 이용한다. 대륙의 모든 인간이 그들에게 용마왕 숭
배자를 찾아주는 정보원 역할을 하는 것이다.

이것은 칼로스의 마법이 위대한 어둠이라는 제약을 초월했
다는 것을 알려준다. 수호그림자는 위대한 어둠을 기반으로
삼아 운영되지만, 그 자체로도 세계를 할퀴어 흉터자국을 남
긴 위업이었다.

"내 구상은 수호그림자와 상당히 비슷하다. 나는 대륙의 모
든 지성체를 실시간으로 감시하는 시스템을 만들 것이다. 누
구도 이 감시에서 자유롭지 못할 것이며, 어떤 행위도 은폐될
수 없을 것이다."

이미 그 감시망은 용마왕 숭배자들에 한해서는 완성되어 있
다. 마음만 먹으면 위대한 어둠에 연결된 자들이 어디에 있고
어떤 행동을 하는지, 심지어 무슨 생각을 하는지까지도 알 수
있으니까.

"지켜져야 하는 법을 만들고, 그것을 판단할 법관들을 창조
할 것이다."

그 법관들은 살아 있는 자들이 아니다. 결코 감정이나 인간

적인 관계에 휘둘리는 일이 없는, 모든 것을 이성으로 판단하는 시스템의 일부가 될 것이다.

"법을 어기는 자는, 법을 근거로 삼아 제재할 것이다."

제재를 가하는 존재들 역시 감정에 휘둘리지 않는 존재가 될 것이다. 수호그림자처럼 시간적, 공간적 제약을 초월할 수 있는 존재들이 집행자 역할을 수행하리라.

"세계를 위협할 수 있는 존재를 사전에 색출하고, 위험한 행동을 보일 경우 즉시 제압할 것이다. 그로써 세계는 더 이상 구성원들의 선의에 기대는 도박을 할 필요 없이 항구적인 평화를 얻게 된다."

요약해 보면 인간들이 이룬 국가의 시스템과 다를 게 없어 보였다. 하지만 근본적으로 차이가 있었다.

그 시스템에는 인간도, 용마족도 관여할 수 없다.

욕망이나 감정에 흔들리지 않고 절대적인 가치만을 따르는, 한없이 차갑고 무기질적인 존재들만이 시스템을 운영한다. 극단적으로 말하자면 이 시스템 안에서 인간이나 용마족은 우리 속에서 사육당하는 가축이나 다름없는 것이다.

〈그러니까…….〉

레이거스가 아연해하며 말했다.

〈아테인, 당신은 이제 더 이상 인간도 용마족도 믿지 않는 거군? 그들에게서 악을 선택할 모든 자유를 박탈할 셈인가?〉

너무 놀란 탓일까? 레이거스의 말투가 원래대로 돌아와 있었다. 하지만 아테인은 그 점을 지적하는 대신 공허한 표정으로 대답했다.

"그렇다. 슬프지만 그것만이 앞으로 다가올 세대교체의 혼란에서 그들을 지킬 유일한 방법이니까."

魔鬼展
龍劍

1

아젤 일행은 한 곳에 머무르지 않고 꾸준히 움직였다.

유렌이 비탄의 잔이 추적당하는 것을 끊어줬다고는 하지만, 아테인이 부활한 이상 무슨 일이 벌어질지 알 수 없다. 평소 원거리 저격 등에 충분히 대비하고 있던 아젤이 당한 것도 그가 이미 부활했을 가능성을 염두에 두지 않았기 때문 아닌가?

이제부터는 한 치의 방심도 용납되지 않는다.

"하지만 이상하군."

카이렌이 의구심을 피력했다.

유렌이 벌어준 100시간, 그리고 다시 나흘이 지났다.

일행은 그 시간 동안 무시무시한 페이스로 계획한 일을 수행해 나갔다. 아젤은 용살의 의식을 치렀고, 며칠 내로 레티시아도 치르기 위해 대기 중이다. 그다음에는 아리에타의 차례가 될 것이다.

두 사람이 곧바로 용살의 의식에 도전하지 않는 것에도 이유가 있었다.

레티시아는 레이거스와의 싸움에서 패해 심한 부상을 당했다. 흑마법과 치유술을 병행해 가면서 회복하긴 했지만 아직 완전한 컨디션이라고는 할 수 없었다.

아리에타는 용마기 울부짖는 불새를 받은 지 얼마 되지 않았다. 아무리 그녀가 뛰어난 재능을 가졌다고 하더라도 용마기를 제대로 활용하기까지는 시간이 필요했다.

그래서 아젤 일행은 전투는 피하면서 상황을 파악하고 있었다. 그리고 들어오는 정보는 카이렌을 당혹스럽게 만들었다.

"어둠의 설원에서 도대체 무슨 일이 벌어지고 있는 거지? 이놈들 하는 짓이 아주 엉망진창이군."

어둠의 설원은 두 가지 싸움을 동시에 진행하고 있었다.

공허의 길 거점을 지키기 위한 싸움.

인간의 힘을 소모시키기 위해 전 대륙을 혼란에 빠뜨리는 공작.

전자는 수호그림자 측이 야금야금 공허의 길 거점을 파괴해 가고 있는 상황이었다. 하지만 후자는 어둠의 설원이 오랫동안 준비해 온 계획이라서 그로 인한 혼란을 수습하기 위해 안간힘을 쓰고 있었다.

그런데 아테인이 부활한 후로 후자를 위한 용마왕 숭배자들의 행동이 혼란스러워지고 있었다.

적대자들이 이쪽의 계책을 알고 있다면 한번 일을 저지른다고 해서 상황이 알아서 원하는 결과까지 잘 굴러가기는 어렵다. 지속적으로 추진력을 부여하기 위한 행동을 해줘야 한다.

어둠의 설원 측에서는 그 부분에 대해서도 충분한 계획을 세워두고 있었을 것이다. 그런데 정작 그것을 수행해야 할 인원들이 허점을 드러내는 바람에 각국의 혼란이 조금씩 수습될 조짐이 보이고 있었다.

"워낙 규모가 커서 다 수습되려면 한참 시간이 필요하겠지만… 우리한테는 놀라울 정도로 좋은 상황이군."

어둠의 설원에서 일으킨 혼란은 국가 간의 전쟁, 혹은 내전이나 민란이다. 이런 사태는 아무리 좋은 빌미가 주어진다 해도 단기간에 종식되진 않는다.

그래도 어느 정도 상황이 호전된 것은 사실이다. 일부 사건에서는 용마왕 숭배자들을 생포하는 데 성공, 그들의 존재를 공론화시킨 것이 결정적이었다.

정보를 다 읽어본 아젤이 말했다.

"아무래도 아테인의 부활이 놈들에게 좋게만 작용하진 않은 것 같군요. 수뇌부가 혼란스러워하는 것 같습니다."

"그렇게밖에 볼 수 없군. 하지만 어째서지? 아테인은 그들에게 있어서 신이나 다름없는 것을."

"당연한 일인 것 같습니다만."

"음?"

카이렌이 의아해하자 아젤이 설명했다.

"용마전쟁 때만 해도 그렇습니다. 아테인은 그때도 고고한 이상가였지요. 하지만 그 밑에 모인 놈들이 진심으로 그 이상을 따르는 놈들이었는가 하면 전혀 그렇지 않았습니다."

"흠……."

"허당왕자가 말했던 것처럼, 지금 어둠의 설원도 그놈에게는 전혀 마음에 안 드는 꼬락서니일 겁니다. 지금까지 권력을 쥐고 있던 놈들하고 마찰이 있는 게 당연하지 않을까요?"

"그야 그렇지만, 내가 궁금해하는 건 과연 그게 가능할까 하는 것이다."

"네?"

"그들이 아테인에게 반감을 품는다고 해도 마찰이 표면화될 수가 있나? 아테인이 그들이 무슨 생각을 갖고 있든 자기 생각을 몰아붙인다면 정리되어야 정상 아닐까? 힘으로 어쩔 수 있느냐의 문제가 아니라고 보는데……."

"확실히 그건 그렇군요."

아젤은 카이렌이 말하고자 하는 바를 알아들었다.

아테인이 아무리 강하다고 해도, 결국은 개인이다. 오랜 세월 동안 어둠의 설원에 광기를 퍼뜨리고 그 위에서 권력을 쥔 자들이 반기를 든다면 우습게 여길 일은 아니리라.

문제는 그 권력자들이 퍼뜨린 광기가 그들 스스로의 목을 죌 것이라는 점이다. 그들은 아테인을 신격화함으로써 권력을 얻었다. 그러니까 그들의 권력 기반이 되는 자들이 아테인을 신처럼 따르는 상황인 것이다.

"거기다가 아마 어둠의 설원이라는 사회 자체가 위대한 어둠에 의존해서 굴러가고 있기도 하고… 그런 점을 고려하면 애당초 대립이 성립할 수 없어야 정상이군요."

220년이나 지났으니 용마전쟁의 생존자들, 즉 어둠의 설원의 실권자들이 다른 마음을 먹는 것은 전혀 이상한 일이 아니다.

그러나 아테인은 그들과 새로운 관계 설정을 시작하기도 전부터 그들의 생명줄을 붙잡고 있었다.

인간의 국가로 치환해서 보면 한 인물이 민중의 절대적인 지지를 받는데다가 식량과 수리권(水利權)까지 독점하고 있는 것이나 마찬가지다.

'심지어 아테인 개인의 무력이 비상식적이라 힘으로 어떻게 해볼 수도 없지.'

사회 구성원들이 그를 지지하는데다가 생존을 위해 반드시 필요한 인프라를 마음대로 좌우할 수 있는 자에게 대항하는 것은 불가능하다. 그런데도 용마왕 숭배자들이 혼란을 일으키는 이유는 대체 무엇일까?

카이렌이 눈살을 찌푸렸다.

"당장 추측해서 답을 낼 수 있는 문제는 아니지만… 역시 신경 쓰이는데."

"하지만 그건 잠시 미뤄두도록 하죠. 당장 처리해야 할 일이 가까워지고 있으니까."

아젤은 그렇게 말하고는 아래를 바라보았다. 새하얀 불꽃으로 이루어진 날개 아래로 보이는 까마득한 지상의 풍경을.

두 사람은 용마기 백염의 불사조에 올라탄 채로 하늘을 날고 있었던 것이다. 약간 거리를 둔 채로 아리에타가 초래한 울부짖는 불새가 뒤따르고 있었다.

그 모습을 돌아보던 카이렌이 물었다.

"자네는 아리에타를 어떻게 생각하나?"

"예전에……."

그 말에 아젤은 예전, 카이렌과 처음 만났을 때의 일을 떠올렸다.

"비슷한 질문을 받았던 적이 있었군요. 지금은 믿음직한 동료라고 생각합니다."

"그때와 비교하면 평가가 격상되었군. 용마전쟁 때였다면?"

"그 시절이라도 뛰어난 전력이었을 겁니다. 공작님, 당신은 좋은 스승입니다. 그녀를 저만한 토양으로 육성했으니까요."

아리에타는 비옥한 토양이었다. 그 위에 잊힌 비술이라는 씨앗을 뿌리는 것만으로도 아름다운 꽃이 피었다. 용마기도 없이 용살의 의식에 도전해서 살아남을 정도로.

용마기까지 손에 넣은 지금, 아리에타의 전투 능력은 카이렌이나 레티시아와 필적한다. 울부짖는 불새의 기능을 생각하면 일대일에서는 뒤떨어져도 대국적인 면에서는 더 나을 것이다.

"전설의 영웅께서 그렇게 칭찬해 주시니 몸 둘 바를 모르겠군."

"…그건 그만둬 주시죠."

"하하하. 하지만 진심으로 기쁘다네. 아젤, 자네는 스승의 육성 능력에 대해서는 평가 기준이 다른 것보다 더 까다로울 것 같으니 말이야."

"부정하지는 않겠지만, 공작님의 제자 육성 능력을 평가하는 기준은 제 스승들의 지도 능력을 평가하는 것과는 좀 다르지요."

"어떻게 말인가?"

"용마전쟁 때는 제자를 느긋하게 붙잡고 가르친다는 게 불가능했으니까요. 전쟁이 너무 오랫동안 계속되다 보니 기본을 공들여서 배우는 것조차도 사치였습니다. 배우다가 실전 좀 치르고 살아남으면 계속 배우는 거고 죽으면 끝이고."

아젤이 실전과 거리를 둔 채로 느긋하게 배움에 몰두하던 시기는 별로 없었다. 용마전쟁이 끝날 때까지는 전장에 있었던 시간이 그렇지 않았던 시간보다 더 길 정도로 참혹한 인생이었다.

"다들 서로 기술을 교류하는 데 인색하지 않을 수밖에 없었습니다. 용마왕군이라는 공적이 있었고, 오늘 함께 싸울 아군은 매일 바뀌었으니까요. 이 시대에야 귀족 가문이나 이런저런 무력 집단에서 비술을 사유재산처럼 생각하지만 그 시절에는 그랬다가는 언제 죽어서 맥이 끊어질지 알 수 없었습니다.

그런 시기다 보니 아무래도 육성 능력 그 자체보다는 배우는 자의 재능이 더 중요했던 시기이기도 했죠."

여유를 갖고 차분하게 가르칠 때는 누적된 노하우와 교육 시스템이 빛을 발한다. 하지만 아무것도 모르는 채로 오늘 아침에 전장에 와서 오후에는 싸워야 되는 상황이라면?

그럼 알아먹든 말든 일단 써먹을 수 있는 기술을 가르친 다음 결과를 기다리는 수밖에 없다. 결국 재능과 운이 거의 모든 것을 결정한다.

카이렌이 어깨를 으쓱했다.

"이것 참. 스스로 천재라고 자랑하는 건가? 부정하진 못하겠지만 왠지 배알이 뒤틀리는데?"

"재능 있는 사람은 많았습니다. 저는 재능이 뛰어난 것보다는 운이 많이 좋았지요."

아젤은 자신이 행운의 주인공이라는 사실을 부정하지 않았다. 그 자신이 재능이 있었던 것도 사실이지만, 아테인이 평가한 대로 시대가 그를 선택했기에 이런 경지에 오를 수 있었던 것이리라.

카이렌이 말했다.

"그 말을 들으니 자네의 행동 원리가 이해가 갈 것 같아."

"여태까지는 이해 못하셨습니까?"

"음. 약간씩 그런 부분이 있었지. 예를 들면 이번 일만 해도 너무 무모하다고 생각했거든. 당장 언제 아테인이 쳐들어올지 모르는데 용살의 의식을 치르다니, 그것도 기술의 완성에 필요하다는 이유로…….”

"그렇기 때문에 치렀던 거죠. 느긋하게 훈련에 몰두할 여유가 없으니까."

쓴웃음을 지은 아젤에게 카이렌이 물었다.

"다시 묻지. 아리에타를 어떻게 생각하나?"

"조금 전에 대답하지 않았습니까?"

"그쪽으로 말고."

"무슨 대답을 바라십니까? 매우 아름답고 매력적인 여성입니다?"

"자네가 어떻게 생각하냐고 묻는 거지."

"대책 없는 난봉꾼이라는 낙인을 찍어놓고 그런 질문을 하시는 의도를 모르겠군요."

아젤이 흘겨보자 카이렌이 피식 웃으며 말했다.

"물론 그 생각에는 지금도 변함이 없네."

"……."

"하지만 불행하게도 아리에타가 ‘그런 과거가 있다고 하더라도 아젤은 괜찮은 남자인 것 같은데.’ 뭐 그런 생각을 하고 있는 것 같아서 말이야. 그래서 자네 마음을 들어보려고 하는 거지."

"공주님이 알면 분명 쓸데없는 오지랖이라고 말할 겁니다. 그리고 지금은 여성의 매력에 신경 쓸 여유가 없어요."

"여유가 없다는 기준으로는 용마전쟁 때가 훨씬 더 심하지 않았나? 그때는 그렇게나 많은 사랑의 꽃을 피워놓고?"

"…그땐 제가 좀 젊었던 데다가 눈앞의 일 말고는 별로 생각을 안 하고 살았죠."

"흠. 마치 지금은 젊지 않은 것처럼 말하는군. 긴가민가했는데 이제는 확신했네."

"뭘 말입니까?"

"라우라와도 아무 일도 없었군?"

"콜록!"

순간 아젤은 호흡이 꼬여서 기침을 하고 말았다. 너무 강렬한 기습이었다.

"…그, 그 이야기가 왜 나옵니까?"

"저번에 둘이서만 행동할 때 뭔가 일이 없었을까 신경 쓰였거든. 난 뭔가 있었을 거라는데 걸었고 레티시아는 아무 일도 없었을 거라는데 걸었는데, 졌잖아. 젠장."

"공작님!"

"설마 자네가 그런 고자… 아니, 예의 바른 남자 행세할 줄은 몰랐단 말이네."

아젤은 왠지 울고 싶어졌다. 설마 이런 일로 놀림받는 날이 올 줄이야.

카이렌이 킬킬거리며 말했다.

"뭐, 왜 그러는지 이해 못할 바는 아니야. 과거에 앞뒤 가리지 않고 행동한 결과를 이 시대에 와서 접했으니 지금은 자제하는 거겠지."

"하아. 제가 지금 매우 짜증이 나고 있습니다만. 싸움을 앞두고 동료의 집중력을 이렇게 망가뜨려도 되는 겁니까?"

"오호, 그럼 내 말이 틀린가?"

"맞습니다. 제기랄. 그러니까 그 문제는 이만 닥쳐주시지요."

아젤이 으르렁거렸다. 드물게 신경질적인 모습에 카이렌은 신이 났다. 하지만 그가 더 뭐라고 하기 전에 아젤이 말했다.

"그럼 내려갈 테니 준비하시죠."

직후 백염의 불사조가 꺼지듯이 자취를 감추었다. 목적지에 가까워졌다는 점을 이용, 아젤이 용마기를 해제해 버린 것이다. 카이렌은 구시렁거리면서도 더 이상 아젤을 놀려먹기를 포기해야 했다.

2

"오랜만이군요. 아젤 카르자크 공과 함께 싸우게 되어 영광입니다. 부디 일전의 무례를 용서하시길."

그렇게 말하며 고개를 숙인 것은 수호그림자의 일원이며 카이렌의 친우이기도 한 버레인 미르켈이었다. 예전에 만났을 때와는 전혀 다른, 진심으로 존중에 우러나는 태도에 아젤이 정중하게 답했다.

"오랜만에 뵙습니다. 부담스러우니 편하게 대해주셔도 됩니다."

"하하하. 카이렌 이 친구는 머리만 늙어서 그럴 수 있을지 모르겠지만 이 늙은이는 몸도 같이 늙었는지라 그러기도 쉽지 않군요. 전설의 영웅께서 귀중한 비술까지 전해주셨는데 어찌 예의를 생략할 수 있겠습니까?"

"대신 제게 이 용검을 만들어주셨지요."

"그것을 그리 높게 쳐주시니 영광이군요. 전설의 영웅께서 보시기에도……."

"…음. 다른 것은 바라지 않을 테니 그 '전설의 영웅'만 어떻게 안 되겠습니까?"

"알겠습니다. 카르자크 공께서 보시기에도 용무기가 가치 있는 물건이었습니까?"

"한 점의 과장도 없이 평가하자면, 제가 이 시대에 깨어나서 본 것 중 가장 놀라운 물건이라고 해도 과언이 아닙니다."

이 시대는 중간에 대암흑을 겪으면서 인류 문명이 한 차례 후퇴했다. 그리고 어둠의 설원의 농간으로 인해서 중요한 지식들이 모두 유실되었기에, 아젤은 한 사람의 무인으로서 실망을 금할 수 없었다.

그럼에도 전쟁 기술 면에서 아젤에게 발전을 느끼게 하는 부분들이 있으니 인간의 저력이란 놀라운 것이다. 자일과 듀랑이 보여준, 의식의 활성화와는 관계없이 반사 행동을 이용해서 전투를 속행해 나가는 기술이 그랬고 용무기가 그랬다.

"용무기가 용마전쟁 때 있었다면 정말 많은 도움이 되었을 겁니다. 용마기를 만들기는 너무 어려웠고, 겨우 만들어진 용마기가 계승되지도 못하고 스러지는 일도 흔했으니까요."

"최고의 찬사로군요."

버레인이 흡족하게 웃었다.

직접 만나는 것은 타란토스 공작령에서 헤어진 후로는 처음이다. 하지만 수호그림자를 통해서 그에게도 잊힌 비술들을 전해주었고, 버레인은 그에 보답하듯이 공허의 길 거점 파괴에서 혁혁한 전공을 세웠다.

버레인이 물었다.

"저희는 언제든지 시작할 수 있도록 준비를 마쳤습니다. 어떤 식으로 공격하실 겁니까?"

"일전에 좀 당한 바가 있어서……."

아젤이 악동처럼 웃었다.

"그대로 갚아줄 생각입니다. 일단 목표부터 달성해 놓고 전투는 그다음에 하죠."

3

문득 아젤이 말했다.

"왠지 그리워지는군."

"뭐가?"

라우라가 묻자 아젤이 대답했다.

"옛날 일이 생각나서."

"용마전쟁 때?"

"아테인과 아운소르가 같은 전장에 있으면 정말 공포스러울 정도로 상승 효과가 엄청났지."

대마법사 두 명이 모였다고 해서 막강한 전력 상승 효과가 일어나지는 않는다. 하지만 둘의 용마기가 각각 시간과 공간을 제어할 수 있다면 완전히 이야기가 달라진다.

당시 아테인은 낙원의 낙인을 이용, 큰 규모의 마법을 인류 연합군 측에서 알아차리기 전에 완성했다. 그리고 미처 대비하기도 전에 아운소르의 공간왜곡장이 그 마법을 인류 연합군 앞으로 배달시켰다.

그런데 지금은 아젤이 용마왕 숭배자들을 상대로 똑같은 짓을 하려고 하고 있었다.

─용마기 초래! 낙원의 낙인!

강렬한 용마력 파동이 퍼져 나가면서 허공에 사람 몸통만한 빛의 원이 출현했다. 허공의 한 지점에 평면적으로 그려진 그 원 안에는 29개의 문자가 들어 있어서 마치 아름다운 문양처럼 보였다.

그 문자들은 고대에 사멸한 아르프들이 쓰던 문자이다. 아젤은 아르프에 대해서 아는 바가 전혀 없었지만, 낙원의 낙인을 손에 넣는 순간부터 조금씩 그들에 대한 정보가 무의식으로 흘러들어오고 있었다.

'가속하라.'

낙원의 낙인은 아테인의 용마기 중에서도 수위를 다툴 정도로 놀라운 권능의 산물이다.

아테인이 레제노르의 권능을 해석해서 만들어낸 이 용마기는 국지적으로 시간의 흐름을 조작하는 권능을 가졌다. 아테인이 만든 만큼 마법사가 아니면 그 잠재력을 최대한으로 끌어내기 어려운 물건이었지만, 아젤은 비탄의 잔 때 그랬듯이 과거의 경험을 바탕으로 필요한 기능을 구현하는 데 성공했다.

"대단해⋯⋯."

라우라가 자기도 모르게 탄성을 흘렸다.

두 사람의 주변 공간은 셀 수 없을 정도로 많은 유리면으로 이루어진 건축물 내부처럼 변해 있었다. 라우라가 구현한 비탄의 미궁이었다.

목표로 삼은 공허의 길 거점에서 산 하나를 사이에 두고 4킬로미터 떨어진 지점에서 라우라가 비탄의 미궁을 구현했다. 그리고 하늘의 눈물을 담는 잔을 동시에 구현, 외부의 태양빛을 그 안으로 그러모으고 있었다.

그런 만큼 라우라는 비탄의 미궁 안과 밖을 동시에 관측하고 있었다. 그런데 그 둘의 시간 감각이 한눈에 알 수 있을 정도로 크게 어긋난다.

비탄의 미궁 내부의 시간이 가속하고 있었다.

우우우우우우⋯⋯!

아젤이 일찌감치 초래해 두고 있던 하늘을 가르는 검을 광화, 라우라가 모은 태양빛과 융화시켜서 광검해를 전개했다. 이 과정은 결코 빠르지 않았지만 광검해가 완성되는 동안 외부의 시간은 거의 흐르지 않았다.

'최소한 15배 이상. 더 빨라지고 있어.'

양쪽을 동시에 관측하는 라우라는 서로 다른 시간의 흐름을 인지하고 전율했다.

마법사에게 있어서 공간 이상으로 관여하기 어려운 성역인 시간이 한 인간의 의지로 제어되고 있는 것이다. 직접 체감하면서도 믿을 수가 없을 정도였다.

'14초.'

라우라는 외부에서 흐른 시간을 세고 있었다.

비탄의 미궁을 구현한 시점에서, 그로 인해 발생한 강대한 용마력 파동은 5초 안에 적들에게 감지되었을 것이다. 용마왕 숭배자들도 여태까지 당한 것이 워낙 많아서 경계를 소홀히 하지 않았고, 색적 능력을 향상시키기 위해 많은 노력을 기울였다.

그때쯤부터 라우라가 전력으로 전개한 하늘의 눈물을 담는 잔이 외부에 구현, 최대한 많은 태양빛을 한꺼번에 그러모았다. 적들은 이 사실도 간파하고 대응 태세로 들어갔다.

하늘의 눈물을 담는 잔이 얼마나 위험한지는 용마왕 숭배자들도 뼈저리게 알고 있는 바였다. 즉시 발 빠른 정예 병력이 라우라를 치기 위해 뛰쳐나왔다.

하지만 의미 없는 일이다.

비탄의 미궁 구현으로부터 불과 14초가 지난 시점에서 광검해가 완성되었다.

"아젤."

라우라는 돌진해 오는 자들에게는 신경도 쓰지 않았다. 그들이 아무리 순동법을 써가면서 돌진해도 도착하기까지는 최소한 30초 이상이 필요하다.

그리고 애당초 그들을 맞이하는 것은 아젤과 라우라의 역할이 아니었다. 라우라는 정신을 집중해서 A지점과 B지점을 잇는 공간왜곡장을 열었다.

"쏴."

4킬로미터의 거리를 격하고, 공허의 길 거점의 입구에 공간왜곡장이 출현했다.

"완벽해, 라우라."

지금까지 라우라가 실전에서 구현한 공간왜곡장 중에서 최장 거리였다. 아젤은 회심의 미소를 지으며, 바로 눈앞에 보이는 입구를 향해 공격을 날렸다.

콰아아아아아아아!

헤아릴 수 없을 정도로 많은 빛의 검이 한 점으로 집중, 사람의 팔뚝만큼 가늘지만 눈이 타버릴 듯한 광량을 자랑하는 한줄기 광선을 뽑아내었다. 그 광선은 공허의 길 거점의 입구부터 심부까지, 방어 마법이든 물리적인 장벽이든 가리지 않고 모든 것을 관통한 뒤 사라졌다.

'극멸광(極滅光).'

아젤이 연구 끝에 탄생시킨 광검해의 변형 기술이었다.

광검해가 압도적인 범위를 휩쓸며 한 점으로 수렴해서 극멸을 일으킨다면, 극멸광은 그 힘을 초고밀도로 압축시킨 다음

쥐어짜내어 극멸의 광선을 발생시킨다. 투자되는 에너지량 대비 파괴 면적을 생각하면 어처구니없는 낭비지만, 대신 세상의 그 무엇도 가로막을 수 없는 무적의 공격이다.

아젤이 굳이 용살의 의식을 치른 이유가 이것이었다.

광검해를 보다 자유자재로 다루기 위해서는 더욱 순도 높은 용마력이 필요하다고 판단했기 때문이다. 다루는 힘의 양을 보면 아젤은 용마전쟁 시절을 훨씬 능가했지만 용마력의 순도 면에서는 뒤떨어졌다. 단기간에 그 간극을 메우기 위해서는 용살의 의식을 치를 수밖에 없었던 것이다.

그리고 그 과정을 통해서 아젤은 극멸광을 완성했다.

"말도 안 돼!"

용마왕 숭배자들이 경악했다.

허를 찌른 기습이었음에도 인명 피해는 단 한 명도 없었다. 그러나 정작 목숨을 바쳐서라도 지켜야 할 공허의 길이 파괴되었다.

극멸광이 관통한 면적이 워낙 작기에 기능이 정지되었을 뿐, 충분히 수리할 수 있는 피해였다. 하지만 놀라서 굳어 있는 그들 앞에 아젤과 라우라가 나타났다.

"끝이야."

극멸광을 발사한 후에도 두 사람의 시간은 여전히 가속된 채였다. 아젤이 극멸광의 반동에서 회복하는 사이 라우라는 온갖 마법을 장전했다.

그리고 공간왜곡장에서 나오자마자 그 마법들을 일거에 쏟아내었다.

　─광란하는 설원의 용!

　그들의 눈앞에서 순백의 한기가 폭발했다.

　쿠웅!

　굉음이 울리며 한기가 내달렸다. 강력한 저주가 깃든 극저
온의 폭발에 휘말린 이들은 어정쩡하게 움직이던 자세 그대로
얼음기둥이 되어버렸다.

　조금 떨어져 있던 자들은 상황이 좀 나았지만, 그것도 고작
3초 동안의 이야기였다.

　쿠우웅!

　거리 덕분에 아슬아슬하게 반응, 몸이 반쯤 얼어붙어 있던
그들을 제2파가 급습했다. 1파만으로도 전율할 만한 위력이지
만, 라우라가 충분한 시간을 들여서 완성한 마법은 사방이 가
로막힌 실내라는 조건 속에서는 최악의 재난이었다.

　쿠아아아아!

　뒤이어 제3파가 작렬하고 나자 그곳은 마치 얼음동굴처럼
변해 버렸다. 모든 것이 얼어붙어서 마치 시간이나 소리마저
도 얼음 속에 갇혀 버린 것 같았다.

　사박.

　그 정적을 깨고 라우라가 한 발짝 내딛었다. 가벼운 발소리
였는데도 천둥소리처럼 존재감을 과시하는 소리가 울리자 얼
음의 일부에 균열이 발생했다.

　쩌저적……!

한순간에 얼음기둥으로 화했던 적들 일부가, 자신을 가둔 얼음을 깨고 밖으로 뛰쳐나왔다.

쩌어어어엉!

살아 있는 자들은 아무도 없었다. 그러나 애당초 공허의 길 거점에는 반드시 불사체와 돌이나 금속으로 만든 골렘처럼 마법으로 조종되는 무기물들이 배치되어 있다.

"…훌륭해."

라우라는 그들마저 확실하게 배제하기 위해 막강한 한기 파동에 고등한 저주까지 섞은 마법을 썼다. 그런데도 불사체 중 일부는 그것을 버텨냈다.

그들의 역량이 뛰어나다고는 하나 심리적으로 완벽하게 허를 찔린 상황에서 이런 대마법을 버텨낼 수 있을 정도는 아니다. 공허의 길 거점에 걸린 방어 마법들이 라우라가 발한 마법의 위력을 어느 정도 상쇄시켰기에 이런 결과가 나온 것이다.

〈배신자 라우라!〉

용마인 불사체 전사가 불사체 마법사 둘의 마법 지원을 받으면서 라우라에게 짓쳐 들었다.

아무리 고위 마법사라도 이만한 대마법을 쓰고 난 다음에는 마력의 흐름에 공백이 발생한다. 그는 그 허점을 찌르기 위해 순동법을 발동, 라우라가 폐에 머금었던 숨을 다 내쉬기도 전에 그 앞에 도달해서 검을 내질렀다.

〈죽어라!〉

파지지지직!

하지만 라우라는 이미 방어막을 펼쳐둔 후였다. 그녀가 눈 하나 깜짝하지 않고 말했다.

"아운소르를 빼고 불러줘서 고마워."

〈이익!〉

그가 즉시 마력 패턴을 변환, 지근거리에서 폭발력을 발휘하는 기술로 라우라의 방어를 뚫으려고 했다. 하지만 라우라가 한숨처럼 중얼거리는 것이 더 빨랐다.

"그럼 돌아가."

직후 용마인은 자신의 감각을 의심했다. 분명히 라우라를 눈앞에 두고 있었는데 왜 반쯤 얼어붙어 있는 아군 불사체 마법사들이 보이는 것일까?

반사적으로 감각이 조작당하지 않았나 점검하려던 그는, 반박자 늦게 이유를 깨달았다.

'비탄의 잔!'

그리고 그 반 박자의 혼란이 그의 운명을 결정했다.

콰작!

라우라의 뒤쪽에서 뛰쳐나온 아젤이 새하얀 정화의 불길을 휘감은 검으로 그를 가르고 지나간 것이다. 그는 박살 나서 흩어지는 자신의 파편 속에서 아젤을 발견하고는 끔찍한 비명을 토해냈다.

〈아젤 카르자크……!〉

"잘 아는군."

아젤은 대답과 동시에 검격을 날렸다. 그의 손에 쥐어진 푸른 검이 새하얀 빛으로 화하는 순간, 불사체 전사의 의식이 영원히 끊어졌다.

4

"양동이었나!"

라우라를 치기 위해 공허의 길 거점에서 뛰쳐나왔던 정예 병력은, 뒤쪽에서 일어난 어마어마한 용마력 파동에 전율했다. 극멸광의 파괴 범위는 협소하지만 거기에 들어가는 에너지는 광검해와 동일하니 당연했다.

일행에 대한 정보는 충분히 모았다. 그런 만큼 무슨 수법을 썼는지는 충분히 짐작이 갔다.

하지만 그렇다 해도 공허의 길 거점은 강력한 마법으로 보호받는다. 아젤과 라우라가 강력하다고 해도 그 안의 인원들을 몰살시키기까지는 어느 정도 시간이 필요할 터.

병력을 이끄는 어둠의 설원의 젊은 남성 용마족은 즉시 반전해서 되돌아가려고 했다. 하지만 그는 채 몸을 다 돌리기도 전에 급히 옆으로 뛰었다.

쨔광!

간발의 차로 그가 있던 자리에 섬광이 내리꽂혔다.

"큭……!"

그는 자신이 함정에 빠졌다는 사실을 깨달았다. 숨죽인 채로 은신하고 있던 적들이 모습을 드러내고 있었다.

"용마족 간부라. 오랜만의 월척이로군?"

능글맞게 웃으며 말한 것은 주름살이 자글자글한 용마인 노마법사, 버레인 미르켈이었다.

용마족은 어둠의 설원에서 용마인보다 더 높은 계급에 자리한다. 오랫동안 용마왕 숭배자들과 싸워온 버레인도 용마족 간부를 적으로 삼았던 적은 그리 많지 않았다.

금발에 짙푸른 눈과 용마석, 검푸른 뿔을 가진 용마족 남성이 분노했다.

"이놈! 다 죽어가는 반푼이 늙은이 주제에 나와 싸워볼 생각이냐?"

"오, 제법 신선한 도발이었어, 젊은이. 아니, 나하고 나이는 비슷비슷할지도 모르겠군. 그런데도 파릇파릇하니 아주 부러운걸."

히죽 웃는 버레인 앞에 용마족 간부가 나타났다. 분노에 미친 것처럼 보이다가 한순간에 순동법으로 거리를 좁히면서 기습한다.

쾅!

그러나 버레인은 이미 기습에 대비하고 있었다. 용마족 간부가 검을 내려치는 순간, 측면에서 날아든 섬광이 그를 강타했다.

"큭!"

하마터면 그 자리에 주저앉을 뻔한 용마족 간부는 그 충격을 흘려 버리면서 공격을 가했다.

"불꽃이여, 울부짖어라!"

언령의 힘이 용마력을 폭발적으로 증폭시킨다. 하지만 그가 미처 공격을 휘두르기도 전에 발밑이 폭발했다.

콰쾅!

그것이 시작이었다. 아슬아슬하게 그것을 피해낸 그의 앞에 섬광과 뇌격이 산더미처럼 날아든다. 마치 사방팔방에 함정 마법을 깔아둔 것 같은 상황이었다.

'제기랄! 이런 반푼이에게 농락당하다니!'

용마족 간부는 정신없이 그것을 방어하며 이리 뛰고 저리 뛰었다. 그러는 동안 점점 화가 머리끝까지 치밀었다.

버레인의 의도대로 수세에 몰렸다는 사실 때문만이 아니다. 지금 그를 노리는 공격 중 반 이상이 거짓이라는 점이 그의 분노를 자극하고 있었다.

"내가 이래서 번쩍번쩍해서 눈 아프고 소리 요란한 공격이 좋더군. 실속이 넘쳐."

버레인이 실실 웃었다.

아젤에게 전해 받은 잊힌 비술들은 거의 대부분이 정신에 관여하는 계통이었다. 스피릿 오더나 용령기와 마찬가지로 정신에 관여하는 다양한 방법, 그리고 그 방어법이 가장 중요했다.

버레인은 예전부터 마법을 쓸 때 환영으로 효과를 배가시키는 수법을 즐겨 써왔다. 하지만 어둠의 설원의 정예들을 상대로는 이 방법이 잘 통용되지 않았는데, 잊힌 비술을 가미한 후로는 재미있을 정도로 잘 먹혀 들어갔다.

지금 그와 대적하는 용마족 간부는 상당한 실력자다. 예전 같았다면 상당히 고전했을 것이다.

하지만 지금은 요란한 마법으로 시각과 청각을 자극하면서 정신파를 조작, 거기에 마력 파동까지 교란함으로써 그를 혼란에 빠뜨리고 있었다.

"언제까지 이런 장난이 통할 것 같으냐!"

용마족 간부가 노성을 질렀다.

분명 버레인의 공격은 능수능란했다. 특히 무시하기에는 너무 위력이 강하고, 그렇다고 방어에만 전념하기에는 약한 듯한 그 절묘한 균형감 때문에 짜증이 눈덩이처럼 불어난다.

하지만 상대하는 동안 버레인의 의도가 조금씩 읽히기 시작했다.

'일부러 약간씩 옆을 틔워주면서 몰고 가고 있군. 다른 놈들이 가세하지 않는 것으로 봐서 거기에 함정이 숨어 있을 터.'

전투를 벌이는 것은 그와 버레인만이 아니다. 버레인의 제자들도 그의 부하들과 격전을 벌이고 있었다.

버레인은 고위 마법사의 강점인 물량 공세를 이용해서 용마족 간부의 위치를 제어하고 있었다. 자신에게 뛰어들지 못하도록, 제자들을 공격하지 못하도록… 그러면서 일부러 약간씩 틈을 열어줘서 원하는 곳으로 몰고 가는 것이다.

이건 버레인의 화망을 단숨에 돌파할 능력이 없는 이상 알면서도 끌려갈 수밖에 없다. 그리고 그 종착점에는 분명 미리 준비해 둔 죽음의 함정이 기다리고 있을 터.

'고위 마법사다운 함정 설계다. 인정해 주지. 너는 위험인 물로 불릴 만한 자격이 있는 적이다.'

웬만한 실력으로는 버레인의 의도에 질질 끌려다니다가 쓰러지리라. 하지만 용마족 간부는 이 상황을 타파할 비장의 패를 갖추고 있었다. 문제는 과연 위험을 감수해 가며 그 패를 꺼내 들어야 하느냐인데…….

"크악!"

그때였다. 격전을 벌이던 부하 중 하나가 비명을 지르며 쓰러졌다.

'뭐지?'

부하들은 잘 버티고 있었다. 전사와 마법사 양쪽이 서로 연계해 가면서 적들을 잘 막아내고 있었을 터.

적들의 양동작전에 걸렸다는 것을 안 시점에서, 그는 수비에 치중하면서 지원군을 기다리는 쪽을 택했다. 시간의 압박에 시달리는 것은 공격하는 수호그림자 측이지 방어하는 그들이 아니니까.

그런데 계산이 틀어졌다.

"너무 시간 끄는 건 좋지 않아. 다 늙어서 체력도 형편없는 주제에."

검에 묻은 피를 털며 말한 것은 카이렌이었다. 버레인의 요청으로 상황을 지켜보다가 더 기다릴 수 없다고 판단한 시점에서 개입한 것이다.

'용검공작! 역시 이자도 와 있었나?'

이렇게 되자 더 고민할 여유가 없어졌다. 용마족 간부는 곧바로 결단을 내렸다.

"내 피의 맹약으로 청한다! 영혼의 맹우여, 운명을 강제할 힘을!"

그에게서 막대한 용마력 파동이 쏟아져 나오자 버레인이 긴장했다. 하지만 다음 순간 벌어진 일은 예상을 초월했다.

―용마기 초래! 화염룡의 발톱!

한 손으로 장검을 다루던 그의 반대쪽 손에서 불꽃을 피워내는 붉은 검 형상의 용마기가 초래되었다. 그의 용마력이 압도적으로 증폭되면서 버레인의 마법을 일거에 찢어발기고 강맹한 공격을 날린다.

화아아아악!

폭염이 버레인을 집어삼켰다. 직후 용마족 간부가 방심하는 일 없이 버레인이 있던 자리로 뛰어들었다.

고위 마법사의 무서움은 마치 움직이는 성채처럼 압도적인 물량 공세와 방어력 양쪽을 갖추고 있다는 것이다. 용마기로 가한 일격은 버레인의 예상을 뛰어넘었겠지만 그의 방어 마법을 전부 관통했다고 확신할 수 없다.

하지만 분명한 것은 버레인은 자신이 뛰어들어서 날리는 공격을 막을 여력이 없다는 것이다. 용마족 간부는 격전 속에서 버레인의 마력이 어느 정도인지 확실하게 파악하고 철저한 계산 끝에 승부에 나섰다.

'흥! 늦었다, 용검공작!'

용마족 간부가 회심의 미소를 지었다. 놀란 카이렌이 움직이기 시작했지만, 버레인을 믿고 여유롭게 지켜보던 것이 실수였다. 용마족 간부는 이미 자신이 작렬시킨 폭염을 뚫고 버레인에게 일격을 내려치고 있었다.

"이런."

자신의 머리 위로 떨어지는 공격을 보면서 버레인이 난처한 표정을 지었다.

파아아아앙!

그리고 불꽃을 휘감은 용마기가 무언가에 가로막혔다. 허공에 떠 있는 새하얀 지팡이였다.

"용마기 보유자였을 줄이야. 만의 하나의 가능성을 상정하지 않았다면 죽을 뻔했는걸."

"이건……!"

용마족 간부가 눈을 부릅떴다. 이 지팡이가 무엇인지는 알고 있었다.

용무기.

카이렌과 버레인이 주축이 되어 만들어낸, 용마기가 아니면서도 용마력을 저장하고 활용하는 것이 가능한 도구.

'처음부터 이걸 감춰놓고 있었다니! 이런 사태까지 예측했단 말인가?'

버레인은 처음부터 이 지팡이를 함정 마법에 묻어서 감춰두었다. 용마족 간부가 용마기를 초래, 방어 마법을 돌파해서 접근해 오는 상황을 방아쇠로 삼아서 발동하는 함정 마법에.

용마족 간부가 최후의 일격을 날리는 순간, 용무기에 비축되었던 용마력이 일거에 폭발하면서 함정 마법이 발동했다. 전력으로 뿜어내던 그의 용마력에 급제동이 걸리면서 영맥이 터져 나갈 것 같은 격통이 몰려들었다.

버레인이 말했다.

"그럼 잘 가게. 용마기가 아깝긴 하지만 빼앗을 수도 없는 물건이니 저승에서 노잣돈 대용으로 쓰시게나."

"크어……!"

용마족 간부는 분노의 말을 토해내고 싶었지만 나오는 것은 괴성뿐이었다. 버레인이 쏘아낸 섬광을 쏴서 그의 머리를 날려 버렸다.

5

수호그림자는 공허의 길 거점을 공격할 때 속전속결을 기본 지침으로 삼는다. 다른 공허의 길 거점을 통해서 지원군이 오면, 그 지원군이 알마릭이나 레이거스처럼 대적하기 힘든 위험인물이라면 곤란하기 때문이다.

그것은 아젤 일행이 합류했어도 마찬가지였다. 이번 전투는 격렬했지만 아젤 일행이 적들을 몰살시킬 때까지는 10분 정도밖에 걸리지 않았다.

하지만 전투가 짧았다고 해서 피로가 없는 것은 아니다. 목숨이 오락가락하는 긴장감과 공포는 불과 몇 초라고 해도 기력을 바닥까지 깎아먹게 마련이니까.

"후우. 정말이지 이럴 때는 속늙은이인 자네가 부럽군그래."

버레인이 약을 태운 연기를 흡입하면서 투덜거렸다. 신경을 안정시키고 육체에 활력을 부여하는 회복용 약이었다.

버레인의 마력은 대마법사답게 강대하다. 하지만 그 육체는 이미 노쇠해 있었다. 좀 더 느긋한 상황이었다면 모를까, 강적과 목숨을 걸고 격전을 벌이고 나자 기력이 바닥까지 떨어져 버렸다.

카이렌이 말했다.

"다 늙어서 무리하기는. 앞뒤 가리지 않는 애송이도 아니고 이제 와서 전설의 영웅에게 자기 기량을 어필하고 싶어서 무리하다니. 수호그림자들이라도 참가시켰으면 훨씬 쉽게 끝났을 것 아닌가?"

"이겼으면 됐지 뭘 그렇게 말이 많나?"

버레인과 제자들은 수호그림자 개체들조차도 배제한 채로 전투를 벌였다. 평소대로 그들의 지원을 받았다면 훨씬 부담 없이 끝낼 수 있었을 것이다.

'안타깝군.'

아젤은 그 모습을 보며 진심으로 안타까웠다.

버레인은 이전에도 어둠의 설원에서 주의 대상으로 지정할 정도로 뛰어난 마법사였다. 그리고 이제는 고위 간부들조차도 일대일로는 승산을 장담할 수 없는 상대가 되어 있었다.

카이렌이나 아리에타, 세이가가 그랬듯이 기본적인 역량이 뛰어난 자들은 실전된 비술을 배우는 것만으로도 종합적인 능력이 극적으로 상승한다. 아마 버레인은 어둠의 설원과 아발탄 숲을 제외하면 대륙에서 열 손가락 안에 드는 역량의 마법사일 것이다.

'이만한 나이가 되도록 마법에 전념했기에 도달한 경지겠지만… 이 시기에, 이미 노쇠했으니.'

아젤은 버레인의 기량을 아까워했다. 유렌을 잃은 지금, 그는 그 빈자리를 채울 수 있는 마법사였다.

하지만 그는 이미 노쇠했다. 용마인이라서 그 나이라고는 생각할 수 없을 정도로 에너지가 넘치지만, 늘 강행군이 생활화된 일행과 함께 움직일 만한 인재는 아니다.

'제자들도 제법 뛰어나기는 하지만 우리가 필요로 하는 수준에는 도달하지 못했고.'

버레인과 제자들이 싸울 때 아젤 일행이 개입하지 않은 것은 그들의 요청이 있었기 때문이다. 그들은 자신들의 역량을 아젤에게 증명하고 싶어 했다.

결론적으로 아젤은 그들의 역량은 훌륭하지만 일행에 합류시키기에는 부적합하다는 판단을 내렸다. 아테인이 부활한 지금 유렌의 빈자리는 너무 컸다.

'마법사가 필요한데…….'

라우라는 대단히 뛰어난 마법사지만, 그녀만으로는 부족하다. 예를 들어 이번처럼 일행이 둘로 나뉠 경우 양쪽을 다 지원할 수는 없는 것이다.

문득 카이렌이 의아한 표정을 지었다.

"음? 이건 또… 무슨 일인지 모르겠군."

"뭡니까?"

"놈들 사이에 내분이 일어났다."

"뭐라고요?"

다들 깜짝 놀라서 카이렌을 바라보았다.

카이렌은 수호그림자의 지팡이를 들고 있었고, 수호그림자 개체의 절반 이상이 공허의 길 거점들을 감시하는 역할에 투입되어 있었다. 그리고 그들이 이변을 감지하고 카이렌에게 알려온 것이다.

수호그림자가 보는 광경을 뇌리에 전달받은 카이렌이 중얼거렸다.

"놈들끼리 싸우고 있군. 게다가 이거… 쫓기는 쪽이 꽤나 거물이 아닌가?"

6

부활한 아테인의 선언 이후로 어둠의 설원은 격렬한 혼돈의 소용돌이에 휩쓸렸다.

각 세력의 수뇌들은 아직 태도를 명확히 하지 않았다. 위대한 어둠이 있는 이상 의미 없다는 것을 알면서도 아테인의 눈길을 피해서 자신들끼리 회합을 갖고 격론을 벌였다.

지시를 내려야 할 수뇌들이 이런 상황이니 외부 조직원들이 혼란을 일으킬 수밖에 없다. 수호그림자가 포착한 그들의 허점은 이런 이유로 발생한 것이다.

자신의 뜻을 명확히 밝힌 아테인은 그 후로 용마궁에 처박혀서 아무런 움직임도 보이지 않았다. 분명 수뇌부의 행동을, 그 마음속까지도 뻔히 알면서도 제재를 가하지 않는 것은 그들에게 선택할 기회를 주는 것으로 보였다.

용마전쟁 시절에 이런 일이 있었다면 용마왕군은 사분오열되었으리라. 당시의 용마왕군은, 원래는 각 지방에서 자신만의 왕국을 가졌던 용마족들이 아테인을 중심으로 연합한 형태였으니까.

그러나 지금 용마왕 숭배자들에게 있어서 아테인은 살아 있는 신이다. 그리고 다들 용마왕 숭배에 의존해서 세력을 구축해 온 터라 이곳을 떠나면 아무것도 남는 것이 없었다.

즉 결과는 정해져 있는 셈이다. 수뇌들도 그 사실을 알면서도 마지막 한 걸음을 주저하는 것뿐이고.

〈그런 와중에 이런 패기 넘치는 행동을 하다니… 역시 다 늙은 놈들과 달리 젊어서인가?〉

그렇게 물은 것은 용마족 불사체 마법사였다. 생전에는 장신의 용마족이었을 그는 해골만 남은 몸에 살아 있을 때 입었던 것으로 보이는 화려한 로브를 걸친 채로 상대를 바라보고 있었다.

그 앞에서 어둠이 피어오른다.

무시무시한 용마력 파동이 뿜어지고 온갖 위협적인 마법이 구현되었다. 하지만 용마족 불사체는 여유로웠다.

〈확실히 나이에 비하면 놀라운 실력이지만 그분의 후계자를 자처하기에는 아직 미숙하군. 재능이 출중할진대 성취가 이 정도에 머무른 것은 역시 스승이 문제겠지.〉

파직! 파치칫! 파지지직!

그가 고속으로 구현하는 마법들이 어둠으로부터 비롯된 적의 마법들을 모조리 무력화한다. 그런 그에게 다른 용마족 불사체가 말했다.

〈잘난 척하기는. 귀공 혼자였으면 당했을 것이다. 애송이 취급할 실력은 아니야. 과연 그분의 딸이라 할 만해.〉

〈내 용마기만 있었어도 일대일로도 충분했을 것이다. 아니면 저 공주님에게 그분의 용마기가 없거나.〉

대화를 주고받는 용마족 불사체는 세 명이었고 모두 마법사였다.

그리고 그들과 대적하고 있는 사람은 긴 검은 머리칼을 휘날리는 용마족 여성, 니베리스였다.

7

부활한 아테인의 선언은 어둠의 설원의 모든 자에게 엄청난 충격을 주었다. 니베리스 역시 충격으로 인해서 잠시 동안 아무것도 생각하지 못했을 정도였다.

그리고 그 충격은 그녀에게 절망적인 깨달음을 주었다.

'그럼 나는 지금까지 무엇을 한 거지?'

자신은 용마왕 아테인의 피를 이은 자로서 최전선에서 싸울 의무가 있다고 여겼다. 아테인이 돌아오는 그날까지 앞장서서 목숨을 걸고 싸우는 것이 니베리스의 긍지였다.

그런데 그녀가 믿고 있던 삶의 대전제를, 다른 누구도 아닌 아테인이 부정했다.

아젤이 가져온 사이베인의 전언에 괴로워하고 있던 그녀는 도저히 견딜 수가 없었다. 지금까지 목숨 걸고 수행하던 가치가 송두리째 거짓이었음을 알게 되었는데 어찌 절망하지 않겠는가?

'아버님을 만나고 싶어.'

며칠간 식음을 전폐하던 니베리스는 충동적으로, 정말 아무런 계획도 없이 어둠의 설원에서 이탈했다.

그리고 얼마 지나지 않아서 추적자들이 따라붙었다.

추적자들은 그녀를 회유하려고 시도했지만 실패했다. 그러자 그녀를 생포하기 위해서 공격해 왔다.

물론 그 결과는 그들의 전멸이었다. 하지만 니베리스가 아발탄 숲까지 가기 전에 또 다른 추적자들이 몰려왔고, 그들은 감당하기 힘든 난적이었다.

'강하다.'

용마족 불사체 마법사들의 실력은 보통이 아니었다. 불사체가 되면서 용마력을 잃었지만 마력의 양만으로 보면 니베리스의 본신 능력과 필적하는 수준이고, 마법 운용에 대해서는 좀 더 고단수다.

이들 셋을 상대로 니베리스가 버텨내고 있는 것은 암혼의 서가 있기 때문에, 그리고 저들이 되도록 니베리스를 죽이지 않고 생포하고자 하기 때문이다. 죽일 생각으로 덤볐다면 이미 그녀는 이곳에 뼈를 묻었을지도 모른다.

'역시 성전에 참가했던 자들다운 실력이다.'

이들은 용마전쟁 당시 용마왕군이었던 자들이다.

언젠가 아테인이 부활하는 그날을 맞이하고자 스스로를 불사체로 만들고 잠들었던 자들.

공허의 길 거점이 공격받기 시작한 시점에서 다급해진 어둠의 설원의 상층부는 그들을 깨웠다. 그리고 그들은 산 자들과는 달리 별 갈등 없이 아테인의 뜻을 따르기로 했다.

비록 초기에 지금의 어둠의 설원을 광기 어린 사교 집단으로 만드는 데 일조한 자들이기는 하나, 그들은 권력을 잡고 세월을 보낸 자들과 달리 여전히 아테인을 절대자로 여기고 있었다. 용마전쟁 때와는 방법이 좀 달라졌다고는 하나 세상을 바꾸고자 하는 그의 이상에 기꺼이 능력을 바칠 생각이었다.

〈슬슬 지친 것 같으니 끝을 내보도록 하지. 공주님, 좀 아플지도 모르지만 얌전히 포기하지 않은 대가라고 생각해 주길.〉

셋 중 둘이 니베리스와 마법전을 벌이는 동안 다른 하나가 느긋하게 대마법을 준비했다. 니베리스는 암혼의 서를 이용, 물량 공세를 퍼부어서 방해하려고 했지만 저들의 방어는 철벽이었다.

—검은 죽음의 추종자들!

그리고 니베리스가 언젠가 용마전쟁의 기록에서 보았던, 하지만 아직까지 열람이 허락되지 않아서 터득하지 못한 대마법이 구현되었다. 사방에서 사악한 힘이 뭉쳐서 갑옷을 입은 거인의 윤곽 열두 개를 그려내기 시작한다.

그것은 니베리스도 종종 구현하는 흑마법의 권속, 부정체(不正體)였다. 하지만 니베리스의 것과는 달리 물리적인 몸이 없는 순수한 마력의 정수인데다가 아주 강력한 마법이 깃들어 있었다.

흐어어어어······!

커다란 검을 든 부정체들이 니베리스를 향해 다가왔다. 마치 땅을 미끄러지는 듯 꾸물거리며 다가오는데 그 속도가 놀랍도록 빠르다.

"큭!"

니베리스가 그들을 향해 폭염을 날렸다. 일단 돌진을 저지한 후에 연달아서 마법을 완성할 생각이었지만······.

파칫!

"아······!"

결과가 너무 예상을 벗어나서 니베리스는 잠시 멈칫하고 말았다. 그녀가 쏘아낸 폭염이 부정체들의 표면을 미끄러지듯이 궤도가 틀어지는 게 아닌가?

콰앙!

그리고 폭음이 울리며 그녀의 방어 마법이 뒤흔들렸다. 잠깐 동요한 사이에 용마족 불사체들이 공격을 가해온 것이다.

〈역시. 이 마법은 터득하지 못했군. 어떤 효과를 발휘하는지도 제대로 모르고 있어.〉

"으윽!"

니베리스가 허둥지둥 방어 마법의 부서진 부분을 복원했다. 그러면서 암혼의 서에 비장된 마법을 발동, 부정체들의 움직임을 막으려고 시도한다.

흐어어어어……!

하지만 소용없었다. 그들을 자극해서 구성의 요체를 풀어내기 위해 쓴 저주는 고스란히 삼켜지고 물리적인 현상을 일으키는 마법은 표면을 미끄러지듯이 궤도가 어긋나 버린다.

그 현상들을 관찰한 결과 니베리스는 답을 얻었다.

'흑마법사를 사냥하기 위한 마법이군.'

저주의 힘이나 사령의 힘을 먹어서 정화 펌프처럼 자신의 힘으로 소화해 버리고, 불꽃이나 뇌전처럼 물리적인 현상을 일으키는 마법은 강력한 항마(抵魔)의 힘이 깃든 표면으로 받아낸다.

이것은 흑마법인 주제에 철저하게 흑마법사를 잡기 위해 설계된 마법이었다. 어둠을 마력의 본질로 삼고 흑마법을 장기로 삼는 니베리스에게는 최악의 공격이다.

물론 그 능력도 한계는 있다. 하지만 열두 개체가 하나처럼 움직이는데다가 니베리스 자신과 필적하는 실력의 마법사가 셋이나 그 뒤를 받치고 있다 보니 금세 수세에 몰렸다.

〈공주, 포기하시오. 우리도 그대를 해치고 싶지 않소. 얌전히 제압되어 준다면…….〉

그때였다. 그들 사이로 이질적일 정도로 선명한 붉은색을 띤 꽃잎 하나가 팔랑거리며 지나갔다.

〈음?〉

〈이건 설마……?〉

용마전쟁에 참전했던 그들은, 전혀 예상 못한 상황이 무엇을 의미하는지 금세 깨달았다.

―혈화(血花)의 정원!

뒤이어 수백, 수천 개의 붉은 꽃잎이 어지럽게 흩날리면서 공간을 잠식해 갔다.

〈피 흘리는 별이라니, 발타자크 장군님의 후예도 배신에 동참하는 건가?〉

일반적인 역량의 소유자들이라면 꼼짝없이 허를 찔렸을 것이다. 하지만 그들은 이미 용마전쟁 때 지긋지긋할 정도로 피 흘리는 별의 권능을 보아온 이들이었다.

〈아깝군. 공들여서 준비한 것들인데 이렇게 날려먹어야 한다니.〉

두 명이 잽싸게 역장을 형성, 혈화의 정원이 완성되는 것을 늦추었다. 그리고 그동안 나머지 한 명이 시간 차로 마법을 완성하고 손가락을 튕겼다.

직후 부정체 중 두 개체가 폭발했다.

퍼어어어어엉!

마력 파동이 폭풍처럼 휘몰아치면서 혈화의 정원을 구성하던 붉은 꽃잎들을 날려 버렸다. 막 완성을 앞두고 있던 혈화의 정원이 와해되고 그 너머에서 아연해하는 키르엔이 모습을 드러냈다.

〈정말 닮았군, 발타자크 장군님과.〉

키르엔을 처음 본 용마족 불사체들이 놀라워했다. 그러면서도 키르엔과 달리 행동을 멈추지 않았다.

저주의 섬광이 날아들어서 키르엔의 방어 마법 위를 때렸다. 그리고 그사이 부정체 하나가 그에게 쇄도한다.

"감히!"

키르엔이 분노하며 대응했다. 지면이 폭발하면서 부정체를 뒤집어 버렸다.

꽈르르릉!

뒤이어 측면에서 날아든 뇌격이 용마족 불사체들을 급습, 잠시 시선을 가린 사이에 붉은 꽃잎들이 나풀거리기 시작한다. 그것을 보면서 용마족 불사체들이 당혹감을 드러냈다.

〈이런. 오기 전에 이미 피를 확보하고 온 건가?〉

용마장군 발타자크의 용마기 피 흘리는 별은 주변의 피를 구속하고 지배한다. 상처가 나서 출혈이 일어나면 그 피가 허공에 떠서 피 흘리는 별에게 빨려 들어가고, 그렇게 흡수한 피를 마력원으로 삼아서 압도적인 규모의 마법을 퍼부어댈 수 있었다.

그것은 반대로 말하자면 마력원이 될 만한 피를 확보하지 않는다면 제대로 능력을 발휘할 수 없다는 의미도 된다. 용마족 불사체들은 니베리스와 격전을 벌이는 동안 주변의 생명체를 몰살시키고, 시체조차 제대로 남겨두지 않았기에 피 흘리는 별이 진가를 발휘할 수 없으리라 판단했다.

그런데 키르엔은 이곳에 오기 전에 다른 곳에서 대량의 살상을 저지르고 피를 비축해 온 상태였다. 그가 뿜어내는 용마력이 한계를 모르고 증대되고 있었다.

〈위험하군……!〉

가장 위험한 전장 형성 기술, 혈화의 정원은 막아냈지만 키르엔이 뿜어내는 힘이 너무 막강했다. 니베리스와 그가 협력한다면 세 용마족 불사체로서도 승산을 장담할 수 없게 된다.

문득 그들 중 하나가 말했다.

〈내가 하지.〉

〈괜찮겠나?〉

〈한 한 달 정도 잠들게 되겠지만, 저 용마기들을 회수한다면 남는 장사다.〉

용마족 불사체들은 용마전쟁 당시, 아테인과 용마장군들을 통해서 온갖 비술을 터득했던 자들이다. 용마전쟁 당시에는 용마왕군 역시 수제자가 아니더라도 쉽게 비술을 전수하는 분위기였던 것이다.

그러다 보니 신분과 성과에 따라서 비술 열람권을 얻는 어둠의 설원에서 자라난 젊은 세대와는 역량의 폭이 다르다. 그들 중 하나가 비장의 마법을 발현했다.

"설마?"

그것을 본 니베리스가 눈을 크게 떴다. 검은 죽음의 추종자들과 달리 이 마법은 그녀도 익히 아는 것이었다.

─어둠의 여왕!

니베리스도 암혼의 서의 힘을 빌려야만 구현할 수 있는 대마법, 어둠의 여왕이 완성되면서 해일 같은 어둠이 일었다. 그 한가운데서 용마족 불사체가 해골의 눈구멍 안쪽에서 흉흉한 안광을 발하고 있었다.

〈후후. 산 자인 그대들은 모르겠지만 우리는 이미 죽은 몸, 자신의 본질을 위대한 어둠에 묻고 그 힘을 빌리면 이런 일도 가능하지.〉

어둠의 여왕은 어둠의 마력을 다루는 마법사의 능력을 폭발적으로 증가시킨다. 워낙 강력한 마법인만큼 구현하는 데 시간이 걸리게 마련인데 용마족 불사체는 너무나도 빠르게 완성했다.

용마기가 있는 것도 아니고, 마법사로서의 역량이 니베리스보다 월등히 뛰어난 것이 아닌데도 이런 일이 가능하다는 것은 그만한 대가를 치러야 한다는 의미다. 조금 전의 대화로 미루어봐서 정해진 활동 시간을 지나고 나면 한동안 잠들게 될 터.

하지만 당장 그 위용을 상대해야 하는 니베리스와 키르엔 입장에서는 의미 없는 문제점이었다.

키르엔이 바짝 긴장한 표정으로 말했다.

"니베리스, 가라."

"키르엔?"

니베리스가 깜짝 놀라서 그의 이름을 불렀다.

주변에 아무런 말도 하지 않고 뛰쳐나온 그녀를 구원하기 위해 나타난 것만 해도 놀라운 일이었다. 키르엔 역시 만만찮게 충격을 받았을 텐데도 니베리스를 걱정하고 그녀의 행동에 주목하고 있던 것이다.

"사이베인 님을 만날 생각이지?"

"어떻게 그걸……."

"오랫동안 알고 지낸 사이다. 그 정도는 알지."

키르엔은 용마족 불사체들을 노려보면서 등 뒤로 말했다. 니베리스에게 자신의 서글픈 표정을 보이고 싶지 않아서였다.

"여기는 내가 막겠다. 네가 이탈할 시간 정도는 벌어줄 수 있을 거야."

"거절한다."

"뭐?"

니베리스의 단호한 대답에 키르엔이 깜짝 놀라서 그녀를 돌아보았다. 그리고 그 순간 어둠의 여왕을 구현한 용마족 불사체가 공격을 가해왔다.

쾅!

폭음이 울리며 키르엔이 뒤로 밀려났다. 너무 놀라서 허점을 보이는 바람에 죽을 뻔했다. 그것을 막아낸 것은 니베리스였다.

"아버님을 만나고자 하는 것은 내 이기심이다. 그런 목적을 위해 그대가 희생한다면, 나는 나 자신을 용서할 수 없다."

니베리스는 단호했다. 그녀의 주변에서 어둠이 들불처럼 피어올랐다.

"성전을 경험한 자들이여."

그녀가 해일처럼 일어 오른 어둠을 마주하며 말했다.

"그대들이 강하다는 것을 인정하마. 그러나 우리도 이 시대의 최전선에서 싸워온 몸. 호락호락하지는 않을 것이다."

〈음?〉

동시에 용마족 불사체들이 깜짝 놀랐다. 예상 밖의 사태가 벌어졌기 때문이다.

어둠의 여왕으로 일으킨 어둠의 마력이 조금씩 니베리스에게 흡수되고 있었다.

〈암혼의 서인가? 저런 기능은 없었는데?〉

용마기 암혼의 서에 비장된 마법이 이변을 일으키고 있었다. 니베리스가 차가운 눈으로 그들을 노려보며 말했다.

"그대들이 잠들어 있는 시간은 200년 이상… 설마 그동안 아버님께서 아무런 발전도 없이 정체해 있었을 것이라 생각했는가?"

〈으음!〉

용마족 불사체들이 신음했다.

"니베리스……."

키르엔은 복잡한 감정이 실린 표정으로 니베리스를 바라보았다. 자신의 뜻대로 따라주지 않는 니베리스에 대한 답답함과 원망, 그런 한편 자신을 희생시키지 않겠다고 단언하는 그녀의 태도에 대한 경탄과 애정이 뒤엉켜 이루 말할 수 없는 혼돈을 일으키고 있었다.

"내가 무엇을 바라건 스스로를 용서할 수 없는 방식이라면 아무런 의미도 없다. 키르엔, 내가 아버님을 만나길 바란다면……."

니베리스가 말했다.

"나와 함께 싸워서 저들을 쓰러뜨려라."

"하……."

뻔뻔하기까지 한 그 말에 키르엔은 자기도 모르게 웃음을 터뜨렸다.

"하하하하! 멋지군."

어깨를 들썩이며 웃던 그가 후련한 표정으로 말했다.

"그래. 내가 아는 니베리스는 이런 사람이었지. 네 뜻대로 하겠다."

〈이래서 젊은이들이란…….〉

용마족 불사체들이 고개를 절레절레 저었다.

그리고 220년의 간극을 사이에 둔 그들이 재차 격돌했다.

8

고위 마법사의 싸움은 서로가 가진 자원이 얼마나 많으냐에 크게 좌우된다.

마력이나 마법 구사 능력처럼 본신의 능력도 중요하지만 자신의 특기 마법이 얼마나 효과를 발휘하는 전장인가, 마법을 보조하기 위한 준비를 얼마나 많이 해왔는가가 큰 영향을 끼치는 것이다.

마치 전장에서 같은 수의 병력이 맞붙더라도 무기와 식량 보급이 얼마나 잘되었는지에 따라서 승패가 좌우되는 것과 같은 이치다.

그렇기 때문에 그것은 처음부터 결과가 정해진 싸움이었다.

"으윽……."

피투성이가 된 키르엔이 그 자리에 주저앉았다. 앞으로 엎어지는 그의 머리를 백골의 손이 붙잡았다.

〈훌륭하군. 결국 우리 셋 모두를 이렇게 만들다니…….〉

두 젊은 용마족과 세 용마족 불사체의 싸움은 치열한 격전이었다.

전투 결과 세 용마족 불사체 모두가 한동안 잠들 것을 각오하고 어둠의 여왕과 동급의, 자신의 능력을 폭발적으로 증가시키는 대마법을 써야 했다. 그러고도 두 젊은 용마족을 압도하지 못해서 검은 죽음의 추종자들을 모두 잃고, 그들 중 둘은 몸이 반쯤 파괴되었다.

산 몸이었다면 오히려 패배했을지도 모른다. 하지만 그들은 불사체였고 몸의 손실도 힘을 저하시킬망정 치명적이지는 않았다. 저주의 힘 때문에 회복이 더디기는 하지만, 조금씩 부서진 뼛조각이 돌아와서 제 모습을 복원해 간다.

문득 용마족 불사체 하나가 말했다.

〈이건 어떤가? 협상을 제안하지, 공주님.〉

쓰러져서 붙잡힌 키르엔과 달리 니베리스는 아직도 투지가 살아 있었다. 하지만 암혼의 서도 해제되었고 부상을 입어서 숨결이 거칠어졌다.

용마족 불사체가 그런 그녀에게 키르엔을 붙잡아 들이댔다.

〈공주님은 반드시 살려서 돌아갈 생각이지만, 젊은 발타자크 공까지 그럴 필요는 없지. 발타자크 장군님을 쏙 빼닮은 후손에게 이러고 싶지 않지만, 죽여서 그분의 용마기를 되찾을 수 있다면 그렇게 할 수도 있다.〉

니베리스가 분노했다. 경멸 가득한 눈으로 그를 노려보며 말했다.

"이놈! 인질극 따위를 벌이다니, 성전에 참가한 자로서 긍지도 없는가?"

〈내 긍지 따위는 왕의 대의에 비하면 하찮은 것이다.〉

"큭……."

〈그리고 나는 최대한 평화로운 해결책을 제안하는 것이다. 이대로 싸워도 결과는 정해져 있지. 하지만 우리도 여유가 없는지라 공주님을 죽여 버리게 될지도 몰라. 그런 결말은 피하고 싶다.〉

니베리스가 입술을 깨물었다. 용마족 불사체가 진심이라는 것은 알 수 있었다.

혈통의 문제가 아니다. 객관적으로 판단할 때, 그녀의 암혼의 서는 위대한 어둠에 종속되지 않았으니 오로지 그녀가 자의로 계승해 줘야만 저들의 손에 들어간다. 그에 비해 키르엔의 피 흘리는 별은 그가 죽는 순간 용마궁으로 돌아갈 것이다.

애당초 저런 거물들이 니베리스의 추적자로 나선 것도 그녀의 신분보다는 암혼의 서 때문이었으리라. 그들 입장에서는 그냥 놓아주기에는 너무 가치가 높은 용마기였으니까.

무시무시한 압박감이 니베리스를 짓눌렀다.

'방법이 없군······.'

답이 정해져 있는 문제였다. 니베리스는 굴욕감으로 몸을 떨며 입을 열었다.

"알겠다. 그대의 제안대로 하······."

그런데 그때였다.

「발견.」

「적대 목표 설정.」

「확보······.」

순간 니베리스는 경악해서 고개를 돌렸다.

사방에서 어린아이가 속삭이는 것 같은 목소리가 울렸다. 니베리스가 영원히 잊을 수 없는 목소리들이었다.

그리고 새하얀 유령 같은 형체들이 질주했다. 허상처럼 사라졌다 나타났다 하면서 대지를 미끄러지는 그들은 수호그림자였다.

〈이놈들이 어떻게 여길?〉

용마족 불사체들이 당황했다.

눈치채지 못하는 사이에 30여 개체의 수호그림자가 달려오고 있었다. 원거리 공격 능력을 지닌 개체들이 집중포화를 퍼붓고, 그 사이로 근접 격투 능력을 지닌 개체들이 뛰어들었다.

〈젠장! 발타자크 공과 공주님을 보호해!〉

용마족 불사체들은 짜증을 내며 행동을 결정했다. 인적이 전혀 없는 이곳에 어떻게 나타난 것인지는 모르겠지만 수호그림자는 용마왕 숭배자를 말살하는 것을 사명으로 삼는 자들. 이 자리에 있는 모두를 공격할 것이다.

그렇게 생각했는데…….

〈이럴 수가! 어떻게 된 거야?〉

수호그림자들은 니베리스를 무시하고 돌진, 세 용마족 불사체만을 공격하는 게 아닌가?

심지어 그들이 당황해서 물러나는 사이 키르엔을 확보하더니 니베리스에게 던졌다. 니베리스는 반사적으로 마법을 써서 키르엔을 받아 들었다.

그러자 그 앞으로 수호그림자 개체 하나가 스르르 다가오더니, 그녀도 익히 알고 있는 목소리를 냈다.

「흠. 설마 내가 니베리스 너를 구해주는 날이 올 줄은 몰랐군.」

"냉혈의 여제?"

레티시아의 목소리였다. 레티시아의 목소리가 응답했다.

「그래. 길게 이야기 나눌 시간이 없고, 그리고 싶지도 않으니 시간 벌어주는 사이에 꺼져. 우리 쪽 수도 얼마 안 되어서 오래 버텨주진 못할 테니까.」

수호그림자 개체를 통솔해서 전투를 벌이는 것은 카이렌보다 레티시아 쪽이 훨씬 능숙하다. 하지만 아무리 능숙해도 이곳에 모인 수호그림자 개체수가 워낙 적어서 한계가 있었다.

잠시 혼란스러워하던 니베리스가 말했다.

"…신세는 언젠가 갚겠다."

「기억해 두지.」

니베리스는 그 목소리를 뒤로하고 키르엔과 그 자리를 벗어났다.

9

"젠장. 역시 기분 더럽군."

레티시아는 눈을 감은 채로 투덜거렸다.

카이렌은 수호그림자 개체들의 절반 이상을 공허의 길 거점을 감시하는 데 투입해 두었다. 그래서 니베리스가 어둠의 설원 쪽 공허의 길을 이용, 아발탄 숲 쪽으로 향하는 것을 탐지할 수 있었던 것이다.

니베리스를 구하고자 투입한 수호그림자 개체수가 적었던 것은 지리적 위치 때문이다. 어둠의 설원 곳곳에 있는 공허의 길 거점에는 감시자만 배치했을 뿐, 별도의 전투 병력을 준비해 두지 않았으니까.

카이렌이 쓴웃음을 지으며 말했다.

"이해는 하지만 어쩔 수 없는 일 아닌가?"

가장 먼저 니베리스를 구하자고 주장한 것은 라우라였다.

아마 이성보다는 감성에서 나온 말이리라. 일행은 이 건에 대해서 빠르게 논의를 거쳤고, 결국 니베리스를 구하기로 결정했다.

레티시아가 말했다.

"아니까 성의껏 하고 있는 거지. 그나저나 이놈들 상당하군. 지칠 대로 지친 주제에……."

세 용마족 불사체도 니베리스, 키르엔과 싸우느라 만신창이가 되었다. 그런데도 수호그림자들의 맹공을 거뜬하게 받아내고 있었다.

문득 레티시아가 눈살을 찌푸렸다.

"음?"

"왜 그러지?"

카이렌이 물었다.

레티시아가 굳은 표정으로 말했다.

"큰일 났군."

"무슨 일이야?"

"아무래도 헛수고를 한 것 같아."

"그러니까 대체 무슨……."

"레이거스가 나타났다."

카이렌이 흠칫했다. 이 상황에 레이거스가 나타나다니, 그러면 지금 그곳에 있는 수호그림자만으로는 시간벌이조차 할 수 없다. 니베리스와 키르엔은 금세 잡히고 말 것이다.

"제기랄!"

카이렌이 옆에 있던 나무를 쳤다. 하지만 곧 낭패한 표정을 짓던 레티시아의 표정이 묘하게 변했다.

"잠깐. 뭔가 이상한데?"

"또 무슨 일이지?"

"레이거스가 우리한테 할 말이 있는 모양이야."

10

레이거스가 등장함과 동시에 세 용마족 불사체와 수호그림자의 전투가 멈췄다. 그가 양쪽의 전투 행위는 안중에도 없다는 듯 그 사이를 성큼성큼 걸어와서 끼어들었기 때문이다.

〈흠. 잠시 멈춰봐라.〉

레이거스가 수호그림자가 날린 섬광, 그리고 반대편에서 용마족 불사체들이 날린 화염을 몸으로 받아내며 말했다. 정통으로 작렬했는데도 아무 일도 없다는 듯이 걸음을 옮기는 그의 모습에 양쪽 다 멈칫했다.

〈어이, 얼음 아가씨, 지금 이쪽을 보고 있는 거지?〉

「……」

〈그토록 신 나게 싸웠던 사이인데 아닌 척하면 좀 서운한데. 뭐 여성의 부끄러움은 미덕이니 탓할 수는 없지. 잠시 기

다려 주게나.〉

그렇게 말한 레이거스가 세 용마족 불사체를 바라보며 말했다.

〈부탁할 게 있는데 들어주겠나?〉

〈무슨 말씀이십니까?〉

용마족 불사체들이 긴장했다. 레이거스의 분위기가 이상했기 때문이다.

〈그냥 이대로 돌아가라.〉

〈……〉

〈너희가 왜 여기에 와 있는지는 알아. 사이베인의 딸과 발타자크의 손자가 가진 용마기를 확보하기 위해서라는 거. 그거 그만두고 돌아가라는 거다.〉

〈그 부탁을 들어드릴 수 없다면 어쩌실 겁니까?〉

〈그야……〉

레이거스가 내키지 않는다는 듯 볼을 긁적였다.

〈나랑 한판 떠야지.〉

살아 있는 몸이었다면 숨을 삼켰을 것이다. 하지만 셋 다 불사체인지라 움찔하며 굳었을 뿐이다.

레이거스가 말했다.

〈예전에 같이 싸웠던 놈들 상대로 그러고 싶지 않다. 무엇보다 이미 다른 사람하고 싸워서 너덜너덜해진 걸 쳐서 죽이는 것도 영 기분이 더러울 것 같거든. 그러니까 여기서는 곱게 물러가라.〉

〈레이거스 공, 당신은… 그분을 거역할 생각이십니까?〉

〈그렇게 됐다.〉

레이거스는 부정하지 않았다.

〈아테인이 이번에 하려는 짓은 아무리 생각해도 내 성미에 안 맞아서 말야. 이런 몸으로나마 되살려 준 은혜가 있기는 하지만 그건 용마전쟁 때 목숨 바쳐서 일한 거하고, 이번에 부활할 때 도와준 걸로 퉁 치련다.〉

레이거스는 위대한 어둠에 종속된 불사체지만, 그 의지는 아테인에게 구속되지 않았다. 부활한 아테인의 목적을 들었을 때, 그는 더 이상 아테인을 왕으로 섬기지 않기로 결정했다.

〈아테인이야 내가 말하지 않아도 알았겠지만, 그래도 곧바로 뒤통수치는 건 사나이답지 못하지. 제대로 된 무대가 갖춰지면 그곳에서 신 나게 한판 떠보자고.〉

〈후회하실 겁니다.〉

〈난 그런 거 안 해. 내 성격 잘 아는 놈들이 그러나?〉

결국 세 용마족은 더 이상의 추격을 포기하고 물러났다. 멀어져 가는 그들을 보던 레이거스가 수호그림자를 돌아보며 말했다.

〈자, 그럼… 얼음 아가씨. 목소리를 좀 들려주지 않겠나? 중요한 이야기를 해야겠는데.〉

魔龍
展劍

1

용마궁 내부에 있는 공허의 길 거점은 아무나 쓸 수 없도록 되어 있었다. 용마궁 내부에서 바깥으로 나갈 수는 있지만, 외부의 공허의 길 거점에서 이곳으로 들어오기 위해서는 엄격한 인가 절차를 거치거나 아니면 강력한 권한을 갖고 있어야 한다.

그리고 관리자들은 당연히 그런 권한을 가진 자들에 대해서 숙지하고 있었다. 모두가 어둠의 설원에서 높은 지위를 자랑하는 자들이라 자칫 못 알아보기라도 하면 뒷감당을 할 수 없기 때문이다.

"추운 동네군. 용마궁이라길래 뭔가 장엄하고 멋진 모습을 기대했는데 크기만 하지 영 황량해서 별로네."

그런데 지금 등장해서 주변을 두리번거리며 중얼거리는 자는 그들이 모르는 얼굴이었다.

처음 보는 순간 자연스럽게 머리카락부터 시선이 가는 용마족 청년이었다. 부스스한 머리카락의 색은 청백색, 눈길을 끌 수밖에 없는 색이다. 눈동자와 용마석은 녹색이었고 귀 위쪽으로는 산양의 그것을 닮은, 아주 옅은 푸른빛이 도는 회백색의 뿔이 솟아나 있다.

그는 긴장감이라고는 전혀 없는 표정으로 주변을 둘러보며 성큼성큼 걸어왔다. 그러자 그 앞을 완전무장한 병력이 가로막았다.

"멈춰라!"

경비대를 지휘하는 용마인 검사가 말했다. 청백색 머리칼의 침입자가 그를 보며 고개를 갸웃했다.

"음? 왜 나를 막지? 아직 이야기가 전달되지 않았나?"

"누구냐?"

"레슈라고 하는데?"

용마족 청년은 레슈였다.

아발탄 숲을 떠난 그는 서두르지 않았다. 며칠 동안 느긋하게 아발탄 숲을 가로질러 아티산 산맥을 넘어서 어둠의 설원에 도착, 혼란에 빠진 동토(凍土)를 살펴보다가 근방의 공허의 길 거점을 이용해서 용마궁으로 들어온 것이다.

"정신 나간 자로군. 당장 머리에 손을 얹고 꿇어라. 그럼 목숨만은 빼앗지 않겠다."

"하아."

그의 흉흉한 기세에 레슈가 한숨을 쉬었다. 난처해하는 기색이었다.

"사람 불러놓고 일처리가 이따위라니, 아테인도 참. 뭐 좋아. 잠시 기다리면 금방 해결이 나겠지만 그 전에……."

레슈는 장난기 있는 미소를 지으며 한 걸음 내딛었다.

"용마궁을 지키는 정예의 실력이 얼마나 쓸 만한지 시험해 볼까?"

"쳐라!"

용마인 지휘관은 주저없이 공격 명령을 내렸다.

레슈는 겉으로 보면 머리색을 빼고는 영 헐렁해 보이기는 하지만 척 보는 순간 감이 왔다. 이자는 밖으로 드러내지 않았지만 분명 강대한 힘을 지닌 존재라고.

파파파파파!

용마궁을 경비하는 자들은 하나같이 정예였다. 의아해하면서도 지휘관이 명령을 내리자 곧바로 공격에 나섰다.

마법사들이 준비해 놨던 마법들을 일거에 쏟아내고, 한 박자 늦게 전사들이 뛰어들었다. 이미 지휘관이 위스퍼링으로 지시를 내린 터라 다들 얕보는 마음 없이 시간 차로 순동법을 걸면서 뛰어들고 있었다.

아무리 강한 전사라도 혼자인 이상 이런 공격에 맞설 수는 없다. 약한 자라면 그대로 끝장이고, 뛰어난 자라면 어떻게든 한쪽으로 빠져나갈 터.

그리고 이들의 전술은 그런 상황까지 상정하고 있었다. 빠져나가는 순간이 적의 죽음이다.

투학!

하지만 다음 순간, 둔탁한 소리가 귓가에 울렸다.

'음?'

지휘관이 그 사실에 의아해하는 순간, 비슷한 소리가 연이어 울려 퍼졌다.

투하하하학!

같은 지점에서 울린 소리가 아니다. 그 간격이 거의 의미 없을 정도로 빠르게, 연이어 울려 퍼지는 바람에 이어서 들린 것이다.

그 사실을 깨달았을 때는 믿을 수 없는 광경이 펼쳐져 있었다. 시간 차를 두고 순동법으로 달려들었던 전사들이 모조리 허공을 날고 있는 게 아닌가?

'말도 안 돼!'

경악하는 그의 눈앞에서 레슈가 심드렁한 표정으로 걸어 나오고 있었다.

지휘관은 잠시 동안 멍청하니 그를 바라보고 있었다. 그러는 사이 허공으로 날아올랐던 부하들이 모조리 땅에 처박히며 요란한 소리가 울려 퍼졌다.

쿠당탕! 콰당!

"오, 제법 훈련이 잘되어 있군. 웬만한 적은 순식간에 해치워 버리겠는데?"

"어떻게……."

지휘관은 그래서는 너무 놀란 나머지 입만 벙긋거렸다.

레슈에게 돌진했다가 당한 전사들은 제1열, 그 뒤를 이어 교대하며 쳐들어갈 제2열이 대기하고 있었다. 그들과 마법사들에게 지시를 내리는 것이 그가 할 일이다.

하지만 지금 눈앞에서 일어난 일이 그의 사고를 마비시켰다. 처음에는 너무 빨라서 자기가 본 것을 제대로 이해하지 못했지만, 한 박자 늦게 깨달음이 찾아왔다.

"몸의 각 부위에 순동법을 따로 운용하다니… 구간 순동법을 실제로 구현했다고?"

그도 고위 용령기 수련자였다. 그래서 레슈의 움직임을 반쯤이나마 눈으로 포착할 수 있었고, 그 의미를 이해하기에 이르렀다.

레슈는 처음에 자신에게 날아드는 마법을 반쯤은 몸을 두른 강화의 힘으로 받아내고, 나머지 반은 손으로 쳐서 비껴냈다.

그리고 뒤이어 순동법으로 달려드는 전사들은 제자리에서 맞이했다. 가장 먼저 짓쳐 드는 자가 검을 반도 휘두르기 전에 그 몸통을 치고, 그 옆에서 달려드는 자의 검을 반 동강 낸 다음 머리통을 후려갈기고, 그리고 이어지는 자들을 하나하나 격퇴해 나갔는데 아무도 그 움직임에 반응하지 못했다.

마치 레슈와 그들이 서로 다른 시간축을 달리는 것 같았다. 그들이 최대한 가속된 움직임으로 레슈를 치는데, 레슈는 그들보다 훨씬 더 빠르게 가속해서 하나하나 격퇴해 버린 것이다.

"말도 안 돼……."

구간 순동법은 순동법의 극의라고 할 수 있는 기술이었다. 단순히 폭발적으로 가속하는 이동 기술로써의 쓸모를 넘어서 필살의 공격 기술로 성립하는 환상의 비기.

이 기술은 드물기는 하지만 쓰는 자들이 있긴 있었다. 아젤도 거기에 속한다.

하지만 모두들 육체 일부가 아니라 어디까지나 무기에 적용해서 써먹었다. 궁사가 화살을 날릴 때, 혹은 전사가 투창을 할 때 투사체만을 비상식적으로 가속시키는 식이다.

레슈처럼 육체 일부에만 적용하는 것은 상식적으로 불가능한 일이다. 아무리 강건한 육체를 지녔다 해도 도저히 반동을 버텨낼 수 없어야 정상인데 그는 아무렇지도 않아 보였다.

레슈가 어깨를 으쓱하며 물었다.

"더 할래? 너는 부하들보다는 좀 나은 것 같은데, 용마기라도 있으면 한번 꺼내 보지?"

"그쯤 해두지."

그때 그들 사이로 위압감 넘치는 목소리가 끼어들었다. 흠칫 놀라서 뒤를 돌아본 지휘관이 깜짝 놀라서 외쳤다.

"알마릭 장군!"

2미터가 넘는 거구의 용마족, 알마릭이 걸어오고 있었다. 그가 지휘관에게 말했다.

"이자는 폐하께서 초대한 손님이다. 미리 알려주지 못해서 미안하군."

"그, 그렇습니까?"

"저쪽에서 오기 전에 연락을 해올 거라고 생각하고 있었다. 미안하다."

"아닙니다."

지휘관이 식은땀을 흘렸다. 알마릭의 위압감에 주눅 들어서가 아니었다.

레슈가 아무도 죽이지 않았다는 사실 때문이었다.

그에게 돌격했다가 요격당한 자들은 전부 숨이 붙어 있었다. 다들 정신을 못 차리고 있기는 하지만 심각한 부상을 입은 자도 없어 보인다. 도대체 얼마나 압도적인 실력 차가 있어야 이런 일이 가능하단 말인가?

'설마 용마장군과 비견할 만한 실력자란 말인가?'

그런 생각이 들 정도였다. 레슈가 투덜거렸다.

"거참. 사람을 불러놓고 대접이 뭐 이래?"

"폐하께서도 바빠서 말이다. 일처리가 빠릿빠릿하지 못했던 점은 사과하지."

그렇게 말한 알마릭이 레슈의 얼굴을 빤히 바라보며 말했다.

"직접 만나는 것은 처음이군. 만나서 반갑다."

"그렇군. 잘 부탁한다."

알마릭과 레슈가 악수를 나누었다.

부활한 아테인이 알려주기 전까지 알마릭은 레슈가 새로운 동지라는 사실을 모르고 있었다. 용마전쟁 당시에 아테인이 아발탄 숲에 갔을 때 데려갔던 것은 아운소르뿐이었는지라 서로 처음 보는 사이다.

다만 아테인이 서로에 대해서 알려줬기 때문에 처음 봤는데도 그렇게까지 낯설지는 않았다. 아테인이 주는 정보라는 것은 그저 말로 하는 것이 아니라 마치 직접 상대를 보는 것만큼이나 생생한 것이었기 때문이다.

"과연 아테인이 선택할 만한 실력은 가진 것 같군."

"칭찬 고맙군."

살아온 세월만 따지자면 레슈는 알마릭보다 까마득하게 어리다. 하지만 이 순간 둘은 서로가 인정할 만한 실력을 가졌음을 알아보았다.

알마릭이 자연스럽게 그 자리를 벗어나 걷기 시작했다. 레슈도 아무렇지도 않게 그를 따르며 물었다.

"아, 혹시 네 후손은 잘 지내고 있나?"

"그러고 보니 네가 구해줬다는 말은 들었다. 감사해야겠군."

예전에 제퍼스 알마릭은 수호그림자의 예언지킴이 이오타가 공허의 길 거점을 공격했을 때, 그곳을 지키기 위해 투입되었다가 죽음의 위기를 맞은 적이 있었다.

그때 홀연히 나타나서 그를 구해주었던 것이 인간 세상을 떠돌다가 아발탄 숲으로 돌아가던 레슈였다. 당시의 그가 흑발이었던 것은 인간 세상을 떠돌 때는 머리를 검은색으로 물들이고 다녔기 때문이다.

알마릭을 따라서 용마궁 깊숙한 곳으로 향한 레슈는 그곳에서 아테인을 만났다.

"환영한다, 레슈."

"오랜만이군, 아테인. 정말로……."

"내 모습이 이상한가?"

레슈의 표정이 묘해지는 것을 본 아테인이 물었다. 레슈가 눈살을 찌푸리며 대답했다.

"음. 아니, 전에 봤을 때는 그 모습이 아니었으니까. 같은 인물이라는 거야 알겠지만… 상당히 묘한 기분이라."

레슈가 아테인을 만나 손잡게 된 것은 대암흑 말기였다. 그때의 아테인은 지금의 모습이 아니라 바이언의 모습, 정확히는 죽은 그의 시체를 꼭두각시 인형처럼 움직이고 있었다.

그러다 보니 그보다 훨씬 더 전, 용마전쟁 시절의 모습을 하고 있는 아테인이 굉장히 낯설게 느껴진다.

"그렇군. 어쨌든 50년 전과 지금의 모습을 비교해 보니 그대는 아직 수명 한계를 초월하지는 못한 모양이군."

"보기만 해도 그런 걸 알 수 있나?"

"한눈에 알 수야 없지만, 나는 그대를 200년도 넘는 세월 동안 여러 번 보면서 변화를 관측해 왔으니까. 스스로는 어떻게 생각하는지 모르겠지만 대암흑 때와 비교하면 그대의 육체는 확실하게 나이를 먹었다. 인간의 기준으로 치면 한 2, 3년 정도겠지만."

"흠……."

1세대 용마족 중에서도 수명 한계를 초월하는 자는 극히 적다. 케이알리아도 그러지 못했기 때문에 전생의 비술을 개발하지 않았던가?

장구한 세월을 살아온 아테인도 수명 한계를 초월한 존재를 많이 보지는 못했다. 용마전쟁 당시를 기준으로 보면 아테인과 용마장군이 전부였을 정도다.

"그렇군. 아직 성장기라 그런 거겠지."

"일반적인 용마족이었다면 이미 인생의 황혼기였을 나이에 성장기인가?"

"다른 사람도 아니고 아테인 네가 그런 말을 하면 안 되지. 어쨌거나 아테인, 마지막으로 봤을 때는 참 안 좋아 보였는데, 지금은 어떤가?"

"별로 달라진 것은 없다."

"그렇군. 그럼 이제 네가 생각한 답을 말해주지 않겠어? 정말로 이 세상에서 부조리와 비극을 없앨 수 있겠나?"

"그러도록 하지."

아테인은 기꺼이 그에게 자신의 구상을 들려주었다.

그리고 이날, 레슈는 아테인 진영에서 이탈한 레이거스의 공백을 메우는 새로운 용마장군이 되었다.

2

아테인이 부활한 후로 용마왕 숭배자들은 혼란에서 벗어나지 못했다. 아젤 일행은 이 기회를 놓치지 않고 몰아쳤고, 계속해서 성과를 거두었다.

화아아아악!

호박색 불길이 휘몰아쳤다. 무시무시한 열기가 주변을 제압하는 가운데, 그 한가운데서 긴 백발을 휘날리는 용마인 소녀가 마치 뼈로 만든 것처럼 새하얀 검을 들어 올리고 있었다.

"떨쳐 울려라! 울부짖는 불꽃이여!"

용령기로 갈고닦은 언령의 힘이 용마인 소녀, 아리에타가 뿜어내는 용마력 파동을 증폭시킨다. 동시에 사방팔방으로 휘몰아치던 검이 한곳으로 집결하더니 백열하는 불꽃의 검으로 화했다.

그 검이 그녀가 휘두르는 검의 궤적을 따라서 적을 친다. 마법사가 두르고 있던 방어 마법이 종잇장처럼 찢어지면서 그 몸이 두 동강 난다.

"크억……!"

고밀도로 집중된 불꽃의 검은 절단된 단면을 태워서 피조차도 흐르지 않았다. 그렇게 골치 아픈 마법사를 일격으로 해치운 그녀의 뒤쪽에서 순동법으로 달려드는 용마인 전사가 있었다. 주변을 휘감고 있던 불꽃이 사라진 지금이 기회라고 판단한 것이다.

쩌엉!

아리에타가 벼락처럼 뒤돌아보면서 공격을 막아냈다. 하지만 자세가 불안정해서일까? 뒤로 주르륵 밀려나며 그녀의 균형이 무너진다.

"너라도 함께 데려가겠다! 용마공주!"

용마인 전사는 승리를 확신했다. 자세가 무너진 아리에타를 발로 차버리고 그 위로 떨어져 내리면서 검을 내려친다.

퍼엉!

그 순간 측면에서 날아든 불꽃의 구체가 작렬, 그를 날려 버렸다. 비명조차 지르지 못하고 떨어지는 그의 눈앞으로 독수리와 흡사한 실루엣을 가진, 하지만 온통 불꽃으로 이루어진 새가 날아들었다.

곧 폭염이 치솟으며 용마인 전사의 몸이 새카맣게 타서 부서졌다.

"역시 방심할 수 없는 자들이군."

전투가 종료되었음을 확인한 아리에타가 숨을 골랐다. 그런 그녀의 곁을 덩치가 매 정도 되는 불새가 맴돌았다.

용마기 울부짖는 불새였다.

단독으로도 전투 수행이 가능하며, 용과 필적하는 힘을 발휘하는 이 용마기는 전신에서 발하는 열기와 덩치를 자유자재로 제어할 수 있었다. 게다가 불꽃을 다루는 능력이 탁월했기에 아리에타는 이전보다 월등한 화력을 발휘했다.

"크윽, 불경한 죄인들……."

문득 옆에서 들려온 목소리에 아리에타가 고개를 돌렸다.

그녀가 발한 불꽃의 검에 두 동강 난 마법사였다. 몸이 두 동강 났지만 출혈조차 없어서일까? 즉사하지 않고 서서히 생명의 불꽃이 꺼져가고 있음을 알 수 있었다.

"편하게 해주지."

아무리 죽여야 할 적이라고 해도 아리에타는 쓸데없이 고통을 주며 즐거워하는 성품이 아니었다.

"어리석은 자들아, 지금은 승리했다고 착각하고 실컷 기뻐해라……."

그런데 그때 죽어가는 마법사가 키득거리며 말했다. 고통 때문인지 아니면 몸이 두 동강 났기 때문인지, 어느 쪽이든 제정신으로는 보이지 않는 상태였다.

"우리는 죽는 게 아니다……. 그분의 사도로서… 이 세상에, 다시……."

헐떡거리며 중얼거리던 그의 숨이 끊어졌다. 아리에타는 눈살을 찌푸렸다.

"…사도라고?"

"무슨 일이야?"

그렇게 물은 것은 레티시아였다. 아젤과 라우라가 거점 안쪽을 파괴하는 동안 아리에타와 레티시아, 카이렌이 밖으로 유도당한 다른 병력들을 처리한 것이다.

아리에타가 말했다.

"왠지 의미심장한 말을 유언으로 남기는군."

"무슨 이야기였기에?"

"종교적인 이야기였다. 자신이 죽는 게 아니라 그분의… 맥

락상 아테인의 사도가 되어 다시 돌아온다, 그런 이야기를 하는군."

"헛소리에 신경 쓰지 말라고 하고 싶지만……."

레티시아가 눈살을 찌푸렸다.

"확실히 신경 쓰이는 이야기군. 모두와 이야기해 볼 필요가 있겠어."

3

아테인이 부활하기까지 걸린 100시간, 그리고 다시 보름이 지나는 동안 아젤 일행은 열세 개의 공허의 길 거점을 파괴했다. 그뿐만 아니라 대륙 곳곳에서 수호그림자 조직원들의 승전보가 들려왔다.

좋은 소식은 그것만이 아니다. 니베리스와 키르엔이 어둠의 설원에서 이탈, 뒤이어 레이거스마저도 아테인에게 등을 돌렸다.

그런데도 다들 불길함을 떨쳐 버리지 못하고 있었다.

"앞으로 남은 거점은 144개……."

카이렌이 중얼거렸다.

아테인이 부활한 후, 약간 무리해서 강행군을 한 결과 지금까지 총 80개에 가까운 공허의 길 거점을 파괴했다. 이미 용마왕 숭배자들의 움직임은 크게 위축되어 있었다.

"그런데 어째서 아테인이나 알마릭이 나오지 않는 거지?"

"그러기는커녕 이제는 어둠의 설원 쪽에서 고위 간부가 나오는 일조차 거의 없어요. 아무리 봐도 외부 인원들만 갖고 돌려막기를 하고 있군요."

아젤 일행이 공격하는 경우에는 아예 지원 병력이 오지 않는다. 극멸광을 이용해서 시작부터 공허의 길 거점을 마비시키고 전투를 시작하는 수법은 지금까지 한 번도 실패하지 않았으니까.

하지만 다른 수호그림자 조직원들이 공격할 때는 이야기가 달라진다. 아무리 빨리 끝내려고 해도 최소한 한 번, 일이 꼬이면 두 번까지는 공허의 길을 통해서 지원 병력이 나타나게 된다.

"아테인이야 그렇다 치고 알마릭도 나오지 않고, 심지어 고위 간부급도 보이지 않는다……. 믿을 수 없지만, 공허의 길 거점 방어를 별로 중요하지 않게 생각한다고밖에 볼 수 없군. 어째서지?"

"두 가지 가능성을 생각해 볼 수 있겠군요."

"공허의 길의 기능을 대체할 무언가를 가졌거나, 혹은 놈이 하려는 일에 공허의 길은 전혀 중요하지 않거나."

유렌이 말해준 목적대로라면 아테인은 용마전쟁을 재현할 생각이 없다. 더 이상 아무도 악을 행할 수 없는 세계를 만드는 것이 그의 목적이다.

카이렌이 말했다.

"하지만 만약 공허의 길을 대체할 것이 있다면, 유렌이 굳이 백염의 불사조를 빼앗지는 않았을 것 같은데…….”

“그 점은 동감입니다.”

아테인에게는 아젤의 폭풍용의 날개처럼 경이로운 이동 능력을 자랑하는 용마기가 달리 없다. 마법으로 그 능력을 모방하는 것도 한계가 있을 것이고, 무엇보다 다른 자들까지 동반해서 이동할 수 있느냐 없느냐의 차이는 굉장히 크다.

카이렌이 말했다.

“그럼 역시 공허의 길이 사라지든 말든 상관없다?”

“어째서인지는 모르겠지만, 그럴 수도 있겠지요.”

“곤란하군.”

“전략을 수정해야 할지도 모르겠군요. 놈이 거기에 집착하지 않는다면 이건 그야말로 시간 낭비일 수도 있으니까요.”

“난 그 의견에는 반대다.”

“어째서입니까?”

아젤의 물음에 카이렌이 이유를 설명했다.

“어쩌면 놈은 우리가 공허의 길 거점을 파괴하도록 내버려두고 시간을 벌려고 하는 것일 수도 있지. 하지만 그렇다고 해서 우리가 당장 어둠의 설원으로 쳐들어갈 수도 없지 않은가?”

“음…….”

아테인이 어둠의 설원에 처박혀서 거대한 마법 의식을 치르고 있을지도 모른다. 하지만 그렇다고 해서 당장 쳐들어가서 그걸 저지할 수 있을까?

불가능하다.

그게 가능했으면 아테인이 부활하기 전에 어둠의 설원으로 쳐들어갔을 것이다. 공허의 길을 통하지 않는 한, 혹한의 극지인 어둠의 설원까지 갈 수 있는 능력을 지닌 이들은 극히 드물다. 대규모 병력을 이끌고 가는 것도 불가능하다.

그에 비해 어둠의 설원에는 아직도 무수한 적이 존재하고 있다. 그리고 위대한 어둠의 중추를 포함해서 헤아릴 수 없을 정도의 마법적 방비가 되어 있을 것이다.

마법사의 역량이 지닌 자원이 얼마나 많으냐에 따라 천차만별로 달라진다는 점을 감안하면, 용마궁에서 아테인의 능력은 측정 불가능할 정도로 강해질 것이다. 그리고 도저히 그와 아젤이 일대일로 싸우는 상황을 만들 방법이 없다.

카이렌이 말했다.

"하던 대로 하는 수밖에 없다. 공허의 길 거점을 박살 내서 놈들의 움직임을 제약시키면서, 동시에 병력을 소모시켜야지. 다만 지금까지보다 더 빠르게 가도록 하지. 놈들의 의도를 역이용하는 거다."

아젤 일행의 목표는 예나 지금이나 변함이 없었다. 공허의 길 거점 파괴로 적의 운신의 폭을 좁히고, 최대한 자유로운 상황에서 위대한 어둠의 기둥을 파괴한다.

"아테인이 무슨 짓을 하든 위대한 어둠이라는 거대한 마법적 시스템이 기대야 한다는 것만은 달라지지 않지. 결국 우리를 막기 위해 나올 수밖에 없다. 그리고 그때가 되면 남은 수호그림자 개체들을 이용해서 압도적인 병력 차로 밀어붙일 수 있지."

"그건 그렇지만……."

카이렌의 말이 옳다. 그렇게 생각하면서도 뭔가 석연치 않았다.

생각에 잠긴 아젤을 보던 카이렌이 말했다.

"그리고 난 신경 쓰이는 게 또 있다."

"레이거스가 말한 우군의 존재 말입니까?"

"가까운 시일 내로 우리에게 온다고 했지만, 그게 누구인지도, 언제인지도 말하지 않았지."

레티시아가 수호그림자들을 움직여서 니베리스를 구해줬을 때 나타난 레이거스는 자신이 아테인 진영에서 이탈했음을 밝혔다. 그리고 자신의 행보를 밝혔다.

"그렇다고 그쪽과 사이좋게 편먹고 싸우자는 소리는 아니야. 나야 상관없지만 너희는 내가 꺼림칙하겠지? 아마 아젤 그놈이라면 나를 믿어줄지도 모르지만, 그것과는 별개로 나 자신도 모르는 아테인의 의도가 있지 않을까 의심하지 않을 수 없을 것이고."

"……."

"난 일단 저 아가씨를 따라서 아발탄 숲으로 갈 생각이다. 그러고 나면 너희의 우군이 되고 싶어 하는 내 일행이 그쪽으로 갈 거야."

"무슨 소리지?"

"그건 나중의 즐거움으로 남겨두지. 말해주고 싶기는 한데 본인이 원하지 않는지라."

레이거스는 그 말을 끝으로 떠나갔다. 그리고 그 이후로는
소식을 알 수 없었다.

카이렌이 말했다.

"아발탄 숲에 가볼 필요성이 있다고 보나?"

"고민 중입니다. 공작님은 어떻게 생각하십니까?"

"두 가지 이유로 가보기는 해야 한다고 생각한다."

"흠. 역시 그중 하나는 레이거스의 행방입니까?"

"아니다. 레이거스의 행방은 그렇게까지 해서 알아볼 만큼
비중이 큰 문제는 아니라고 본다."

"어째서입니까?"

아젤이 의아해하자 카이렌이 설명했다.

"어차피 우리는 공허의 길 거점을 감시하고 있으니 레이거
스가 용마왕 숭배자들과 문제를 일으키면 곧바로 알게 되겠
지. 그보다는 레슈의 행방을 알아둘 필요가 있다고 본다."

"음······!"

그 말에 아젤이 침음했다. 가능성은 염두에 두었지만 표면
화하는 것을 피하고 있던 문제였기 때문이다.

"그에게 용혼을 전수받은 입장이라 적이 되지 않길 바라지
만, 벌써 아테인 진영에 합류했어도 이상하지 않겠지. 아테인
때처럼 뒤통수를 맞는 것은 사양하고 싶다."

"그렇지요."

아젤이 아테인의 저격에 당했던 것은 완전히 허를 찔렸기 때문이다. 아테인이 워낙 고도의 마법으로 저격을 해온 것도 원인이지만, 이미 그가 부활해 있을 가능성을 염두에 두지 않은 것이 치명적이었다.

그때와 똑같은 실수를 저지를 수는 없다.

"그리고 진짜 최악의 가능성을 확인해야 할 필요가 있지. 아발탄이 아테인의 뜻에 찬동해서 우리의 적으로 돌아설 가능성."

"그럴 거라고 생각하십니까?"

아젤이 깜짝 놀랐다.

그것은 아젤이 미처 생각해 보지 못한 가능성이었다. 아젤에게 있어서 아발탄은 한 번도 적이 된 적이 없는 존재였기 때문이다. 용마전쟁 때 그는 철저하게 중립적인 입장을 유지하고 있었다.

하지만 만약 아발탄이 적으로 돌아선다면?

상상을 뛰어넘는 재앙이다. 카이렌은 전략을 구상하는 입장에서 그런 최악의 가능성까지 염두에 두었던 것이다.

"역으로 내가 묻고 싶군. 아젤, 네 생각은 어떻지? 아발탄에 대해서는 네가 나보다 잘 알지 않나?"

"음······."

아젤은 심각한 표정으로 생각에 잠겼다. 이것은 너무나도 중요한 문제였다.

"···그럴 확률이 0이라고는 단언할 수 없습니다. 용마전쟁 때와는 상황이 다르니까요."

"역시 자네도 그렇게 생각하는군."

아테인이 실현하고자 하는 세계는 아발탄의 이상과도 충돌하지 않는다. 모든 사회 구성원의 심리와 행동이 거대한 시스템에 의해 감시당하고, 범법 행위를 저지르는 순간 제재가 가해진다면 아발탄이 보호하고자 하는 약자들의 생존 또한 보장될 테니까.

"확실히 이 건은 공작님 말씀대로입니다. 당장에라도 확인할 필요가 있는 문제로군요."

"혼자 갈 생각은 하지 말게. 만약 아발탄이 그런 마음을 먹었다면, 그곳에 가는 것 자체가 목숨을 건 행위가 될 테니까."

"알고 있습니다."

—그럴 필요 없어요.

그때 문득 두 사람 사이로 끼어드는 목소리가 있었다. 살아 있는 존재의 목소리가 아니라 마력을 매개로 한 의사 전달에 가까웠다.

쿠당탕!

순간 의자가 넘어지면서 요란한 소리가 났다. 아젤과 카이렌이 섬전 같은 속도로 검을 뽑아 들며 전투 태세를 갖추었기 때문이다.

하지만 둘 다 상대를 찾을 수가 없었다. 이렇게 가까이서 목소리가 들렸는데도 시선도, 마력도 느껴지지 않는다.

—여기에요.

긴장한 두 사람에게 상대가 말을 걸어왔다. 쾌활한 소녀의 목소리였다. 그리고 아젤은 왠지 그 목소리가 낯설지 않다고 생각했다.

'설마?'

동요하는 아젤 앞에서 바닥으로부터 서서히 떠오르는 형체가 있었다. 허상처럼 땅을 통과해서 나타나는 그 모습을 본 아젤의 눈이 경악으로 부릅떠졌다.

"너는……."

—오랜만이네요.

인간 기준으로 치면 열네다섯 살 정도로 보이는 외모를 지닌 용마족 소녀였다. 긴 백금발 사이로 바위 같은 회백색의 뿔이 솟아나 있었고 눈과 용마석은 청회색을 띠고 있었다.

그러나 그 모든 것은 실체감이 없었다. 뒤가 투명하게 비쳐 보이는, 유령이나 혹은 마법으로 투영한 환영 같았기 때문이다.

아젤은 이 용마족 소녀가 누구인지 너무나도 잘 알고 있었다.

"케이알리아!"

—기억해 주는군요.

아테인의 세 번째 왕비이며, 용마장군들과 필적하는 마법으로 인간 연합군을 공포에 떨게 했던 존재가 아젤의 앞에서 수줍은 소녀처럼 웃고 있었다.

4

용뿔의 성채에서 치른 최종 결전에서 케이알리아를 패퇴시킨 것은 아젤이었다.

혼자 힘으로 상대해서 쓰러뜨렸던 것은 아니다. 아젤에게는 아테인을 전투가 끝날 때까지 일대일로 붙잡아놓아야 한다는 중대한 역할이 있었기에, 동료들과 힘을 합쳐서 단기 결전으로 케이알리아에게 치명상을 입혔다.

하지만 아젤은 그녀에게 치명상을 입혀놓고도 의아함을 느꼈다.

너무 쉬웠다.

아무리 동료들의 지원을 받았다고는 하지만 그녀도 혼자는 아니었다. 용마왕군의 병사들이 그녀를 지원했으니까.

그런데도 케이알리아와의 싸움에서 아젤은 상처 하나 입지 않았다. 무시무시한 기세로 몰아붙이는 과정에서 간담이 서늘해지는 순간이 몇 번이나 있기는 했지만, 그동안 케이알리아가 보여준 실력에 비하면 어이없을 정도로 깨끗하게 승부가 났다.

원래는 어느 정도 교전을 벌이다가 동료들에게 맡기고 아테인에게 향할 계획이었다. 그런데 너무 전투가 잘 풀려서 단시간에 이겨 버리니 어안이 벙벙할 지경이었다.

아젤이 물었다.

"역시 그때 안 죽었던 건가?"

―죽었어요.

"음?"

―제가 살아 있는 것으로 보여요?

케이알리아가 자신의 손을 들어 보이며 말했다. 투명하게 뒤가 비치는 환영의 모습을.

아젤이 말했다.

"죽은 것처럼 보이지도 않는군. 마법사가 만들어낸 환영을 보고 생사를 논할 수는 없지."

―그렇군요. 레이거스 오빠는 헷갈려 하던데, 당신은 곧바로 알아보네요.

"레이거스 오빠?"

아젤의 표정이 이상해졌다. 케이알리아가 깔깔 웃었다.

―어차피 한 번 죽은 몸인걸요. 왕비 노릇할 생각도 없고. 그래서 오빠라고 부르지요.

"굉장히 지적하고 싶은 부분이 많지만… 우리가 그렇게 화기애애한 사이는 아니었지."

―그런 사이로 바꿀 수 없나요? 조금 전에 말했다시피, 나는 이미 죽은 존재예요.

"그 말을 믿으라고?"

―이런 문제가 생길 줄은 몰랐네요. 하지만 거기 옆에 있는 사람이라면, 조금쯤은 내 말을 믿어줄지도 모르겠는데요?

그 말에 아젤은 카이렌을 바라보았다. 서로 대치하고 있는 상황에서 시선을 돌리지 않고 스피릿 오더의 기술을 이용해서 그를 본 것이다.

그랬더니 그는 퍽 괴상한 표정을 짓고 있었다.

"왜 그런 표정을 짓고 계십니까, 공작님?"

"아젤."

"말씀하시죠."

"전에 어떤 관계였는지는 그녀의 이름만 들어도 알기는 하겠는데… 그녀는 전에 자네의 목숨을 구해준 적이 있다."

"네?"

"레이거스에게 죽을 뻔했을 때… 그때 자네를 구해준 게 저 아가씨다. 저 아가씨가 구해주지 않았다면 우리 모두 그곳에서 몰살당했을지도 모르지."

"……."

아젤이 깜짝 놀랐다. 그때는 곧바로 의식이 끊어지기도 했고, 그 후로도 경황이 없어서 자세한 과정을 듣지 못했다. 그런데 그런 일이 있었단 말인가?

케이알리아가 헤실헤실 웃으면서 몸을 배배 꼬았다.

―아이 참. 아가씨라니, 오랜만에 들어보는 말이네요.

"……."

긴장감이라고는 눈곱만큼도 없는 태도에 아젤도 맥이 풀려 버렸다.

과연 용마전쟁 때의 케이알리아와 동일인물이 맞는지 의심스러울 정도였다. 아젤이 전장에서 마주했을 때의 그녀는 늘 얼음처럼 차가운 표정을 짓고 있었고 아운소르나 발타자크와 필적하는 마법의 힘으로 인간들을 공포에 떨게 만들었다.

그런데 지금은 마치 어린 소녀처럼 행동한다. 도저히 적응이 되지 않았다.

'하지만 확실히……'

레이거스에게 패했을 때의 기억은 누군가의 목소리를 끝으로 끊겨 있었다. 눈앞에 휘날리던 새하얀 옷자락, 그리고 들은 기억이 있었던 목소리…….

"정말로 너였나."

―그래요. 공평하게 한 번씩 구해줬었지요.

"레이거스를 구해줬던 것도 너였군."

아젤은 그녀의 말에 담긴 작은 단서만으로도 상황을 알 수 있었다. 케이알리아가 배시시 웃었다.

―그래요.

"좋아. 일단은 네가 우리를 적대하러 오지 않았다는 사실을 믿지."

아젤이 적의를 거두었다. 여전히 뇌리 한구석에서 위험하다는 생각을 지우기 어려웠지만, 이전에 구해준 은혜가 있다 보니 말도 안 들어보고 내쫓을 수는 없었다.

"하지만 레이거스한테 오빠라니, 그건 좀 아닌 것 같은데. 칼로스에게 듣자 하니 너는 전생의 비술로 계속 전생해서 실제로 살아온 세월은 아운소르보다도 더 길었다고……."

다들 천 년을 넘게 살아왔다는 4대 용마장군 중에서도 가장 나이가 많았던 것이 아운소르였다. 그와 비교하자 케이알리아가 펄쩍 뛰었다.

―어머머, 그게 무슨 소리예요? 아운소르는 2천 살도 넘었는데 저처럼 파릇파릇한 소녀를 그런 늙은이와 비교할 수가 있어요?

"……."

―전생했다고 해도 다시 태어나기 전의 나와 그 이전의 나는 다른 존재예요. 그런 연속성은 오래전에 끊겼는걸요.

"음. 뭐… 그렇다고 해두지."

―그렇다고 해두지가 아니라 그래요.

"알았어, 알았다."

아젤은 항복의 표시로 양손을 들어 보였다. 그리고 물었다.

"그럼 이제 네가 무슨 일로 찾아왔는지 들을 차례군."

―레이거스 오빠한테 듣지 않았어요?

"음? 설마… 네가 우리의 우군이 되고 싶어 하는 사람이라고?"

―그래요.

"……."

―레이거스 오빠처럼 나도 아테인과 결별했어요. 못 믿겠어요?

"솔직히 그렇군."

―어떻게 해야 믿어줄지 모르겠네요. 각오하고 온 문제인데도 좋은 생각이 떠오르지 않아요.

용마전쟁 때, 케이알리아에게 죽어간 인간 연합군은 셀 수 없을 정도로 많았다. 그런 그녀에 대한 원한을 잊고 아군으로 받아들이라는 것은 아젤에게는 지나친 요구다.

라우라 때와는 상황이 다르다. 그녀와 달리 케이알리아는 아젤과 같은 시대를 살아가며 원한을 쌓았던 존재니까.

잠시 아젤을 바라보던 케이알리아가 한숨 섞인 목소리로 말했다.

―일단은 다른 이야기부터 할까요? 그것 말고도 할 이야기가 많거든요.

"어떤 이야기지?"

―아발탄의 선택에 대한 이야기예요.

"그 답을 알고 있다는 이야기인가?"

―믿지 못하겠으면 가서 확인해 봐도 좋아요. 내가 찾아온 것은 아발탄의 뜻을 전하기 위한 사자 역할이기도 하니까요. 겸사겸사지만.

아젤과 카이렌으로서는 주목할 수밖에 없는 이야기였다. 케이알리아가 말했다.

―아발탄은 용마전쟁 때와 같은 입장을 고수하기로 했어요.

"중립을 유지하겠다고?"

―그래요.

"하지만 그때와 달리, 아테인이 자신의 뜻을 이룬다면 아발탄 숲도 자유로울 수 없을 텐데?

용마전쟁에서 아테인이 승리했다고 해도 아발탄 숲은 여전히 인간의 발길을 허락하지 않는 마경으로 남아 있었을 것이다. 물론 대륙을 통일한 아테인이 나중에 그들마저 병합하고자 전쟁을 벌였을 수는 있겠지만, 적어도 용마전쟁의 전란에서는 자유로울 수 있었다.

하지만 이번에는 문제가 다르다. 아테인은 세계의 법칙 그 자체를 바꾸려고 하고 있지 않은가?

―그 문제는 대응책을 개발했더군요.

"어떻게?"

―칼로스가 그와 아테인의 비술을 거래했다면서요?

"비술? 위대한 어둠에 종속시키는 저주를 말하는 건가?"

―네.

"그게 어떻게 아테인의 목적에 대한 대응책이 되지?"

―위대한 어둠을 만드는 방법이 바로 그것이니까요.

"뭐?"

순간 아젤과 카이렌이 깜짝 놀랐다. 갑자기 상상도 못한 이야기가 튀어나오다니?

케이알리아가 말했다.

―아테인은 불멸에 이른 초월자들을 기둥으로 삼아서 지금의 위대한 어둠을 만들었죠. 그건 확고한 기반 위에 장구한 세월 동안 지속적으로 많은 자원을 투자해서 만들어낸 결과물이에요. 당장 그런 규모와 완성도를 지닌 결과물을 만들어낼 수 없겠지만, 그렇다고 해서 위대한 어둠이라는 시스템 자체를 모방하는 게 불가능하지는 않아요.

그리고 칼로스가 해명해 낸 아테인의 비술, 아젤을 위대한 어둠에 종속시키기 위한 저주야말로 그 핵심이었다.

─수호그림자도 그렇게 만들어졌을 거예요. 위대한 어둠을 처음부터 만들어낼 시간도 여유도 없었기에 위대한 어둠에 기대는 방식으로 만들었겠지만.

아발탄도 장구한 세월 동안 비술을 쌓아온 대마법사다. 그는 칼로스와의 거래로 넘겨받은 아테인의 저주, 그리고 아테인이 용마전쟁 때 호의로 설치해 준 공허의 길을 연구한 끝에 위대한 어둠을 모방할 방법을 알아냈다.

─전 대륙을 아우르는 아테인의 위대한 어둠과 달리, 아발탄 숲만을 감싸는 모방품을 만들어내려는 거죠. 이미 기본적인 틀은 만들어낸 모양이에요. 숲의 주민들 중에 지원자를 받아서 적어도 수십 년 동안 꾸준히 자원을 투자해 왔겠지요.

적게는 마력이나 그 존재를 구성하는 기억 정보들을, 그리고 많게는 수호그림자처럼 영혼까지도.

─그걸 이용하면 아마 아테인이 세계에 강제하는 법칙을 거부하는, 독립된 영역을 이루는 게 가능할 거예요.

"과연……. 자기들은 퇴로를 확보해 놨으니 바깥세상의 일은 나 몰라라 하겠다는 말이군. 하지만 원래부터 아발탄이 그런 태도를 고수하고 있었으니 어쩔 수 없지."

인간 세상의 일에 간섭하지 않고, 그들의 간섭도 거부한다.

아발탄은 한결같이 그런 태도를 유지하고 있었다. 아젤도 그들의 영역에서 이익을 봤으니 그의 선택을 비난할 수는 없는 노릇이다.

―하지만 솔직히 놀랐어요.

"아발탄의 마법 실력에? 새삼스럽군. 살아온 세월이 아테인보다 짧다고 해도 그 역시 신화적인 존재야. 그러니까 아발탄 숲 같은 곳을 만들 수 있었지."

―내가 감탄한 것은 아발탄의 능력이 아니에요.

"그럼?"

―칼로스 리제스터가 아테인의 저주를 해명해 냈다는 부분이에요. 애당초 그와 거래하지 않았다면 아무리 아발탄이라도 위대한 어둠의 모방품 제작에 착수하지 못했겠지요. 용마전쟁이 끝난 후부터 얼마 전까지 칼로스가 어떤 삶을 살았는지는 대략적으로 알아냈지만… 정말 대단하군요.

"……."

그 말을 들은 아젤의 눈에 슬픔과 그리움이 스쳐 갔다.

칼로스에게는 정말 아무리 감사해도 모자랄 정도다. 일생을 바쳐 아젤을 구해주었고, 스스로를 지옥에 던져 고통받으면서도 미래를 지키고자 했다. 그가 없었다면 아젤은 여기까지 오지도 못했을 것이다.

'칼로스…….'

그만이 아니다. 자신이 잠들어 있는 동안 비극을 겪은 후손들에게도, 그리고 아테인의 전생체이면서도 목숨을 희생해 가면서 앞길을 열어준 유렌에게도… 이루 말할 수 없을 정도로 많은 빚을 졌다.

그들의 넋을 위로하는 방법은 하나뿐이다. 용마전쟁 때 아젤에게 미래를 맡긴 전우들에게 그랬듯이, 오직 아테인을 쓰러뜨리고 오랜 싸움에 종지부를 찍는 것만이 보답이 되리라.

"어쨌든 좋아. 아발탄이 중립을 지키겠다면 그것만으로도 최악의 상황은 피했다고 할 수 있지. 하지만……."

─음. 나에 대해서 이야기해도 될까요?

"…좋아. 해봐."

너를 받아들일 수는 없다. 그렇게 못을 박기 전에 케이알리아가 선수를 치자 아젤은 그녀가 이야기할 기회를 줄 수밖에 없다.

─아까 이야기한 대로 나는 용마전쟁 때 죽었어요.

케이알리아는 자신의 죽음에서부터 이야기를 시작했다.

5

레이거스는 혼쇄의 인을 들어서 어깨에 걸치며 말했다.

〈제법 하는군. 역시 젊은 것들은 이렇게 패기가 넘쳐야지.〉

"으윽, 역시 대단하시구려."

그의 앞에는 헝클어진 백발에 검푸른 눈동자와 뿔, 용마석을 지닌 중년의 용마인 전사가 주저앉아 있었다. 한쪽 다리가 부러지는 부상을 입었으면서도 검을 지팡이 삼아서 일어난다.

그는 바로 예전에 아젤이 아발탄 숲에 왔을 때 그를 시험하고자 싸웠던 하반이었다. 그는 레이거스랑 한바탕 대련을 벌이고 패배를 인정한 참이었다.

하반뿐 아니라 주변에는 용마족, 용마인 전사들이 부상당한 채 널브러져 있었다. 다들 레이거스의 소식을 듣고는 한판 붙어보자며 도전해 왔고, 레이거스는 걸어오는 싸움은 언제나 신 나서 응해주는 사나이였다.

"하여튼 나 없으면 어쩌려고 이렇게들 몸을 막 굴리는지."

투덜거리는 것은 사이베인이었다. 그 말고는 극적인 치유 능력을 가진 자가 없어서, 그가 용혼을 각성하기 전까지는 의사 노릇을 하는 마법사들이 천천히 치료하고는 했다.

20명을 연이어 쓰러뜨린 레이거스가 말했다.

〈이곳은 참 재미있군. 마음에 드는 곳이야.〉

"레이거스 공하고는 아주 궁합이 잘 맞겠지요."

〈이제 용마왕군도 아닌데 공은 무슨. 그냥 레이거스라고 불러도 된다.〉

"용마장군이 되기 전에도 일국의 왕이나 다름없는 몸 아니었소?"

〈옛날 일이지. 당분간은 그럴 예정 없어.〉

"왕이 되는 걸 무슨 옆 동네 산책 가는 것처럼 이야기하는 군……."

〈그게 뭐 어렵다고. 마음에 안 드는 놈들을 보이는 족족 때려잡다 보면 쉽게 되지.〉

"……."

레이거스 역시 천 년 이상의 장구한 세월을 살아온 몸이었다. 아테인을 왕으로 섬기기 전에는 한 지역의 패자로 군림했었고, 알마릭의 세력과 적대하기도 했었다.

〈그나저나 너도 얼굴이 좀 피었군. 여기 생활이 마음에 드는 모양이야.〉

"부정하진 않겠소. 그리고……."

사이베인이 잠시 머뭇거리다가 말했다.

"…내 딸을 여기까지 데려와 줘서 고맙소.

〈저 아가씨 스스로 결정한 일이지. 난 그냥 뒤를 따라온 것밖에 한 일이 없고.〉

레이거스가 손사래를 쳤다. 사이베인이 피식 웃었다.

"공은 한결같으시구려. 왠지 안심이 되오."

〈넌 많이 변했군. 지금이 예전보다 훨씬 낫다.〉

"감사하오. 혹시 앞으로 어떻게 하실지 알려주실 수 있겠소?"

〈일단 케이알리아가 어떻게 하고 오는지 보고 나서 결정할 생각인데. 아테인과 싸워서 그의 뜻을 저지한다는 것 말고는 정한 게 없군.〉

"……."

〈네 아버지와 싸운다니 심경이 복잡한가?〉

"솔직히 그렇소. 공께서는……."

사이베인이 잠시 망설이다가 물었다.

"어째서 아버님과 적대하고자 하시는 것이오?"

〈성미에 안 맞으니까.〉

"고작 그런 이유로? 라고 묻자니 공의 성격을 내가 너무 잘 아는군."

〈원래 그랬지.〉

"하지만 아버님께서 하시고자 하는 일은, 방법이 달라졌을 뿐 목표는 같지 않소?"

〈다르지.〉

레이거스가 딱 잘라서 부정했다.

〈세상에 태어난 자들은 모두 운명에 대항할 권리를 가졌다. 그 방법이 무엇이든 간에. 아테인이 지금 하려는 일은 그 권리를 박탈하는 일이야.〉

선과 악이라는 기준은 본성을 거스를 수 있는 지성을 지닌 존재들이 발명한 것이다. 그저 본능대로 살아가는 자연의 존재들에게 선악이라는 개념이 어울리는가? 육식동물이 초식동물을 잡아먹는다 해서 사악한 것은 아니다.

자유의지란 본성을, 어떤 종으로서 부여받은 운명을 거역할 수 있는 권리다.

그것이 레이거스의 신념이었다.

용마전쟁 때 그가 아테인을 왕으로 섬겼던 것은, 혼탁하고 비극이 넘치는 세상이야말로 인간의 본성이 적나라하게 드러난 순리의 결과물이었다고 여겼기 때문이다.

지옥 같은 순리를 타파하고 이상향을 이룬다. 그것은 레이거스에게는 기꺼이 목숨 바쳐 도전할 가치가 있는 패업이었다.

〈어쩌면 아테인이 옳을지도 모르지. 그 절망에는 어느 정도 공감한다. 나는 정말 단순하게 살아왔지만, 그럼에도 오래 살면서 수많은 녀석을 보다 보면 어느 순간 이놈들이 다 똑같이 글리먹은 것처럼 보이거든.〉

선의보다는 악의를 믿어야 서로 존중할 수 있다. 오로지 타인에 대한 두려움만이 존중을 이끌어낼 수 있다는 전제로 만들어진 시스템만이 모두에게 선량하고 도덕적인 인간이 되라고 강요할 수 있는 것이다.

아테인이 세상에 던지는 답은 그런 사상에 기반하고 있었다.

〈그러나 이상향이란 신이 툭 던져준 것을 받아 처먹고 그 안에서 영원토록 사육당하는 것이 아니야. 때로는 누군가의 원망을 사고 피를 흘리더라도 가야만 하는 길이 있지. 우리에게서 악을 행할 자유를 박탈한다면, 과연 그 빈자리에서 선이 싹틀 수 있을 것 같으냐?〉

"……."

사이베인은 잠시 할 말을 잃고 그를 바라보았다. 그가 말한 내용에 감명받아서만은 아니었다.

"…왠지 제가 아는 레이거스 공이 아닌 것 같구려."

〈큭! 머리가 텅텅 빈 무식쟁이라고 생각했던 놈이 쬐끔이나마 유식해 보이는 소리를 늘어놓아서 놀랐나?〉

"아니, 그런 건 아니고……."

〈아니기는. 나도 어울리지 않는 소리를 했다는 건 알고 있

다. 이건 사실 오래전에 아테인과 나눴던 이야기지.〉

"아버님과 말이오?"

〈그래. 그놈은 예전부터 그럴싸한 소리 떠들어대길 좋아해서 재미없는 이야기를 책 수십 권 분량은 들었거든. 그놈이 나를 설득하려고 떠들었던 소리들을, 이제는 그놈에게 돌려줄 때가 되었어.〉

혼쇄의 인을 쓰다듬으며 말한 레이거스가 물었다.

〈사이베인, 너는 어쩔 텐가?〉

"나는 아발탄 님과 맹약을 나누었소. 밖에서 무슨 일이 일어나든 관여할 수 없지."

〈네 딸이 아테인과 싸울 것을 결의한다 해도?〉

"……."

사이베인의 표정이 괴롭게 일그러졌다.

딸과의 재회는 그에게 찾아온 기적이었다. 딸이 살아온 삶에 가슴 아팠고, 자신이 그녀를 내버렸다는 사실에 죄책감을 느꼈지만… 그녀와 살아서 다시 재회했다는 사실만으로도 행복했다.

니베리스는 그를 원망하지 않았다. 하지만 부녀 사이에 복잡한 감정이 가로놓여 있는 것은 어쩔 수 없었다. 그녀가 이곳에 온 지도 제법 시간이 지났지만 아직도 두 사람은 마주칠 때마다 어색한 분위기를 견뎌야 했다.

레이거스가 볼을 긁적였다.

〈내가 너무 심술궂은 질문을 했군.〉

"아니오. 마땅히 내가 받아들여야 하는 문제지요."

사이베인이 한숨을 쉬며 하늘을 올려다보았다. 하지만 막막한 기분은 조금도 나아지지 않았다.

6

케이알리아는 자신에 대해서 숨기지 않고 이야기했다.

용마전쟁 때 어떻게 죽었는지, 그리고 지금의 자신이 어떤 존재인지…….

그 정체는 놀랍기 그지없었다. 본질을 위대한 어둠에 둔 채이 세상의 한 지점에 자신을 투영시키는 존재라니.

—이것저것 제약도 많지만요. 특히 아테인과 적대하기로 한 후로는…….

위대한 어둠은 한 개인이 독점하기에는 너무나도 거대한 시스템이었다.

분명 아테인이 최고 관리자 권한을 가졌다. 하지만 그조차도 위대한 어둠의 모든 것을 마음대로 하지는 못했다.

예를 들면 아테인은 레이거스의 이탈을 방관할 수밖에 없었다. 그에게 준 힘, 혼쇄의 인이나 변신 능력을 빼앗지도 못한다.

케이알리아에 대해서도 마찬가지다. 아테인이 둘을 제거하고자 한다면 물리적으로 전투를 벌일 수밖에 없었다.

—그래도 어느 정도 제약을 줄 수는 있지요. 레이거스 오빠

야 애당초 자기한테 주어진 것만 휘두르는 몸이라 상관없는데, 나는 위대한 어둠에서 현세에 자신을 투영하는 것이다 보니 이런저런 문제가 생겼어요.

아테인과 적대하기 전까지 케이알리아는 위대한 어둠의 마력을 제약 없이 퍼다 쓸 수 있었다. 하지만 지금은 쓸 수 있는 마력이 상당히 제약된다.

─그리고 위대한 어둠에 새겨진 정보를 열람하는 데도 제약이 걸렸어요. 나는 내가 직접 이 환영을 투영해서 수집한 정보만을 알 수 있고, 그렇기 때문에 이동도 제약을 받아요.

전에는 대륙 어디에나 자신을 곧바로 투영할 수 있었으니 공간적 제약이 무의미했다. 사실상 그녀는 무한에 가까운 힘을 원하는 순간, 원하는 곳에 행사할 수 있는 절대자에 가까웠다.

아테인은 그녀로부터 그런 권능을 박탈했다.

지금의 케이알리아는 힘을 행사하기 위한 기준점을 옮기기 위해서 마치 인간이 고개를 돌려 시선을 움직이는 것 같은 과정을 거쳐야 한다. 또한 힘을 행사하는 동안에는 이 환영에다가 마력을 모아야 하기 때문에 공격을 받아서 격파당할 수도 있었다.

"그런데……."

가만히 듣고 있던 아젤이 물었다.

"왜 그런 약점을 우리에게 밝히는 거지?"

─필요하다고 생각하니까요.

"약점을 이야기하면 내가 너를 받아들일 거라고 생각하나? 지금 이야기한 모든 것이 거짓일 수도 있고, 무엇보다 그게 진실이라고 하더라도 너를 받아들일 이유는 되지 못해."

―역시 그렇죠?

"……."

순순히 납득하는 케이알리아의 태도에 아젤은 새삼 맥이 풀렸다. 설득하겠다고 열심히 떠들어놓고 자기가 수긍하면 어쩌자는 것인가?

케이알리아가 말했다.

―그럼 나한테 남은 카드는 이제 딱 한 장뿐이에요. 이것도 안 통하면 그냥 울면서 레이거스 오빠한테 돌아갈래요.

"뭐지?"

―아젤 오빠.

"……."

아젤의 표정이 싸늘해졌다. 설마 오빠라고 불러주면 헬렐레해서 넘어가줄 거라는 말도 안 되는 생각을 했단 말인가?

―아저씨라고 부르지 말라고 했었지요.

"내가 언제?"

―저주받았다고 타박받았지만 실은 그냥 좀 특이한 체질을 타고난 것뿐이고 어쩌면 좋은 마법사가 될 수 있을지도 모르니까, 사람들이 뭐라고 하든 자기 자신을 좀 더 소중히 하며 살아도 된다고 했었지요.

"뭐……?"

자신의 반문을 무시하고 이어가는 케이알리아의 말에 아젤의 표정이 놀람으로 물들었다.

분명히 언젠가, 누군가에게 했던 이야기다. 수도 없이 많은 사람을 만나고, 구하고, 죽음을 지켜보기도 했었지만 그중에서도 기억에 담아둘 만큼 인상적이었던 사건이었다.

─저 말고도 얼굴이 지저분해지면 닦아줄 사람은 있었지요? 아젤 오빠는 인기 많았으니까.

"…무슨 장난이지?"

멍청하니 그녀를 바라보던 아젤이 분노를 드러냈다. 마치 소중한 추억이 흙발로 더럽혀진 기분이다. 도대체 어떻게 그 일을 알고 마치 당사자처럼 이야기한단 말인가?

케이알리아는 슬프게 웃으며 말했다.

─아주 오래전의 일이에요. 사람들에게 신처럼 숭배받던 용마족이 있었어요.

7

그것은 영원을 바란 마법사의 이야기였다.

장구한 세월을 살아갔지만 만족하지 못하고, 자신의 삶이 죽음으로 완결되는 것을 두려워한 나머지 생사필멸의 이치를 뛰어넘으려고 했던 자.

동시에 그것은 한 소녀의 이야기였다.

한 사람에게 구원받고 희망을 믿었지만, 결국 인간에게 절망해서 죽어갔던 소녀.

케이알리아는 예전에 레이거스에게 들려주었던 자신의 삶을 아젤에게 이야기해 주었다. 오래전에 전생의 비술을 만들어낸 1세대 용마족이 용마왕의 세 번째 비 케이알리아가 되기까지의 장대한 과정을.

그 과정의 마지막 고리는 바로…….

"그럼……."

아젤이 믿을 수 없다는 듯 물었다.

"…네가 바로 그 아이였다고?"

케이알리아가 고개를 끄덕였다.

—아젤이라는 기사가 나를 구해줬기 때문에 나는 살아갈 수 있었어요.

아젤에게 구원받은 소녀는, 아젤의 인맥으로 인간 연합군에서 마법사를 양성하는 교육기관에 들어갈 수 있었다.

그곳에서는 그녀를 저주받은 아이라고 타박하지 않았다. 아젤의 말대로 그녀가 그렇게 불린 이유는 마법사의 자질을 가졌기 때문이었다.

열심히 살았다. 부모 없는 고아고 배경이 되어줄 만한 사람도 없었기 때문에 하루하루가 힘들었지만, 그래도 훌륭한 마법사가 되기 위해 노력했다.

"언젠가는 그 사람을 도와주고 싶어."

아젤이라면 이 가혹한 전란 속에서도 살아남을 것이다. 그 런 근거 없는 믿음으로 무장한 채, 언젠가 어엿한 마법사가 되 어 그를 돕는 소박한 꿈을 꾸고 있었다.

하지만 그 꿈은 잔혹한 운명에 걸려 산산조각 나고 말았다.

용마왕군의 포위망 속에서 절망한 인간들이 적나라하게 드 러낸 추악한 본성이 소녀를 난도질하고 죽음으로 내몰았다.

"⋯⋯."

아젤은 할 말을 잃었다. 자신이 구했던 소녀가 그토록 참혹 한 죽음을 맞이했단 말인가?

아연해하는 아젤에게 케이알리아가 말했다.

—슬퍼하지 말아요.

"어떻게, 어째서 그런⋯⋯."

—그때는 흔한 일이었어요. 세상에 넘치는 수많은 비극 중 에 하나였을 뿐이에요.

비극이 넘치는 시대였다. 인간들은 시시때때로 극한 상황에 내몰려서 진가를 시험당했다. 그 시험의 결과 대부분이 비극 으로 끝났다 한들 무엇이 이상하겠는가?

—그러니까 내가 그런 일을 당한 것도, 용마왕의 세 번째 비 로서 인간의 적이 되었던 것도⋯ 당신 탓이 아니에요.

아젤이 휘청거렸다.

현기증이 난다. 이 시대에 깨어나 용마전쟁의 잔영을 접했 던 그 어느 때보다도 강렬한 회의감이 밀려왔다.

안다. 그녀의 말대로 그의 탓이 아니었다는 것을.

아젤은 신이 아니다. 자신이 할 수 있는 일을 다 했고 그것은 절망했던 소녀의 삶에 희망을 주었다.

그 결과가 비극으로 끝난 것은 그가 어쩔 수 없었던 운명의 영역이다.

그런데도 가슴 한구석이 부서지는 것 같았다. 자신이 소중히 여기던 추억이, 그리고 세상에 대한 믿음 하나가 짓밟혔다는 증거가 자신의 앞에 서 있다는 사실에.

─이럴 때는 죽었다는 사실이 정말 원망스럽네요.

케이알리아는 아젤의 얼굴로 손을 뻗었다. 하지만 그것은 아무런 감촉도 남기지 못하고 통과해 버릴 뿐이었다.

─하다못해 꼭 안아보기라도 하고 싶었는데.

"케이알리아, 너는……."

─달라지는 건 없겠지요.

케이알리아가 수줍은 듯 웃었다. 그리고 명랑한 목소리로 말했다.

─어떤 과거가 있었다 한들, 나는 용마왕의 세 번째 비였으니까. 이 손으로 수많은 인간을 죽이고 당신과도 적대했던 용마왕군의 케이알리아였으니까.

"……."

─용서해 달라거나 속죄하겠다는 소리는 하지 않아요. 스스로도 믿지 않는 헛소리로 편해지려는 건 너무 역겨운 일이잖아요.

비록 삶의 마지막에 회의를 느끼기는 했지만, 그건 용마왕군의 이상이 틀렸다고 생각해서가 아니다.

그저 케이알리아라는 개인이 끝도 없이 계속되는 전쟁과 살육에 지쳤을 뿐이다. 무엇보다 자신을 구원했던 아젤이 자신을 적대하고 증오한다는 것이 괴로웠다. 그에게 상처를 주고 서로 죽여야 하는 입장을 견딜 수가 없었다.

─나를 미워해도 괜찮아요. 욕하고 비난해도 상관없어요.

케이알리아는 본심과는 정반대의 이야기를 했다. 아무렇지도 않은 듯 웃으면서 이야기하고 있지만 그 속에는 먼 옛날, 아젤에게 구원받고 칭얼거리던 소녀가 있었다.

미워하지 말아주세요. 당신에게게만은 미움받고 싶지 않아요. 더 이상 당신의 미움을 견딜 자신이 없어요.

─난 그저 지금 우리가 처한 입장을 이야기하고 싶어요.

하고 싶은 이야기가 많았어요. 당신과 헤어진 후로 내가 어떻게 살았는지 다 이야기하자면 밤을 지새워도 모자라겠죠.

─지금의 내가 이 시대에 아테인이 이루고자 하는 것에 반대하고, 당신과 같은 편에 서서 싸우고 싶다는 것을 믿어주세요.

꿈을 꾸었어요. 당신과 함께 걷는 꿈을.

만약 내가 더 노력했다면 운명을 바꿀 수 있었을까요? 그런 일이 벌어지기 전에 어엿한 마법사가 되어 당신을 찾아갈 수 있었다면 그럼 당신에게 죽는 일도 없었을까요?

알아요. 부질없다는 거.

그래도 상상하게 돼요. 그 일만 없었다면 그럼 나는 인간을 미워하지 않을 수 있었을까요?

늘 생각했어요. 인간이 견딜 수 없이 밉다가도 어쩌면 나의 다른 모습일지도 모르는 인간들을 볼 때마다 당신의 얼굴이 떠올랐죠.

정말로 미운데, 사실은 끝까지 미워할 수만은 없다는 거. 그 모순을 견딜 수 없었어요.

―나를 받아주겠어요?

케이알리아는 진심을 가슴속에 묻어둔 채 물었다. 아젤은 괴로운 표정으로 그녀를 바라보다가 갈라진 목소리로 대답했다.

"나는……."

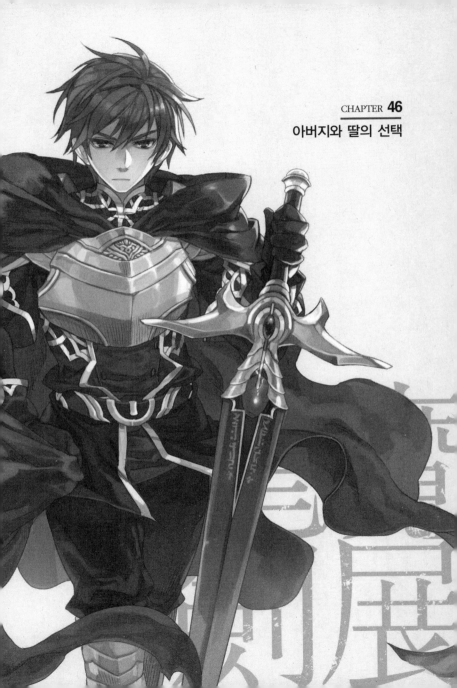

龍魔
劍展

1

니베리스는 생각에 잠긴 채 꽃밭을 거닐었다.

아발탄 숲에 도착한 후로는 믿을 수 없을 정도로 평화로운 시간이 계속되고 있었다. 그녀의 인생에 이런 시간이 얼마 만인지 기억나지 않을 정도로.

부친과의 만남은 니베리스의 마음에 안정을 가져다주었다. 마음 한편에 부친을 원망하는 마음이 없다면 거짓이리라. 하지만 그가 절망한 과정을 알았고, 그런 상황에서도 딸인 자신을 위해서 최선을 다했다는 사실을 알기에 그와의 재회를 기뻐할 수 있었다.

그러나 앞날을 생각하면 마음이 캄캄해지는 기분이었다. 어둠의 설원을 뛰쳐나와 이곳으로 온 것은 충동적인 도피였다.

하지만 이후의 행보는 그녀의 의지가 되어야 할 것이다.

"니베리스."

문득 키르엔이 그녀를 불렀다.

그의 태도는 예전과 변함이 없었다. 다른 사람 앞에서는 당당한 발타자크의 계승자이면서 그녀 앞에만 서면 수줍어하는 청년이 되고 만다.

오직 그녀를 위해서 앞뒤 가리지 않고 목숨을 걸었으니 좀 더 당당해져도 될 텐데, 이제 그들을 구속하는 사슬을 벗어버렸는데… 그래도 여전히 그는 용기를 내지 못했다.

"레이거스 공께서 결론이 났다고 하셨어."

니베리스가 아발탄 숲에서 계속 머무르고 있었던 것은 사이베인 때문만은 아니다. 앞으로의 행보를 결정하기 위해서 한 가지 일의 결과를 기다려야 했기 때문이다.

"케이알리아 님이 아젤 카르자크에게 받아들여졌다고 해."

"그렇군. 역시 대담한 남자다."

니베리스는 아젤과 케이알리아 사이의 진실을 모른다. 그렇기에 용마전쟁에서 서로 적대했었던 케이알리아를 동료로 받아들인 아젤의 행동에서 대담하다는 인상을 느꼈을 뿐이다.

"그럼 이제 우리는……."

앞으로의 행동에 대해서 이야기하려던 니베리스는 문득 키르엔이 머뭇거리고 있는 것을 발견했다. 아직 해야 할 이야기가 남았지만 쉽게 이야기하지 못하는 듯한 태도였다.

"무슨 일이지?"

"아니, 그게⋯⋯."

"말하기 어려운 문제라면 내가 직접 가서 확인하겠다."

"알았어, 니베리스."

키르엔이 한숨을 쉬었다. 곧 그가 털어놓은 사실에 니베리스가 눈을 크게 떴다.

"라우라가 왔어."

2

사이베인이 말했다.

"다시 만나서 반갑군, 라우라 양."

"딸과 재회하신 것, 축하드려요."

"고맙네."

라우라의 말에 사이베인이 좀 놀란 표정을 지었다. 라우라의 무표정한 얼굴에 살짝 의아함이 떠오르자 그가 어색하게 웃으며 해명했다.

"아니, 못 보던 사이에 자네가 많이 변했다 싶어서 말일세. 그런 말을 듣게 될 줄은 몰랐군."

아젤 일행이 아발탄 숲을 떠난 지 4개월, 당시의 라우라는 인사치레로나마 이런 말을 하는 사람이 아니었다. 여전히 인형처럼 무표정해서 잘 감정이 드러나지 않는 얼굴이지만, 왠지 이전보다 한결 사람 같다는 생각이 들었다.

"그렇군요."

라우라는 그의 평가가 마음에 드는지 살짝 미소 지었다.

아젤과 만나서 그녀는 변했다. 지금까지도, 앞으로도 계속 변해갈 것이다. 타인을 통해서 그 사실을 확인받은 것이 기뻤다.

"그런데 저 아가씨의 용마기를 보니 대체 무슨 일이 있었는지 궁금해지는군."

라우라와 함께 온 것은 아리에타였다. 그녀가 울부짖는 불새를 이용해서 이곳까지 먼 길을 왔던 것이다.

사이베인은 한눈에 울부짖는 불새를 알아보았고, 이 용마기가 아젤이 아닌 다른 사람 것이 되었음에 놀랐다. 아무리 동료라고 해도 용마기는 쉽게 건네줄 만한 것이 아닌데 대체 무슨 일이 있었단 말인가?

라우라가 살짝 고개를 숙였다.

"죄송합니다."

"알겠네."

사이베인은 그 대답만으로도 납득했다.

아발탄 숲은 이번 싸움에서 중립적인 입장을 취하기로 결정했다. 명확한 아군이 아닌 그들에게 자신들의 정보를 줄 수는 없다는 뜻을 알아들은 것이다.

"익숙한 기운이 느껴지는군."

문득 아리에타가 중얼거렸다. 라우라가 말했다.

"니베리스야."

"역시."

아리에타 입장에서 니베리스는 잊지 못할 굴욕을 안겨준 상 대였다. 그래서인지 먼 곳에서 접근해 오는 기척만으로도 그 녀라는 사실을 알 수 있었다.

곧 니베리스와 키르엔이 모습을 드러냈다. 키르엔이 라우라 를 보며 어색하게 손을 들어 인사했다.

"라우라."

니베리스가 눈을 가늘게 떴다. 자연스럽게 배어 나오는 짜 증과 적의를 억누르기 위해서였다.

그녀는 더 이상 어둠의 설원 소속이 아니니 라우라와 적대 할 이유가 없다. 게다가 도주하는 과정에서 아젤 일행에게 신 세까지 지지 않았던가? 그런데도 과거에 쌓인 감정이 가슴속 에 찐득하게 달라붙어서 평정을 흐트러뜨리고 있었다.

그녀의 신경을 건드리는 이유는 또 있었다. 라우라의 뒤쪽 에서 자신을 노려보고 있는 아리에타였다.

"용마공주……."

"이렇게 다시 보게 될 줄은 몰랐군."

"그렇군."

라우라가 감정을 보이지 않는 데 비해 아리에타는 노골적으 로 니베리스를 쏘아보고 있었다. 입장상 적대하면 안 된다는 것을 잘 알면서도 예전에 그녀에게 당했던 굴욕감이 되살아나 는 것만은 어쩔 수 없었다.

아리에타는 그런 감정을 가라앉히려 노력하면서 생각했다.

'아무리 생각해도 별로 좋은 인선은 아니야.'

하지만 달리 선택의 여지가 없었다. 지금 상황에서 아젤이 이곳에 오는 것보다는 아리에타가 오는 것이 훨씬 나았으니까.

서로 노려보던 두 사람 중에 먼저 물러난 것은 아리에타였다.

"미안하군. 어른스럽지 못했다. 라우라, 나는 잠시 물러나 있는 편이 서로에게 좋을 것 같구나."

"응."

입장을 자각하고 있으면서 감정 때문에 일을 그르치는 것은 아리에타의 자존심이 용서하지 않았다. 그녀가 물러나는 것을 보면서 니베리스가 중얼거렸다.

"…정말 내가 아는 용마공주가 맞나 의심스러울 정도로 달라졌군."

과거에 싸웠을 때, 아리에타는 니베리스의 적수가 아니었다. 살의를 품었다면 손쉽게 숨통을 끊을 수 있는 약자에 불과했다.

하지만 지금은 아니다. 그저 마주하는 것만으로도 그녀의 용마력이, 그리고 그것을 다루는 기량이 현격히 상승했음을 알 수 있었다. 니베리스가 민감한 반응을 보였던 것은 아리에타가 자신을 위협할 수 있는 존재임을 본능적으로 인정했기 때문이기도 했다.

아리에타가 자리를 비키자 니베리스가 물었다.

"우리가 화목한 대화를 나눌 사이는 아니었지. 용건을 말해라."

"케이알리아에 대해서 전하려고."

"그 일이라면 들었다. 직접 올 필요가 있는 일이었나?"

"그리고 네 의사를 확인하고, 전해줄 것이 있어서야."

"무슨 뜻이지?"

니베리스가 눈살을 찌푸렸다. 라우라가 차분하게 말했다.

"케이알리아가 위대한 어둠과의 연결을 끊어줬다는 사실을 들었어."

케이알리아는 아테인 다음으로 위대한 어둠에 대한 이해가 깊은 존재라고 해도 과언이 아니다. 그녀는 니베리스와 키르엔을 완전히 위대한 어둠과 단절된 존재로 만들어주었다. 심지어 오랫동안 아발탄 숲에 있어서 연결이 흐릿해진 사이베인에게도 같은 조치를 취해주었다.

라우라의 경우에는 유렌이 죽기 전, 비탄의 잔을 위대한 어둠에서 독립시키면서 그녀에게 남은 연결도 끊어주었다. 아테인이 부활한 이상 연결을 유지하고 있다면 어떤 식으로 정보를 읽힐지 모른다고 판단했기 때문이다.

"레이거스 공이 아테인을 적대하기로 했다는 것도 알아."

그 말에 니베리스가 흠칫했다. 말의 내용 때문이 아니라, 라우라가 아테인을 이름으로 부른 것 때문이었다.

왕이라고 부르던 존재를 이름으로 부른다.

고작 그것뿐이었지만 니베리스는 무표정한 라우라의 눈에 어린 결의를 읽을 수 있을 것 같았다.

그녀는 아테인을 명확한 적으로 인식했다. 그를 신으로 숭배하던 과거의 감정을 떨쳐 버리고, 혼신의 힘을 다해 싸울 것이다.

니베리스는 그 사실에 감탄했다. 동시에 짜증이 치밀었다.

'늘 앞서나가는군. 이번에도…….'

언제나 그랬다. 라우라는 니베리스 입장에서는 짜증나는 경쟁자였다.

간부로서의 성과도, 용마기를 손에 넣은 것도, 그리고… 어둠의 설원의 일원으로서의 삶을 내팽개치고 스스로의 앞길을 선택한 것까지도.

라우라가 말했다.

"니베리스, 키르엔. 너희도 레이거스 공과 함께할 생각이야?"

"그걸 내가 왜 말해줘야 하지?"

"대답 여하에 따라서 내가 중요한 것을 알려줄지 말지를 결정해야 하니까."

"그게 무엇인지는 모르겠지만, 필요 없다. 무엇보다 내 대답을 믿을 수는 있을까?"

"믿어."

망설임 없는 라우라의 대답에 니베리스의 눈이 크게 떠졌다.

"니베리스, 너는 거짓말로 자리를 모면할 사람이 아니야."

"……."

잠시 할 말을 잃었던 니베리스가 말했다.

"…함께할 생각이다."

"아테인의 목적이 무엇인지 알면서도?"

"안다. 우리가 믿어왔던 모든 것이 권력을 쥔 늙은이들이 추잡한 왜곡이었다는 것도, 원망할 것은 그들이라는 것도."

"그런데도 싸울 거야?"

"그분은… 아니, 그는 내 조부지. 그의 직계혈통이라는 사실에 긍지를 느꼈던 적도 있다. 하지만 이제는 아니다."

니베리스가 서늘한 표정으로 말했다.

"그는 세상 모두를 사랑하지만, 그것은 아무도 사랑하지 않는 것과 같다."

모든 진실을 알았을 때, 니베리스는 자신이 믿어왔던 모든 것이 허상이라는 충격 속에서 허우적거렸다. 그리고 사이베인을 만나서 어느 정도 충격에서 벗어난 후에는 격한 노여움이 솟구쳤다.

지금의 어둠의 설원을 만든 자들이 원망스러운가?

물론이다. 니베리스는 그들에게 깊은 분노와 증오를 느꼈고, 다음에 만난다면 기꺼이 그들의 숨통을 끊어서 죗값을 치르게 할 것이다.

하지만 그들이 쌓아올린 광기를 부정하고 이상을 설파하는 아테인은 그 이상으로 혐오스러웠다.

"살아남은 자들이 본성을 극복할 수 있는지 실험하겠다는 목적으로 그 이후의 일들을 방관한 것을, 난 용서할 수 없다."

케이알리아를 통해서 아테인의 진실을 알았다.

자신이 세운 이상의 깃발 아래 모여든 용마왕군이 실패할 것을 예견한 그는 먼 훗날에 부활하기로 결정하고 그 뒤의 결과는 나 몰라라 했다.

오로지 자신만을 믿었던 자들이 절망적인 패배에 얼마나 상처 입을지, 그리고 그 상처로 인해 어떻게 변해 갈지는 고려하지 않은 채 그들의 본성을 확인하기 위한 실험대에 올렸다.

"정말이지 신 같은 행동이 아닌가? 그는 스스로가 신임을 부정했으면서 그야말로 신처럼 행동하고 있다."

신화를 보면 고대의 신들은 자신을 따르는 자들에게 끝없는 희생을 강요했다. 인생을 희생해 가며 자신을 따르는 자들에게도 인간다운 삶을 파탄 내가면서까지 신실함을 증명하기를, 신의 뜻을 이루고자 고난의 길에 뛰어든 자에게도 선뜻 도움의 손길을 주기보다는 가혹한 시련을 내려서 자격을 입증하라는 무리한 요구를 하지 않던가?

아테인의 행동이 그런 신들과 무엇이 다른가?

죽음조차 극복할 정도로 초월적인 권능을 지녔으면서 자신의 뜻에 따르던 약자들의 상처조차 보듬어주지 않다니.

그리고 상처받고 절망한 자들에게 가혹한 시련을 부과해 놓고 그것을 극복하지 못했다고 악이라 단정하다니.

"…참으로 이기적인 잣대다. 스스로의 변질을 두려워해서 곧바로 전생하지 않았다? 그것이 온 세상을 전쟁의 참화로 뒤덮고 셀 수 없을 정도로 많은 목숨을 희생시킨 자가 선택해도 되는 길인가?"

니베리스는 아테인이 실험대로 삼은 어둠의 설원에서 태어나서 광기에 속박되어 있었다. 그렇기에 그 사실을 도저히 용서할 수 없었다.

인정한다. 세상 모두가 어둠의 설원을 사악하다고 손가락질할 자격이 있다.

그러나 아테인에게만은 그럴 자격이 없다.

"그런 자에게 세계의 운명을 맡기지 않겠다. 악을 행할 자유를 빼앗긴 세상이 어떻게 변할지, 솔직히 난 모르겠다. 아마 좀 더 깊이 생각해 봐야 스스로 납득할 수 있는 답을 얻을 수 있겠지. 하지만 한 가지만은 분명하다."

그것은 아테인이 어떤 세상을 만들려 하든 긍정할 수 없다는 것이다.

"나는 싸울 것이다. 그로 인해 이 목숨을 잃게 되더라도."

그것은 오래된 바위처럼 차갑고 단단한 맹세였다. 그녀의 결의를 느낀 라우라가 말했다.

"…역시 나는 틀리지 않았어."

"뭐가 말이지?"

"곧 알게 돼. 사이베인 님?"

멍청하니 딸의 이야기를 듣고 있던 사이베인이 퍼뜩 정신을 차리고 라우라를 바라보았다. 라우라가 말했다.

"자리를 비켜주실 수 있을까요?"

"음, 알겠다."

사이베인이 순순히 자리를 비켜주자 라우라가 말했다.

"니베리스, 아테인의 뜻을 저지하기 위해서는 반드시 필요한 무기가 있어."

"뭘 말하고 싶은 것이냐?"

"그건……."

라우라가 머나먼 아발탄 숲까지 찾아온 진정한 목적을 이야기하자 니베리스의 얼굴이 경악으로 물들었다.

3

라우라와 아리에타는 꼬박 하루를 보낸 뒤 다음 날에 아발탄 숲을 떠났다.

그녀들이 떠난 후, 사이베인이 니베리스를 찾아와서 말했다.

"이미 그분과 싸우기로 결심을 굳히고 있었구나."

"예."

20여 년 만에 재회한 부녀는 복잡한 표정으로 서로를 바라보았다.

니베리스의 결의는 사이베인이 가장 우려하던 일이었다. 솔직한 심정을 말하자면 어떻게든 막고 싶다. 겨우 만난 딸이 위험 속으로 걸어 들어가는 것을 두고 볼 수가 없었다.

머뭇거리던 그가 힘들게 말했다.

"그만두면 안 되겠니? 내 아버님이기는 하지만 그분은 우리의 잣대로 잴 수 없는 분이다. 용마장군들조차도 범접할 수 없었던 초월자지. 더 이상 아무것에도 의존하지 않고 뜻을 이루기로 결심한 그분과 맞선다는 것은……."

"아버님."

니베리스가 조용한 목소리로 사이베인의 말을 막았다.

"저는 아버님과 어머님을 사랑했습니다. 그리고 지금도 사랑합니다."

"……."

"제가 아버님의 절망을 이해한다고 말한다면 그건 너무 오만한 이야기겠지요. 아버님이 살아온 세월은 저보다 훨씬 길고, 용마전쟁 때부터 지금까지 아주 많은 상처를 입으셨을 테니까요."

사이베인은 오랫동안 절망하고 있었다.

신처럼 숭배했던 아테인이 자신들에게 절망했다는 사실에, 어둠의 설원이 광기의 도가니로 변해가는 것을 막을 수 없다는 사실에, 그리고 자신의 아내조차 지키지 못했다는 사실에…….

그의 무력감과 절망은 타인이 함부로 이해한다고 이야기해서는 안 되는 것이다. 수백 년 동안 늘 필사적이었지만 아무리 노력해도 손에 아무것도 남지 않은 자의 마음을 어찌 쉽게 안다 말할 수 있겠는가?

"아버님을 원망하지 않았다고 하면 그 또한 거짓말입니다. 아버님을 그리워하면서 그만큼 원망했습니다."

"……."

"하지만 이제는 아닙니다. 아버님께서 품은 절망이 깊고 무거움을 알기에 아버님의 선택을 이해하고 용서했습니다. 그래도 저는 다른 길을 가고 싶습니다."

"니베리스……."

"이대로 세상이 어떻게 되든 이곳에 남는 방법도 있겠지요."

아테인에 대한, 그리고 그를 추종하는 자들에 대한 분노를 묻어두고 사이베인과 함께 평온한 나날을 지낼 수도 있을 것이다. 훗날의 일은 알 수 없지만 적어도 지금은 신처럼 위대한 아테인이라는 마법사를 상대로 목숨을 건 싸움을 할 필요는 없으리라.

"하지만 제 마음은 그것을 참을 수 없습니다. 설령 제가 선택한 길의 끝에 죽음만이 있다 하더라도 긍지를 저버린다면 저는 살아도 살아 있는 몸이 아닐 테니까요. 그래서야 저를 위해 목숨을 버린 듀랑을 볼 면목이 없습니다."

사이베인은 말문이 막혔다. 자신이 부모로서의 책임을 방기하고 도망치는 동안 그녀의 딸은 눈부신 영혼을 지닌 존재로 자라났다.

자신을 바라보는 그 얼굴에서 아내의 얼굴을 봤다고 한다면 그건 거짓말이다. 외모는 조금 닮았을지도 모르지만 성격 면에서는 전혀 닮은 구석이 없었다.

오히려 사이베인은 니베리스로부터 용마전쟁의 전우들을 보았다.

신념을 위해서라면 기꺼이 목숨을 바치는 긍지를 가졌던 사람들. 그런 사람들을 위해서 사이베인도 필사적으로 싸웠다.

　하지만 자신이 정말 행복하게 만들어주고 싶었던 사람들은 아무도 행복해지지 못했다.

　"나는……."

　사이베인은 딸의 어깨를 잡으려고 손을 들었다가 머뭇거렸다. 그 간단한 행위가 왜 이토록 어렵게 느껴지는 것일까?

　딸을 말리고 싶다.

　동시에 도저히 말릴 수 없다.

　"…아버지로서는 실격이로구나. 예나 지금이나."

　"아닙니다."

　니베리스는 머뭇거리는 사이베인에게 다가가서 그를 안아 주었다.

　"아버님이 살아서 기다려 주셨기 때문에 저는 잠시나마 도망쳐서 쉴 곳을 가질 수 있었습니다. 그것만으로도 충분합니다."

　사이베인은 왈칵 눈물이 쏟아질 것 같은 기분을 필사적으로 참았다.

　그는 붉어진 눈으로 니베리스의 눈을 똑바로 바라보았다. 마치 설원의 보석처럼 차갑고 단단한 결의를 품은 아름다운 눈을.

　"제대로 된 구석이라고는 하나도 없는 아비지만 그래도 너를 위해서 뭔가 해주고 싶구나. 부디 내게 네 시간을 며칠만이라도 내줄 수 없겠니?"

"아버님, 저는……."

"암혼의 서에 대한 모든 것을 가르쳐 주마."

사이베인이 간절한 눈으로 그녀를 바라보며 말했다.

"아버님과 싸우려면 의지만이 아니라 힘도 갖춰야 한다. 물론 며칠 동안 벼락치기를 한다 한들 극적으로 강해질 수는 없겠지. 하지만 도구의 쓰임새 정도는 제대로 알려줄 수 있을 게다."

그렇게 말하는 사이베인의 눈에도 어떤 결의가 새겨지고 있었다.

4

케이알리아는 아테인에 의해서 위대한 어둠의 정보 열람권을 빼앗겼다.

하지만 그럼에도 아테인이 계획한 일들을 꿰뚫어 보고 있었다.

─아테인은 이미 수호그림자의 모방을 시작했어요.

왜 아테인은 공허의 길을 좀 더 강경하게 방어하지 않는가?

그것은 용마왕 숭배자들의 희생을 필요로 하기 때문이다. 거대한 마법의 의식을 치를 시간을 버는 동시에, 그것을 위한 자원도 얻는 일거양득의 계획이었다.

─위대한 어둠에 연결된 그들은 이미 아테인의 뜻에 찬동하

고 계약을 맺었어요. 죽은 자들의 영혼은 위대한 어둠에 녹아들어가서 더 강력한 힘을 발생시킬 거예요. 그리고 종국에는 그들의 영혼이 아테인이 구상한 시스템을 움직이는 존재들을 이루는 재료가 되겠지요.

위대한 어둠에는 기둥이 되는 초월자들 말고도 수많은 존재가 녹아들어 있다. 거기에 연결된 자들의 마력, 사고와 기억을 포함한 정보, 그리고 영혼까지도 위대한 어둠을 증설하는 자원이 되었다.

이제 아테인은 추종자들에게 좀 더 적극적인 희생을 요구하고 있었다.

—단기적으로 위대한 어둠은 계약자들의 영혼을 제공받고 그 어느 때보다도 충만한 상태가 될 거예요. 그리고 장기적으로는 수호그림자와 비슷한 존재들이 만들어지기 시작하겠죠.

그것은 아테인의 뜻을 세상에 강제하는 무력이 될 것이다. 아테인이 초월자들의 봉인을 지키기 위해서 배치해 둔 괴물들의 강력함을 생각하면, 그에게 시간을 주는 일이 얼마나 무서운 결과를 낳을지 쉽게 상상할 수 있었다.

아젤이 입을 열었다.

"그렇다면……."

—아, 잠깐만요.

케이알리아가 그를 만류했다. 아젤이 의아한 표정을 짓자 그녀가 설명했다.

—앞으로 중요한 계획이나 정보는 저한테는 말하지 마세요.

최대한 제게 감추고 그저 뭘 하라고 지시만 해주세요. 전 그대로 따를 테니까요.

"어째서지?"

ㅡ아테인이 알 수도 있으니까요.

비록 아테인에게 제약당하기는 했지만, 케이알리아가 지닌 위대한 어둠에 대한 권한은 꽤 강력했다. 그래서 니베리스와 키르엔, 사이베인을 위대한 어둠에서 단절시킬 수도 있었고 자신과 레이거스의 정보도 아테인이 알지 못하도록 보호할 수 있었다.

ㅡ하지만 절대적이라는 보장은 없어요. 아테인과 제가 서로의 정보를 들여다보려고 했을 때, 어느 한쪽이 무조건 막아낸다고 단언할 수 없는 거예요.

아테인은 아인세라와 마찬가지로 위대한 어둠으로 수집하는 정보를 열람할 수 있다.

다만 그는 아인세라와 달리 위대한 어둠을 능수능란하게 다룰 수 있었고, 그렇기에 필요한 정보만을 찾아서 열람한다. 무작정 모든 것을 다 알려고 했다가는 자아가 마모된다는 것을 알기 때문이다.

감정을 포함한 타인의 기억을 읽어 들인다는 것은 지극히 위험한 행위다. 강렬한 체험은 알게 모르게 인격을 바꾸어놓게 마련이니까.

ㅡ대신 아인세라가 그랬던 것처럼 모든 정보를 즉각적으로 알 수는 없어요. 자신이 반드시 알아야 한다고 조건을 설정해

둔 것들이 아니면 나중에 찾아보는 과정을 거쳐야 하지요. 다만 그렇기 때문에 정보의 검색 정밀도는 아인세라보다 훨씬 높아요.

아인세라는 수집되는 정보를 즉각적으로 받아들였기 때문에 그중에서 정말 필요한 것들만을 골라내는 능력이 떨어졌다. 하지만 아테인은 그녀보다 느린 대신 훨씬 정확하다.

―칼로스의 경우만 봐도 알 수 있잖아요?

"왜 거기서 칼로스가 언급되는 거지?"

아젤이 불편한 심기를 드러냈다. 케이알리아가 설명했다.

―칼로스는 아테인조차 놀라게 했을 정도로 유능했지만 그에게 모든 정보를 감추지는 못했어요.

유렌이 칼로스의 안배를 찾아내어 아젤에게 알려주었던 것만 봐도 알 수 있다. 아테인은 벨런과 합일하여 위대한 어둠에 속하게 된 칼로스의 정보를 읽어냈던 것이다.

―다만 그건 어느 정도는 칼로스가 의도한 바였던 것 같기도 해요. 모든 것을 감출 수 없다면 정말 중요한 것을 감추기 위해서 나머지는 내준다는 계획이었던 거지요.

아테인과 케이알리아는 칼로스가 극멸을 재현하는 데 성공했다는 사실을 알고 있었다. 하지만 그 비술 자체는 모르고 있었다.

"그렇군. 그 녀석, 정말 끝까지……."

아젤은 코끝이 시큰해지는 걸 느끼며 말끝을 흐렸다. 정말 죽은 뒤에도 사람을 감동시키는 재주가 있는 친구였다.

―궁금한 게 있다면 얼마든지 물어보세요. 하지만 제게 중요한 것을 말하지 마세요. 무의식중에라도 그러지 않도록 조심해야 해요.

"알겠어. 주의하지."

일행은 케이알리아의 뜻을 받아들였다.

탁월한 이동 능력을 자랑하는 그녀 대신 라우라가 아발탄 숲으로 가게 된 것에는 그런 사정이 있었다.

5

케이알리아가 준 정보로 인해서 아젤 일행은 도무지 속을 알 수 없었던 아테인의 태도를 이해할 수 있게 되었다.

왜 공허의 길 거점을 적극적으로 방어하지 않는가?

위대한 어둠과 연결된, 그의 뜻에 찬동하기로 계약한 용마왕 숭배자들의 죽음 그 자체가 그의 계획을 완성하기 위해 필요한 과정이기 때문이다.

공허의 길이 중요하지 않은 것은 아니다. 하지만 옛날처럼 세상과 전쟁을 벌일 생각이 없는 아테인에게는 용마왕 숭배자들의 영혼이라는 자원과 그것을 이용해 거대한 마법의 의식을 치를 시간이 훨씬 더 절실했다.

"그래도 우리는 공허의 길 거점을 파괴해야 한다."

카이렌이 말했다. 아테인의 의도를 뻔히 알면서도 그들은 공허의 길 거점 파괴를 멈출 수 없었다.

"오히려 우리가 여전히 거기에 집착하는 걸로 보이는 편이 낫겠지. 공격의 때는 충분한 공백이 만들어지는 바로 그때다."

어쨌거나 위대한 어둠의 기둥을 파괴하기 위해서는 그 주변의 공허의 길 거점을 파괴하는 밑 준비가 필요하다. 온 힘을 다해야 하는 전투에 임하려면 적들에게 뒤통수를 맞을 위험을 배제해야 하니까.

"남은 문제는 과연 어느 기둥부터 먼저 칠 것이냐인데……."

위대한 어둠을 지탱하는 열두 개의 기둥 중에 파괴된 것은 세 개다.

그리고 이제 일행은 나머지 아홉 기둥 전부의 위치를 알고 있었다. 칼로스가 파악하지 못한 나머지를 케이알리아가 알려 줬기 때문이다.

아젤이 말했다.

"가장 취약한 것은 역시 발란 숲이겠지요."

유렌을 잃은 장소다. 수목의 신은 결국 아테인에 의해서 재봉인되었다.

하지만 수목의 신의 봉인을 지키던 방비는 아젤 일행에 의해서 전부 파괴되었다. 그리고 케이알리아의 정보에 따르면 아테인은 아직 그 방비를 복원하지 못한 상태였다.

케이알리아가 정보 열람권을 빼앗긴 후로 복원을 시작했을 수도 있다. 하지만 그만한 방비는 아무리 아테인이라고 해도 단시간 내에 할 수 있는 것이 아니다.

"그런 만큼 철저하게 방비를 해두었겠지."

"다른 곳을 치는 편이 낫겠습니까?"

"아니, 그렇기에 그곳을 친다. 공허의 길 거점은 잃게 내버려 둬도 기둥은 그렇게 할 수 없겠지. 최대한 빨리 주변의 공허의 길 거점을 확실하게 치워서 판을 짜고, 놈들이 새로운 대응책을 고안하기 전에 단숨에 밀어붙이겠다."

카이렌은 머릿속으로 계획을 짜기 시작했다. 속내를 알 수 없어서 찜찜했던 아테인에게 한 방 먹여줄 수 있다는 생각에 사악한 미소를 지으면서.

6

리로스 왕국의 라카디 백작.

백검백작(百劍伯爵)이라는 별명으로 불리는 보카드 라카디는 오랜 시간 동안 수호그림자의 일원으로 활동해 온 용마족이었다. 리로스 왕국에서는 왕족들조차도 경의를 표하는, 살아 있는 전설로 경외받는 인물이기도 하다.

그는 많은 면에서 카이렌과 비슷한 경력의 소유자였다.

용마족이면서 인간 왕국의 영주라는 점, 부친을 잃은 원한으로 수호그림자가 되었다는 점, 그리고 잊힌 비술을 터득하지 않았음에도 어둠의 설원에서 주의 대상에 올랐다는 점.

하지만 차이점도 있었다. 그것은 보카드 라카디만이 아니라 세라 라카디, 에일렌 라카디, 기렌스 라카디 네 명의 용마족 남매가 모두 수호그림자라는 사실이다.

"그동안 여러 번 통신으로 대화를 나눴지만……"

장남이며 라카디 백작이기도 한 보카드 라카디는 20대 초반으로밖에 보이지 않았다. 한쪽 볼에 칼에 베인 흉터가 나 있지만 선이 굵고 준수한 갈색 머리칼의 청년이다.

하지만 용마족인 그의 연령은 80대였다. 용마족으로서는 한창이라고 할 수 있는 나이이다.

"이렇게 직접 만나는 것은 처음이군, 아젤 카르자크 후작."

그가 악수를 청해 왔다. 그와 악수한 아젤이 말했다.

"반갑습니다, 라카디 백작. 그동안의 활약은 익히 들었습니다."

아젤의 정체는 수호그림자 조직원들에게는 모두 알려져 있었다. 칼로스의 사망 후, 수호그림자의 지휘권을 쥐게 된 카이렌이 중요한 진실들을 알렸기 때문이다. 지금까지 죽 음지에서 목숨을 걸고 용마왕 숭배자들과 싸워온 이들에게는 진실을 알 자격이 있었으니까.

하지만 그것을 믿고 말고는 별개의 이야기다.

아젤이 장난스럽게 물었다.

"그런데 백작께서는 제가 아젤 카르자크라는 사실을 믿으십니까?"

"솔직히 말하자면 반신반의하고 있소."

보카드 라카디가 솔직하게 대답했다. 그동안 아젤과 함께해온 이들이라면 모를까, 수호그림자라는 것 말고는 아무런 접

점도 없었던 자들에게 아젤의 정체를 믿으라는 것은 무리한 요구가 아니겠는가?

보카드 라카디가 말을 이었다.

"하지만 당신의 정체 말고도 믿기 어려운 이야기들이 산더미처럼 쌓였지. 굳이 아테인과 용마장군들이 부활했다는 사실을 언급하지 않더라도, 그래, 대마법사 칼로스가 역사 속에서 퇴장한 후로도 살아남아서 수호그림자를 만들었다는 것만 하더라도."

암울하고 절망적인 사실들이 넘쳐나는 가운데, 영웅 아젤 카르자크가 이 시대에 부활했다는 소식은 실로 희망적이다.

"믿을 수 있다기보다는 믿고 싶어지는 사실이지. 그러니 나는 적어도 당신을 카르자크 후작으로 예우하겠소."

"솔직하시군요."

"그대가 전해준 비술에 대한 예의라고 생각해 주시오. 그대의 정체가 무엇이든 간에 그 은혜는 잊지 않을 것이오."

아젤이 보카드 라카디와 대화를 나눈 것은 잊힌 비술들을 전수하기 위해서였다.

물론 직접 가르치는 것에 비하면 턱없이 효율이 떨어지는 행위였다. 하지만 아젤과 라우라가 틈틈이 잊힌 비술들과 거기에 대한 대응법을 전하는 것만으로도 수호그림자의 일원들은 확실하게 기량이 향상되었다.

라카디 4남매는 그중에서도 탁월한 성장을 보여준 자들이었다. 원래부터 전사 두 명과 마법사 두 명으로 구성되어 팀플

레이가 능했던 그들은 이제 어둠의 설원의 간부들조차도 쉽사리 격파하는 위엄을 떨치고 있었다.

잠자코 두 사람의 대화를 듣고 있던 보카드의 동생, 세라 라카디가 물었다.

"그런데 굳이 우리와 함께 싸워 보려는 이유는 무엇인가요? 그것도 당신 혼자서?"

보카드와 비슷한 연령대로 보이는 그녀는 도도한 인상의 미녀였다.

"우리만큼 도움이 필요 없는 곳도 찾기 어려울 텐데?"

수호그림자의 일원들은 모두 아젤 일행이 탁월한 활약을 펼치고 있다는 것을 알고 있다. 꾸준히 공유되는 정보만 봐도 명확하니까.

하지만 그렇다고 해도 라카디 4남매는 딱히 도움을 필요로 하지 않았다.

물론 목표 지점에 대한 정보를 포함한 전략 지시와 수호그림자 개체들의 지원은 귀중하다. 그러나 일단 전투에 돌입하고 나면 라카디 4남매는 최고의 전과를 올리는 자들이었다.

그런데 굳이 아젤이 그들을 돕기 위해 온 이유는 무엇일까?

아젤 일행이 전부 다 왔다면 용마장군이라도 꾀어내어 잡으려고 하나 하는 기대감을 가질 것이다. 하지만 이번에는 아젤 혼자서 왔다.

라카디 4남매 입장에서 보면 불쾌해할 수도 있었다. 자신들이 미덥지 못하다고 여긴 것처럼 느껴지니까.

아젤이 말했다.

"부디 오해하지는 마시길. 여러분이 이번 전투에 어려움을 겪을 거라고 판단해서는 아닙니다."

"그럼?"

"여러분의 실력을 제 눈으로 봐두기 위해서입니다."

"흠. 그 말은 우리의 실력을 검증하고 싶다는 것이오?"

보카드가 물었다. 아젤이 고개를 끄덕였다.

"솔직히 말하자면 그렇습니다."

"이유는?"

"우리는 대륙 곳곳에서 싸움을 벌이고 있지요. 하지만 계획 상 곧 한곳에 전력을 집중해야 하는 때가 옵니다. 그 전투에 참가할 인력을 고르고 있습니다."

"재미있군. 남에게 평가받는 입장이 되는 것도 오랜만이야. 하지만 그건 당신에게도 그대로 적용된다는 것은 알고 있소?"

"물론입니다."

보카드는 아젤의 의도를 듣고도 불쾌감을 보이지 않았다. 하지만 만약 아젤이 이번 전투에서 만족스러운 실력을 보여주지 않는다면 그의 태도는 크게 달라질 것이다.

아젤도 굳이 실력을 숨길 생각은 없었다.

'라우라는 잘하고 있을지 모르겠군.'

라우라와 아리에타가 아발탄 숲에 다녀오는 것은 그곳에서 머무는 시간을 포함해도 이틀이면 충분할 것이다.

일행은 그 시간조차도 효율적으로 사용하기 위해서 수호그림자의 일원들 중에서 눈여겨본 자들의 실력 검증을 진행했다.

전력의 균형이 좋은 라카디 4남매에게는 아젤 혼자서 왔다. 그리고 카이렌과 레티시아, 케이알리아 셋이 다른 쪽을 맡았다.

"자, 그럼……."

아젤은 평소에는 쓰지 않는, 완전히 머리를 감싸는 헬멧을 썼다. 갑옷도 평소 입는 백룡의 갑주가 아니라 따로 준비한 갑옷이었고 허리에 찬 장검도 용검이 아니었다.

용마왕 숭배자들에게 정체를 감추기 위한 의도였다. 아젤이 혼자 이곳으로 와서 이들의 실력 검증을 진행하는 상황에서 느닷없이 알마릭이 나타나기라도 하면 곤란하니까.

알마릭과의 싸움은 카이렌의 계획대로 완벽한 무대를 마련한 뒤에 해야 한다.

"시작해 볼까요?"

라우라가 없는 만큼 극멸광으로 공허의 길부터 파괴하고 시작하는 전술은 쓸 수 없다.

아젤은 전술의 주도권을 라카디 4남매에게 맡긴 채 전장으로 뛰어들었다.

7

공허의 길 거점을 공격할 때 최우선으로 생각해야 하는 것은 속전속결이다. 시간을 끌수록 적이 위험한 지원 병력을 보내올 가능성이 컸으니까.

만약 용마장군이 지원 병력으로 온다면 그 전투는 무조건 실패다. 무조건 몸을 빼야 한다.

그렇지 않을 경우에는 세 번째 지원 병력이 오기 전에 끝내는 것을 전술 목표로 설정한다.

그렇기에 전투 시에는 반드시 수호그림자 개체 하나를 공허의 길의 상황을 살피는 파수꾼으로 침투시켰다. 적의 등장과 동시에 결단을 내려야만 했으니까.

그런 방침을 준수했는데도 지금까지 많은 수호그림자 조직원이 죽어나갔다.

다만 요즘 들어서는 피해가 줄어들었다. 어둠의 설원 쪽에서 알마릭은커녕 고위 간부들조차도 지원 병력으로 보내지 않기 때문이다.

"단숨에 돌파할 것이오. 뒤쳐지지 않도록 조심하길."

라카디 4남매는 고위 용령기 수련자 두 명과 고위 마법사 두 명의 조합이다. 각자의 기량이 탁월한데다가 오랫동안 호흡을 맞춰왔기에 팀플레이 시의 위력은 실로 막강했다.

제일 먼저 뛰어든 것은 보카드였다.

은닉술로는 더 이상 적들의 탐지를 피하기 어려운 거리라고 판단한 시점에서 그는 곧바로 순동법을 써서 단숨에 적들 사이로 뛰어들었다.

용마왕 숭배자들은 거듭된 전투로 색적 능력과 전투 대비

태세가 크게 향상되었다. 100미터 저편에서부터 달려들었는데 얌전히 기습당할 것을 기대하는 것은 무리다.

순찰하고 있던 용마인 전사는 보카드의 기습을 쉽게 막아냈다. 그들은 3인 1조로 행동하고 있었기에 또 다른 전사가 측면에서 보카드를 공격, 마법사가 주변을 살피며 마법을 준비했다.

카앙!

보카드는 왼손에 든 방패로 측면의 공격을 막아냈다.

파지지직!

직후 세라 라카디와 적 마법사의 마법이 서로 충돌하면서 스파크가 튀었다.

하지만 이쪽의 마법사는 그녀 하나만이 아니다. 막내인 기렌스 라카디가 기다렸다는 듯 마법을 사용해서 한 방 먹였다.

퍼엉!

그들 사이에서 정신파 폭탄이 터지면서 감각을 어지럽혔다.

미리 대비하고 있던 보카드는 아무런 영향도 받지 않았다. 하지만 두 명의 적 전사는 자세가 흐트러졌고 보카드는 그 틈을 놓치지 않았다.

콰직!

보카드의 발차기가 그와 검을 얽고 있던 전사의 복부를 걷어찼다.

쉭!

그 반동으로 자세를 바꾼 보카드의 검이 다른 전사의 목을 깊숙이 갈라 버렸다.

그리고 한 박자 늦게 뛰어든 여전사, 에일렌 라카디가 보카드에게 발차기를 맞고 날아가던 적 전사를 철퇴로 후려쳐서 숨통을 끊었다. 직후 세라와 기렌스가 완벽한 시간 차 공격으로 마법사를 정리한다.

아젤은 감탄했다.

개개인의 기량도 높지만 톱니바퀴처럼 맞아떨어지는 연계는 굉장한 수준이다. 세 명의 적을 처리하는 데 채 10초도 걸리지 않았고 신호탄을 터뜨릴 틈도 주지 않았다.

"곧바로 뛰어 들어갈 것이오."

또한 상황 판단 능력도 훌륭했다.

신호탄이 터지지 않았어도 적들은 금세 이쪽의 공격을 알아차릴 것이다. 제대로 대응 태세를 취하기 전에 뛰어들어야 했다.

숲 속을 전력 질주하는 그들은 두 번째 경비 병력도 순식간에 처리했다. 하지만 세 번째 적을 만났을 때는 적들도 사태를 파악하고 병력이 우르르 몰려오고 있었다.

─퍼엉!

그것을 본 기렌스 라카디가 주저 없이 신호탄을 터뜨렸다.

「신호야…….」

「싸울 시간…….」

그러자 대기하고 있던 100여 개체의 수호그림자가 움직였다.

다수를 상대하게 되면 주저 없이 수호그림자의 힘을 빌리고, 자신들은 압도적인 돌파력으로 공허의 길까지 치고 들어가서 파괴한다. 그것이 라카디 4남매의 기본 전술이었다.

콰직!

계속 달리는 보카드의 앞을 가로막은 적 전사가 방패에 맞고 날아간다.

쾅!

측면에서 달려든 이는 에일렌이 휘두르는 철퇴에 맞고 쓰러졌다.

퍼엉! 퍼퍼퍼펑!

세라와 기렌스가 주변을 경계하면서 쉬지 않고 마법을 퍼부었다.

이 뒤를 따르는 아젤은 거의 할 일이 없을 정도였다. 그만큼 공격과 방어의 균형이 완벽하게 맞아떨어졌다.

하지만 용마왕 숭배자들도 호락호락하지 않았다.

쫘과광!

강렬한 뇌격이 작렬하면서 보카드가 주춤했다.

라카디 4남매의 정보는 용마왕 숭배자들에게도 알려져 있었다. 그들을 저지하기 위해서 마법사 셋이 힘을 합쳐 강맹한 뇌격을 날리자 이들도 멈추지 않을 수 없었다.

"큭!"

그리고 다수의 적을 돌파하던 상황에서 한번 움직임이 멈추면 곧바로 포위당할 수밖에 없다.

물론 라카디 4남매는 이런 상황도 염두에 두고 있었다. 곧바로 진형을 바꿔서 다섯 명이 등을 맞대고 다섯 방향을 바라보는 형태로 전환한다.

그리고 곧바로 톱니바퀴처럼 맞아떨어지는 움직임으로 적들을 격퇴!

주춤한 적의 포위망을 두 마법사가 흔들어놓는 동안 보카드가 무기를 바꿔 들었다. 용령기로 장검과 방패를 허공에다 띄워놓고는 등에 멘 양손대검을 쥐더니 잠시 힘을 모은다.

"울부짖어라! 땅의 용이여!"

언령의 외침과 함께 라카디가 양손대검을 호쾌하게 내려쳤다. 그러자 그 궤적으로부터 대지를 가르는 충격파가 발생, 마치 레이거스가 혼쇄의 인을 내려쳤을 때의 상황을 축소해 놓은 것 같은 현상이 발생했다.

콰콰콰콰콰!

수십 미터의 대지가 뒤집어지면서 적들이 날아가 버린다. 보카드는 그런 공격을 세 번 연달아 펼쳐서 적들을 갈라놓은 다음 다시 방패와 검을 들었다.

그가 백검백작이라는 별명을 얻은 이유는 온갖 무기로 다채로운 무예를 구사하기 때문이다. 필요한 상황에 따라서 전투 스타일을 바꾸는 그는 때로는 강하게, 때로는 굳건하게, 때로는 변화무쌍했다.

'이거 내가 방해될 정도인데?'

아젤도 놀고 있지는 않았다. 그들의 뒤를 따르면서 후방에서 쫓아오는 적들을 격퇴했고, 포위된 후로도 세 명의 적을 베어 넘겼다.

하지만 손발이 척척 맞는 넷의 연계를 보니 자신은 차라리 따로 떨어져서 싸우는 게 낫다 싶을 정도다.

'케이알리아 덕분에 이제 마법사가 아쉽진 않지만… 이 넷 정도면 영입하고 싶어질 정도야.'

물론 개개인의 기량도 대단히 뛰어나다. 하지만 네 명이 연계할 때의 상승 효과는 아젤도 감탄할 수밖에 없는 수준이었다.

"또 온다!"

보카드가 외쳤다.

접근해 오는 적들을 상대하는 동안 저편에서 세 마법사가 강맹한 뇌격을 발생시키고 있었다. 보카드는 방패에 힘을 집중시키면서 그것을 막아낼 준비를 했다.

그때 아젤이 자기 위치에서 벗어나더니 그 앞을 가로막았다. 보카드가 당황해서 뭐라고 말하려 할 때 아젤이 말했다.

"방어는 맡기고 공격 준비를."

직후 뇌격이 작렬했다.

쫘르릉!

보카드가 눈을 크게 떴다.

조금 전에 막아낸 것보다 더욱 강한 뇌격이었다. 그런데 네 명이 힘을 합쳐 펼친 방어막에 전혀 충격이 느껴지지 않는 게 아닌가?

'저건······!'

아젤이 들고 있는 검이 뇌격을 집어삼켰다. 칼날이 청백색으로 불타올랐다.

'천둥용의 뿔!'

직후 아젤이 그것을 내려쳤다. 마법사들이 쏘아냈을 때보다 몇 배나 증폭된 뇌격이 적들을 관통했다.

꽈과과과과······!

적들이 내지르는 비명조차도 뇌격이 삼켜 버렸다. 아젤이 있는 지점에서 30미터 앞쪽까지 뻥 뚫린 공백이 발생했다.

"제법이군."

밀집한 적들이 다들 방어 기술을 펼쳤기에 천둥용의 뿔의 위력이 그쯤에서 소실되었다. 즉사한 적은 열 명도 안 되었다.

그림자 노릇을 하던 아젤이 전면으로 나선 이유는 간단했다.

"두 번째 지원 병력이 나타나기 전에 끝을 내지요."

수호그림자들이 첫 번째 지원 병력의 투입을 알려왔기 때문이다. 이것으로 앞으로 10분간 이곳의 공허의 길은 정지하게 된다.

"음!"

보카드는 경악하면서도 할 일을 잊지 않았다. 무수한 전투 경험이 그에게 심적 동요를 이기고 최적의 선택을 할 수 있게 만들었다.

"몰아쳐라! 섬광의 용!"

그가 검을 휘두르자 그로부터 뻗어 나간 섬광이 전방을 휩쓸었다. 대검으로 대지를 뒤집어놓았을 때보다는 약하지만 연타로 적들을 무너뜨린 다음 곧바로 그 공백으로 4남매가 같이 뛰어들어서 적들을 도륙한다.

그들이 경이로운 돌파력을 선보이는 동안 아젤이 용마력을 개방했다.

─용마검 초래!

라카디 4남매의 실력은 충분히 봤다. 적들이 첫 번째 지원 병력도 투입했으니 이제는 더 이상 정체를 감추고 있을 필요가 없었다.

곧바로 하늘을 찢으면서 눈부신 섬광이 내리꽂혔다.

─하늘을 가르는 검!

푸른 광택을 흘리는 검을 든 아젤이 라카디 일족과 떨어져 나왔다. 동시에 무수한 아젤이 공간을 뛰어넘어서 적들 사이에 출현, 그 사이를 불꽃같기도 하고 뇌전 같기도 한 섬광의 궤적이 내달렸다.

"크아악!"

"대죄인 아젤 카르자크……!"

용마왕 숭배자들의 비명이 울려 퍼졌다.

실체 있는 분신들이 공간을 뛰어넘어서 원하는 순간, 원하는 지점에 출현해서 적들을 도륙한다. 그리고 빛으로 화한 하늘을 가르는 검이 반응할 수도 없는 속도로 그들을 베고 지나가는 가운데, 수호그림자들이 내달리면서 학살전을 벌였다.

그사이 라카디 4남매와 아젤이 유유히 공허의 길 거점 안으로 들어섰다.

"세상에……."

세라 라카디는 놀람을 감출 수 없었다. 아니, 그녀만이 아니라 라카디 4남매 모두가 마찬가지였다.

물론 그들만으로도 충분히 적들을 도륙하면서 돌파할 수 있었다. 하지만 아젤이 실력을 드러내자 그들의 전투 감각에 혼란이 올 정도로 일이 쉬워졌다.

첫 번째 지원 병력이 왔다는 소식이 전해진 시점까지 계획한 거리의 반을 돌파했다. 그런데 그 직후 채 30초도 안 되어서 거점 안으로 들어와 버렸다.

'정말로 영웅 아젤 카르자크인가?'

그들이 경험한 압도적인 힘은 눈앞의 아젤이 전설의 영웅 아젤 카르자크라는 것을 '믿고 싶어지는 희망적인 사실'에서 '믿기 어렵지만 믿어지는 사실'로 기울어지게 만들었다.

"큭, 아젤 카르자크! 이런 치졸한 속임수를 쓰다니!"

너무 빠르게 적들을 돌파해 버려서 조금 전에 투입된 지원 병력은 밖으로 나가보지도 못했다.

통로에는 숱한 함정이 깔려 있었지만 그것도 의미 없었다. 아젤이 분신술과 용마기를 연계해서 모조리 터뜨려 버렸기 때문이다.

아젤이 투구 속에서 씩 웃으며 말했다.

"이번이 처음도 아닌데 뭘 그렇게 흥분하고 그러시나."

아젤은 자신을 가로막은 자들의 면면을 보며 확신했다. 이 번에도 어둠의 설원에서는 지원 병력을 보내지 않았다. 다른 공허의 길 거점을 지키던 자들이 이쪽의 구조 신호를 받고 왔을 것이다.

'외부 병력은 네놈의 의식을 위해서는 빨리 죽어줘도 좋은 소모품이라 이거군.'

아젤은 아테인의 의도에 혐오감을 느끼며 한 걸음 물러났다. 그것을 본 적들은 움찔했다. 굳이 앞으로 나서서 그들과 대치했던 아젤이 왜 뒤로 물러나는 것일까?

그 이유는 바로 그 순간 뒤에서 뛰쳐나오는 라카디 4남매를 보면 알 수 있었다.

"포효하라! 용맹한 불꽃의 용이여!"

제일 먼저 보카드가 양손대검으로 혼신의 일격을 날렸다. 검의 궤도로부터 응축된 폭염이 날아가다가 적들 사이에서 폭발, 어마어마한 열파가 실내를 가득 채웠다.

화아아아악!

그 뒤를 이어 세라, 에일렌, 기렌스가 연이어 그에 지지 않는 위력의 일격을 내보였다. 피할 곳조차 주지 않는 국지적 재난 같은 공격의 연쇄에 용마왕 숭배자들은 어이없을 정도로 쉽게 몰살당했다.

죽음의 순간, 그들의 머릿속에는 납득할 수 없는 의문이 가득했다.

'어떻게 이럴 수가……!'

결코 방심하지 않았다. 상대가 아젤이라는 것을 안 순간부터 죽음은 당연한 결과로 받아들였고 목숨을 버려서라도 그에게 상처를 입힐 각오만 세우고 있었다.

그런데도 완전히 허를 찔렸다.

라카디 일족 4남매가 강대한 마력을 집중시키는 기미조차 못 느꼈는데, 아니, 느끼는 바로 그 순간 믿을 수 없을 정도로 강맹한 공격이 연거푸 터져 나와서 그들의 목숨을 앗아갔다.

"믿을 수가 없군……."

보카드가 아연해하며 중얼거렸다.

방금 전 그들이 날린 공격은 그야말로 필살의 기술이다. 이 건축물을 붕괴시키지 않으면서도 적들을 말살하기 위한 파괴력을 발휘하는, 사용하기까지 준비 과정이 필요한 기술들.

그런 기술들을 기습적으로 사용할 수 있는 이유는 아젤이 초래한 용마기 덕분이었다.

─용마기 해제. 시공의 낙인.

아젤이 등 뒤에 감추고 있던 시공의 낙인을 해제했다.

거점 안으로 들어오면서 시공의 낙인을 초래, 라카디 4남매가 있는 영역의 시간을 가속시켜서 필살의 일격을 준비시켰던 것이다. 이미 아젤은 시공의 낙인을 다루는 기술이 능수능란해져 있었다.

'음?'

문득 아젤이 눈살을 찌푸렸다.

파괴된 공허의 길에서 피어나는 어둠의 잔향이 아젤에게 와

닿았다. 그리고 거기서 망령의 속삭임처럼 피어나는 사념이 있었다.

—가장 먼저 용이 사라질 것이다…….

'뭐지?'

—그리고 인간도 같은 길을 걷게 될 것이다…….

'아테인?'

아젤은 그 사념의 주인을 깨닫고 곧바로 정신을 방어했다. 다른 누구도 아니고 아테인이라면 이런 희미한 잔향으로도 어떤 악독한 수를 부릴 수 있을지 몰랐으니까.

그러자 급격하게 멀어져 가는 목소리에 안타까워하는 기색이 섞였다.

—아젤 카르자크, 내 운명의 대적자여, 그대 또한 종족이 맞이할 운명을 자각해야만 하는 것을…….

"…또 무슨 개수작이지?"

아젤이 중얼거렸다.

보카드가 의아해하며 물었다.

"무슨 일이오?"

"별것 아닙니다. 이상한 사념이 느껴져서…….”

아젤은 고개를 젓고는 걷기 시작했다. 밖으로 나간 그들은 아직 수호그림자들과 싸우고 있던 적 생존자들의 숨통을 끊어 놓았다.

전투가 완전히 종료되자 보카드가 말했다.

"카르자크 후작.”

"예."

"아까 한 말을 정정하지. 이제 나는 당신이 영웅 아젤 카르자크임을 믿소."

그가 뜨거운 열기를 담은 눈으로 아젤을 보며 물었다.

"그런 당신에게 이런 걸 묻자니 떨리는군. 내 평생 이렇게 남에게 뭔가를 묻기가 두려웠던 것도 오랜만이야."

보카드가 한차례 심호흡을 했다. 그만이 아니라 라카디 4남매 모두 잔뜩 긴장하고 있었다.

그들은 리로스 왕국에서는 전설적인 명성을 얻은 존재이다. 누군가를 시험하는 입장이 아니라 자신들이 시험받는 입장이 되는 것이 너무 오랜만이라, 마치 어린 시절로 돌아간 것 같은 착각이 들었다.

"우리는 합격인가?"

아젤은 대답 대신 씩 웃으며 손을 내밀었다. 잠시 어리둥절해하며 그 손을 보던 보카드는 곧 의미를 깨닫고 힘차게 악수했다.

"물론입니다. 부디 여러분이 꼭 참전해 주시길 부탁드립니다."

결전의 때는 이미 결정되어 있었다.

魔展
龍劍

1

　레슈는 용마장군으로 임명되었다.

　그것은 어디까지나 상징적인 직위에 불과했다. 아테인은 더
이상 왕국을 세우고 왕으로 군림할 생각이 없으니까. 하지만
그를 추종하는 용마왕 숭배자들을 부리기 위해서는 모두가 인
정하는 권위가 필요했고 용마장군이라는 직위는 그 목적에 잘
부합되었다.

　그렇게 용마장군으로 임명된 레슈를 보는 부하들의 눈초리
는 곱지 않았다. 신처럼 숭배하는 아테인의 명이니 따르기는
하겠지만 어디서 튀어나온 것인지도 모르는 작자가 상관이 되
었으니 반감이 일 수밖에 없는 것이다.

　"나를 마음에 안 들어 하는 이유야 잘 알겠지만… 웬만하면

신경 거슬리게 쳐다보는 건 그만둬 주지 않겠어? 아무리 이해심을 발휘하려고 해도 지속적으로 짜증나게 하면 한 번쯤 폭발해 줄 수밖에 없거든?'

용마장군이 된 후로 최초로 전장에 투입된 레슈가 부관을 보며 으름장을 놓았다.

이번 작전에서 그의 지휘하에 놓인 병력은 100여 명. 모두가 어둠의 설원의 정예였다.

실질적으로 그들을 지휘하는 자는 레슈의 부관으로 임명된 용마족 노인이었다. 차네스라는 이름을 가진 그는 용마전쟁 당시 레이거스의 부관이었고, 아테인 부활 전까지는 어둠의 설원의 실권자 중에 한 명이었던 이다.

차네스가 헛기침을 했다.

"험험, 죄송합니다. 신경 쓰도록 하겠습니다."

"그러는 게 좋을 거야. 안 그러면 당장 비루한 삶을 끝내줄 테니까."

"……."

"네가 얼마나 떠받들어지는 자리에 있었는지는 관심 없다. 차라리 마법사면 모르겠는데, 용령기 수련자가 그 나이 먹고 실전에서도 멀어졌으면… 지휘관 노릇이라도 잘하지 않으면 그 불손한 태도를 관대하게 넘겨줄 필요가 있을까?'

자신을 노려보는 레슈의 눈빛에서 차네스는 그가 진심이라는 사실을 깨달았다.

그의 말은 사실이다. 마법사라도 노쇠함에 영향받지 않을 수 없는데 몸을 쓰는 용령기 수련자라면 그 영향은 이루 말할수 없을 정도로 크다.

차네스는 노쇠했고, 용마기도 최전선에서 싸우는 후손들에게 계승해 준 지 오래며, 마지막으로 실전에서 싸운 것이 언제인지 기억도 나지 않을 정도로 오래되었다.

그러니 레슈는 차네스에게 병력으로서의 가치를 기대하지않는다. 그의 역할은 경험과 지식을 살려서 휘하의 병력을 지휘하는 것뿐이다.

〈큭큭큭. 그러게 왜 다 늙어빠진 몸에 집착해서 그런 수모를 당하고 있나? 진즉 우리처럼 결단을 내렸으면…….〉

음산하게 웃으며 막사 안으로 들어온 것은 용마족 불사체였다. 순간 그 앞에 뭐가 번쩍했다.

콱!

〈컥……!〉

"결단을 내렸으면 뭐? 주제 모르고 설치다가 저승으로 갔겠다고?"

어느새 레슈가 그의 목을 움켜쥐고 있었다.

용마족 불사체는 생전에 용령기 수련자였다. 비록 불사체가되면서 많은 것을 잃었지만, 이 시대에 깨어난 후로 충분한 적응 훈련을 거친 후다.

그런데도 레슈가 목을 움켜쥐기까지 전혀 반응할 수 없었다.

"내가 별로 규율을 중시하는 성격은 아닌데, 너희는 좀 길을 들여놔야겠군. 용마전쟁 때 한자리했던 영광스러운 기억 때문에 위계질서 무시하고 거들먹거리지 않으면 직성이 안 풀리나? 여기서 너부터 없애 버리면 너 같은 놈들도 정신을 좀 차릴까?"

〈으, 으윽…….〉

우드드득……!

레슈가 차가운 눈으로 그를 쏘아보며 손에 힘을 주자 뼈가 부서지는 소리가 들리기 시작했다. 용마족 불사체는 빠져나가려고 버둥거려 봤지만 의미 없는 짓이었다. 목을 붙잡히는 순간, 모든 마력의 흐름을 레슈에게 제압당했다.

〈부디 용서해 주십시오.〉

그렇게 말한 것은 또 다른 용마족 불사체였다. 소란이 일자 안으로 들어온 그가 고개를 조아렸다.

레슈가 싸늘한 목소리로 물었다.

"내가 그래야 하는 이유는?"

〈옛날부터 머리가 잘 굴러가지 않는 놈이었습니다. 하지만 자신의 추태가 고스란히 왕께 알려지고 있다는 사실을 깨닫는다면 태도를 바로할 겁니다.〉

"요는 나보고 아테인의 권위에 기대라?"

〈저는 장군님께서 왕의 선택을 받은 분이라는 사실을 잘 이해하고 있습니다.. 하지만 장군님께서도 용마장군이라는 직위가 지닌 권위가 왕으로부터 나온다는 것을 이해해 주셨으면 합니다.〉

"좋아."

레슈가 코웃음을 치며 움켜쥐고 있던 용마족 불사체를 집어 던졌다.

콰앙!

막사 밖으로 내던져진 용마족 불사체가 무시무시한 속도로 땅에 충돌, 폭음이 울려 퍼졌다. 대기 중이던 병력이 다들 놀라서 술렁였다.

레슈는 개의치 않았다.

"이번만은 용서하지. 하지만 두 번은 없다."

〈아량에 감사드립니다.〉

"보고나 하도록."

레슈가 다시 의자에 앉으며 물었다.

아무리 레슈가 용마장군이라는 것에 불만을 품는다고 해도 아무런 용무도 없이 막사로 들어오지는 않았을 것이다. 필시 보고할 사항이 있을 것이라고 여겼고 그 추측은 옳았다.

〈적의 움직임이 포착되었습니다.〉

"흠. 내 쪽이 정답이었나?"

레슈가 눈을 빛냈다.

지금의 아테인 입장에서 레슈와 알마릭, 두 용마장군은 아젤 일행을 정면으로 상대할 수 있는 비장의 패였다. 그들을 굳이 어둠의 설원 밖에 투입할 이유라면 단 하나뿐이다.

위대한 어둠의 기둥을 방어하기 위해서.

아젤 일행은 정보를 감추려고 애쓰고 있지만, 그들의 행보를 보면 공격 목표를 추측하기는 어렵지 않다. 주변의 공허의 길 거점을 전부 치워놓은, 즉 공격이 시작되고 나면 지원군을 보낼 수 없도록 조치를 취해놓은 곳이 바로 공격 목표가 되는 것이다.

하지만 아젤 일행도 바보가 아닌지라 교란 작전을 썼다. 공격 목표를 세 개로 갈라놓은 것이다.

루레인 왕국 발란 숲에 봉인된 수목의 신과 비제스 왕국에 봉인된 안식의 신, 그리고 가란 왕국에 봉인된 무한의 마수.

이렇게 되자 아테인 측도 전력을 나눠서 배치할 수밖에 없었다.

현시점에서 공격 목표가 될 가능성이 높은 것은 수목의 신과 안식의 신이다. 무한의 마수의 경우는 주변의 공허의 길 거점이 제법 남아 있었기에 공격받는다 해도 구원을 보내기가 용이했다.

그래서 수목의 신 쪽에 알마릭이, 안식의 신 쪽에 레슈가 배치되고 무한의 마수 쪽에는 용마전쟁 참가자들을 포함한 최정예들이 배치되었다.

용마족 불사체가 고개를 저었다.

〈아닙니다.〉

"그럼?"

〈가란 왕국 쪽에 레이거스 장군… 아니, 레이거스가 나타났습니다.〉

"이런, 대담한데? 올 테면 와보라 이건가?"

뻔히 지원을 보낼 수 있는 곳에 쳐들어가다니, 정말 대담한 행동이다. 하지만 너무 대담하기에 양동작전일 가능성도 높았다.

"곤란하게 되었군. 이거 어쩐다?"

어둠의 설원의 최정예라고 할지라도 레이거스를 상대로는 승산이 많지 않다.

물론 레이거스에게는 아젤과 달리 봉인된 초월자를 완전히 소멸시킬 수단이 없을 것이다. 하지만 그저 봉인이 풀리기만 해도 위대한 어둠은 기둥 하나를 잃게 된다.

'대신 세상이 재앙을 만나게 된다는 문제가 있지만…….'

아테인 입장에서 보면 그것도 최악의 결과는 아닐 것이다. 세상은 종말을 가져올 수도 있는 재앙을 맞닥뜨려서 바빠질 테니 아테인은 그만큼의 시간을 벌 수 있으리라.

하지만 레슈는 그런 재앙이 풀려나는 것을 방관할 수 없었다. 아무리 아테인의 목적이 옳다고 해도 죄 없는 자들이 막대한 희생을 치르는 것을 두고 보진 못하겠다.

"문제는 레이거스는 어떻게 생각하냐인데……."

레이거스가 아젤 일행과 손잡았는지 여부는 확인되지 않았지만, 아테인에게 적대할 뜻을 분명히 한 이상 그렇게 됐다고 판단하는 것이 현명하리라.

즉 레이거스가 레슈처럼 상관없는 인간들의 희생을 꺼린다면 이 움직임은 양동작전일 가능성이 크다. 레슈나 알마릭이 그가 있는 곳으로 오기를 틈타서 아젤 일행이 텅 빈 곳을 급습하는 식으로.

하지만 레이거스가 아테인을 막기 위해서는 상관없는 자들이 희생되든 말든 개의치 않는다면?

"내가 들은 대로라면 전자겠지. 하지만 아무래도 레이거스를 더 잘 아는 사람의 판단이 필요해. 너희는 어떻게 생각하지?"

레슈는 차네스와 용마전쟁에 참가했던 용마족 불사체들을 모아놓고 물었다.

"그분이라면… 아니, 레이거스라면……."

"그냥 존칭 붙여도 돼. 난 신경 안 쓴다."

습관적으로 레이거스에게 존칭을 붙이고는 정정하는 차네스에게 레슈가 말했다. 차네스가 한숨을 쉬고는 말했다.

"자기가 죽으면 죽었지 그런 방식을 용납하실 분이 아닙니다."

〈저도 같은 생각입니다.〉

"역시. 그럼 양동작전일 가능성이 크다는 말인데……."

난처한 상황이다.

레이거스를 막자고 빠져나갔다가는 이쪽을 아젤 일행이 급습할 가능성이 크다. 아테인은 그들이 수호그림자를 이용해서 이쪽을 감시한다는 점을 알아차렸지만, 수호그림자 개체를 없애는 것 말고는 달리 막을 방법이 없었다.

게다가 백염의 불사조까지 빼앗아간 아젤 일행의 기동력은 어마어마하다. 이쪽에서 아무리 색적 능력을 강화해 봤자 그

밖에 있다가 단숨에 뛰어 들어오는 짓이 가능할 정도로.

'덤으로 아테인은 움직일 수 없기까지 하고.'

아테인은 용마궁에서 중대한 의식을 진행하고 있었다. 의식의 진행 상황이 일정 수준에 도달하기 전에는 그곳을 떠날 수가 없다.

"일단 지원군이 막아주기를 기대하는 수밖에 없나? 레이거스의 이탈이 꽤나 골치 아프군그래."

레이거스가 공격한 지점 주변의 공허의 길 거점들은 비교적 건재하다. 미리 준비한 방어시설 안에 틀어박혀서 버티면서 지원 병력을 기다린다면…….

"레슈 장군님!"

그때 막사 밖에서 용마인 하나가 헐레벌떡 뛰어 들어왔다. 레슈가 바라보자 그가 충격적인 소식을 전해왔다.

"레이거스가 무한의 마수의 봉인을 깨버렸습니다!"

"뭐라고?"

레슈가 깜짝 놀랐다. 그가 반사적으로 차네스를 바라보니 그 역시 믿을 수 없다는 표정을 짓고 있었다.

레슈가 중얼거렸다.

"양동작전이라고 생각하게 만들어놓고 오히려 가장 방비가 강한 곳을 쳤단 말인가?"

2

제퍼스 알마릭은 절망하고 있었다.

그와 경쟁하던 젊은 세대들이 그러했듯이 그도 아테인의 선언에 크나큰 충격을 받았다. 믿고 있던 것이 송두리째 무너지는 충격에 한동안 정신을 차릴 수 없었다.

하지만 키르엔이나 니베리스와 달리 제퍼스에게는 기댈 곳이 있었다. 자신의 위대한 선조, 알마릭의 존재가.

흔들림 없이 아테인을 따르는 그의 모습에 제퍼스는 마음을 다잡을 수 있었다.

'내가 가는 길은 틀린 게 아니었어. 저분이 모습을 드러내시는 그 순간부터 올바른 길로 바뀌어 있었던 거야.'

제퍼스는 살아오면서 앞날을 스스로 정한 적이 없었다. 미래는 늘 누군가 제시해 주는 과제였고 그는 그것을 목숨 걸고 수행해 나갈 뿐이었다.

알마릭 일족이 추악한 방식으로 만든 후계자 후보들과 경쟁하여 후계자 자리를 손에 넣었을 때도, 라우라와 니베리스, 키르엔 같은 경쟁자들과 공을 다툴 때도, 그리고 지금 이 순간까지도… 그는 누군가 정해준 길 위에 있었다.

거기에 회의를 느낀 적은 한 번도 없었다. 길의 끝에 와서 누군가 새로운 길을 던져줄 때까지 혼란스러워하기는 했지만, 그는 스스로 길을 찾을 생각은 하지 않았다.

그러니까 제퍼스가 지금 절망하고 있는 이유는 자신이 틀린 길을 가고 있다고 생각했기 때문이 아니다.

"레이거스! 자신이 무슨 짓을 했는지 알고 있는 것인가!"

자신의 앞에 선 거구의 불사체, 레이거스가 저지른 짓 때문이었다.

주변은 무참하게 파괴되어 있었다.

당당하게 정면으로 쳐들어온 레이거스는 압도적인 파괴력으로 이곳에 모인 정예들을 쓰러뜨렸다. 그의 용마기, 혼쇄의 인의 권능은 한곳을 지켜야 하는 입장에서는 최악의 재난이었다.

혼쇄의 인이 발생시킨 지진파에 대지에 설치한 마법진들이 장난감처럼 부서져 나가고, 대기 중이던 병력들이 하늘을 날았다. 몇 번이나 그런 공격을 받은 용마왕 숭배자들이 필사적으로 돌격했지만 그 결과는 참혹했다.

그래도 그가 변신하기 전까지는 어떻게든 붙잡아놓을 수 있었다. 하지만 시간이 지나 레이거스가 용마력을 쓸 수 있는 상태로 변신하자 그 힘은 상상을 초월했다.

쿠구구구구……!

땅속 깊은 곳에서 굉음이 울려 퍼지며 지면이 뒤흔들렸다. 그리고 주변을 둘러쌌던 마법의 빛이 산산이 흩어지면서 그 속에서 짙은 어둠이 간헐천처럼 솟구쳤다.

〈이 세상 전부를 먹어치우고 싶어서 안달이 난 괴물을 잠에서 깨워놓았지.〉

레이거스가 큭큭 웃었다.

용마왕 숭배자들의 병력 피해는 생각보다는 크지 않았다. 레이거스의 공격은 주변을 초토화시켰지만 그 결과 파괴된 것은 마법진과 같은 방어 시설들 뿐, 최정예로 불리는 자들답게 전사자는 아직 2할을 넘지 않았다.

하지만 그런 분전은 아무런 의미도 없어졌다. 그들이 최우선적으로 지켜야 했던 봉인이 파괴되었으니까.

〈들은 대로 두들겨 패는 맛이 나는 녀석 같은걸?〉

"꼬리에 불붙은 멧돼지 같은 작자 같으니! 당신이 아무리 강해봤자 상대는 결코 죽지 않는 존재란 말이다!"

〈설마 그걸 모르고 저질렀을까?〉

"젠장! 말이 안 통하는군! 당신이 저지른 일 때문에 우리도 저놈을 봉인할 수가 없게 됐단 말이다!"

각 봉인을 지키는 병력들은 아테인에게 만약의 사태를 대비한 마법을 전수받았다. 봉인이 풀릴 경우, 다시 봉인하는 것 역시 그들의 역할이었다.

하지만 레이거스가 그들이 준비한 마법진을 죄다 엎어버리고 고위 마법사들도 박살 내는 바람에, 지금 무한의 마수가 나타난다면 봉인할 방법이 없었다.

〈웃기는 애송이로군. 가슴속에서 숭고한 사명감이 불타올라서 현실 파악이 안 되나?〉

레이거스가 혼쇄의 인을 그의 얼굴 앞에 들이밀었다. 제퍼스가 신음했다.

"크윽……!"

조금 전까지 봉인을 지키기 위해 격전을 벌인 제퍼스는 이미 기력이 바닥나 있었다. 레이거스가 마음먹으면 그 순간 머리통이 날아갈 것이다.

안색이 새파래진 제퍼스는 그 와중에도 옆쪽에서 솟구치는 어둠을 흘끔거리고 있었다. 그것을 본 레이거스가 어이없어하며 혼쇄의 인을 거두었다.

〈허어, 내게 죽는 것보다 임무에 실패했다는 게 더 신경 쓰이나? 이거 참, 젊은 것들을 제대로 미친놈들로 길러놨군.〉

쿠르르릉!

그때 대지가 퍼져 나가며 어둠으로 이루어진 괴물들이 모습을 드러내었다. 3미터가 넘는 거구의 레이거스가 작아 보일 정도로 거대한 괴물들이었다.

온통 칙칙한 붉은빛과 어둠으로 이루어진, 악어를 닮은 괴물이 포효하며 레이거스에게 달려들었다.

쾅!

레이거스는 한 치의 주저도 없이 혼쇄의 인으로 그 머리통을 날려 버렸다. 그리고 뒤이어 훌쩍 뛰어올라서 혼쇄의 인을 내려쳤다.

꽈과과광!

충격이 원형으로 퍼져 나가며 반경 수백 미터의 지반을 붕괴시켰다.

하지만 붕괴한 지반을 뚫고 괴물들이 하나둘씩 기어 나온다. 어떤 것은 인간을 닮았고 어떤 것은 늑대를 닮았고 어떤 것은 여러 가지 짐승을 합쳐놓은 것 같은 기괴한 형상이다.

아테인이 봉인을 지키기 위해 준비해 둔 괴물들이었다. 호쾌하게 대지를 박살 낸 레이거스가 웃었다.

〈큭큭! 나 아니었으면 이놈들하고 싸우느라 진이 다 빠졌겠군.〉

원래 이 괴물들은 봉인을 위협하는 존재가 나타난 시점부터 나타난다.

하지만 레이거스의 혼쇄의 인은 대지를 파괴하고 지배하는 용마다. 평소에는 막대한 지진파를 일으키는 그 힘을 한 점으로 집중시키니 지하 깊숙한 곳에 존재하는 봉인을 일격에 파괴해 버렸다. 그 결과 봉인되었던 무한의 마수와 봉인을 지키는 괴물들이 동시에 지상으로 떠오르고 있는 것이다.

"지하에서는 치열한 싸움이 벌어지고 있는 것 같습니다."

문득 레이거스 옆으로 다가오며 말하는 사람이 있었다. 제퍼스가 눈을 크게 떴다.

"니베리스!"

"오랜만이군. 알마릭 공… 아니, 이제는 그냥 제퍼스라고 불러야 옳을까?"

암혼의 서를 초래하고 전신에서 농밀한 어둠을 피워 올리고 있는 니베리스가 대꾸했다.

레이거스가 정면으로 돌격해서 싸우는 동안 그녀는 전력을 온존하고 있었다. 이제부터 벌어질 싸움을 용마왕 숭배자들이 방해할 것을 막기 위해서였다.

"무슨 생각이냐? 그분의 직계혈통으로서의 긍지도 잃었나? 이런 일에 가담하다니!"

"……."

진심으로 자신을 비난하는 제퍼스의 말에 니베리스는 그를 가만히 바라보았다.

불쾌한 기분이 꿈틀거린다. 하지만 그것은 제퍼스를 향한 것이 아니었다.

"제퍼스, 그대는 또 다른 나로군."

"뭐라고?"

"내 곁에 듀랑이 없었다면, 아버님의 존재가 아니었다면 나 또한 그대와 똑같았을지도 모르지."

어려서부터 그들에게는 아무런 선택지가 없었다. 어둠의 설원을 광기로 지배하는 자들은 자신들이 원하는 대로 조종할 수 있는 도구를 길러냈다. 세상에 대한 뚜렷한 주관이 없는 시절부터 일관적으로 주입된 광기는, 그것을 비판적으로 되돌아볼 능력을 앗아가 버린다.

그 결과가 눈앞에 있는 제퍼스였다.

어쩌면 니베리스도 그와 똑같은 존재가 되었으리라. 아테인의 아들인 사이베인이 딸인 자신을 버리고 어둠의 설원을 이탈했다는 사실에 의문을 품지 않았다면, 듀랑이 목숨을 바쳐서 그녀의 긍지를 세워주지 않았다면 달리 생각할 기회를 얻을 수 없었을 것이다.

스스로가 걸어온 길에 회의하고 자신의 의지로 선택할 기회를 얻을 수 있었던 것은 행운이었다. 그저 자신의 능력과 의지가 뛰어나서가 아니라 누군가 그런 기회를 주었기에 지금의 자신이 있다.

'라우라, 키르엔, 그대들도…….'

한때는 라우라의 선택을 이해할 수 없었다. 아니, 용서할 수 없었다는 쪽이 더 정확할 것이다.

하지만 이제는 알 수 있을 것 같다.

그리고 키르엔, 어린 시절부터 한결같이 니베리스만을 바라보았던 그는…….

니베리스는 지그시 눈을 감았다 떴다. 상념을 털어버린 그녀가 제퍼스를 똑바로 바라보며 말했다.

"돌이켜보면 나는 과분할 정도로 좋은 사람들 덕분에 선택의 기회를 얻을 수 있었다. 그러니까 제퍼스, 그대를 미워하지도 비난하지도 않겠다. 내게는 그럴 자격이 없으니까."

"무슨 소리를 지껄이는 거냐?"

"과거에 아젤 카르자크가 무슨 말을 하고 싶어 했는지 알 것 같군. 슬프구나. 서로 같은 언어를 쓰고 있는데도 뜻이 통하지 않는다는 것은."

〈오는군.〉

그때 레이거스가 아래를 바라보며 말했다. 니베리스가 대답했다.

"후방은 맡겨주시길."

〈아가씨를 절대적으로 믿지. 뒤통수 맞아도 원망은 안 하니까 걱정 말고.〉

그 말에 니베리스의 얼굴에 곤혹스러워하는 기색이 떠올랐다. 누군가가 자신을 믿는다면서 농담을 건네는 상황이 그녀에게는 너무나도 생소했기 때문이다.

레이거스가 껄껄 웃었다.

〈자, 그럼 내가 태어나기도 전에 봉인된 초월자라는 놈의 면상을 볼까?〉

곧 대지가 퍼져 나가며 거대한, 지금까지 나온 것과는 비교도 안 되는 크기를 자랑하는 괴물이 튀어나왔다. 지상에서 가장 거대한 생명체로 알려진 용보다도 더 큰 괴물이었다.

3

다른 무언가에게 위협당하고 살해당한다는 사실에 염증을 내던 인간이 있었다.

그가 인간일 때 어떤 존재였는지는 알 수 없다. 그저 마족과의 조우를 통해서 인간성을 잃은 무언가로 변질되었다는 것만이 분명한 사실이었다.

그는 자신이 다른 존재의 살의와 악의에 노출되는 것에 진저리를 치고 그 이유를 고민했다. 그리고 이 문제를 영원히 해결할 수 있는 방법을 찾아 헤매었다.

괴로워하던 그는 답에 도달했다.

'지상에 너무 많은 종(種)이 존재한다.'

서로 다른 종이 각자의 이익을 위해서 싸우니 악의와 살의가 끊이지 않고 생산되는 것이다. 그렇다면 종의 수가 줄어들면 문제가 해결될까?

'개체수가 너무 많다. 서로 다른 자들이 모여 있으니 싸울 수밖에 없다.'

인간이라는 종만 놓고 보더라도 수가 너무 많았다. 다른 종의 관점에서 보면 별로 다른 것도 없는 주제에 그들은 어떻게든 서로에게서 차이점을 찾아내고, 그것을 빌미로 악의와 살의를 양산했다.

'단 하나만 남기면 되겠다.'

기나긴 세월 동안 고뇌한 끝에 그는 그런 답에 도달했다.

여러 종이 있으니 문제가 된다. 그럼 단 하나의 종만 남기자.

단 하나의 종만 남긴다고 하더라도 개체수가 많고 다양성이 존재하니 문제가 된다. 그럼 단 하나만 남기자.

'내가 전부 먹어치워서 내 안에서 합일한다. 그로써 세계에 존재하는 모든 가능성을 내 안에 담을 수 있다면, 나는 세계 그 자체가 되리라.'

그는 인간의 형태를 버리고 포식에 특화된 괴물이 되었다. 그리고 세상에 존재하는 모든 생명체를 먹어치우겠다는 결심을 실행으로 옮겼다.

끝없는 식욕으로 눈앞에 존재하는 모든 생명체를 잡아먹고, 생명체의 한계를 돌파해서 자신을 키워 나가는 무한의 마수. 한 나라에 해당하는 땅에 존재하는 생명체를 포식한 그 존재는 아테인과 아운소르라는 두 대마법사에 의해 봉인되었다.

그워어어어어!

긴 잠에서 깨어난 마수가 울부짖었다. 그 포효만으로도 대지가 진동하고 광풍이 휘몰아쳤다.

그것은 언뜻 보면 검은 개를 닮았다. 하지만 얼굴에는 열 개도 넘는 붉은 눈이 있었고 꼬리는 채찍 같았으며, 네 개의 발에는 인간의 그것처럼 다양하게 쓸 수 있을 듯한 여섯 개의 발가락이 달려 있었다.

그리고 무엇보다 컸다. 용보다도 두 배는 큰 덩치, 그야말로 움직이는 성채와도 같았다.

〈허어, 이게 완전 쪼그라든 거라고? 정말로?〉

레이거스가 재미있다는 듯 중얼거렸다.

오래전에 아테인이 이야기해 준 대로라면 무한의 마수는, 아테인과 아운소르와의 싸움에서 막대한 육체를 소실했다. 그 결과 최전성기의 백분의 일도 안 되는 덩치로 쪼그라들어서 봉인되었다고 했다.

〈이거의 백 배라니, 아테인과 아운소르가 잘도 때려눕혔군. 그때 내가 없었던 것이 아쉬운걸.〉

"어느 정도는 올라오면서 괴물들을 먹어치워서 커졌을 가능성이 큽니다."

니베리스가 굳은 표정으로 말했다. 레이거스가 고개를 끄덕였다.

〈하긴 온 세상을 처먹는 게 존재 이유라니 그랬겠군. 어찌 됐거나 더 먹을거리를 주지 않고 쪼그라뜨려야 뭐가 되겠지?〉

레이거스는 곧바로 땅을 박차고 뛰어올랐다. 새하얀 갑옷을 입은 그가 밟은 땅이 퍼져 나가면서 쏘아진 포탄처럼 날아오른다.

꽝!

포효하던 마수의 머리통에서 폭음이 울려 퍼졌다. 워낙 오랫동안 봉인되어 있느라 잠이 덜 깬 것 같은 상태였던 마수의 머리통이 폭발하듯 퍼져 나갔다.

하지만 그것도 잠시였다. 휘청거리던 마수가 앞발을 들어서 레이거스를 후려쳤다.

투학!

혼쇄의 인을 휘두른 채로 허공에 떠 있던 레이거스가 그 공격에 맞고 날아갔다. 그가 충돌한 대지에서 폭발이 솟구친다.

〈이 자식! 제법 근성이 있구나!〉

하지만 그 폭발이 가라앉기도 전에 레이거스가 뛰쳐나왔다. 니베리스가 숨을 삼켰다.

'엄청난 재생력!'

반쯤 박살 났던 마수의 머리통이 순식간에 재생되고 있었다. 그 주변에 있던, 봉인을 지키는 어둠의 괴물들이 거침없이 뛰어든다.

크워어어어!

마수가 울부짖었다. 긴 손가락이 달린 앞발로 어둠의 괴물들을 털어내고는 그중 하나를 붙잡아서 아가리에 집어넣었다.

〈어딜 날 두고 식사를 해!〉

그러나 그때 돌진해 온 레이거스가 그 머리통을 후려갈겼다. 일격으로 마수를 주저앉히고, 그 반동으로 솟구치더니 한층 거세게 혼쇄의 인을 내려친다.

〈날려 버려라, 혼쇄의 인!〉

꽈아아아아아앙!

대지가 주저앉았다.

이미 엉망진창으로 붕괴되어 있던 판이다. 마수와 어둠의 괴물들이 기어 나오면서 헤집어놓은 것도 있어서 그대로 깊숙이 꺼져 버리고 있었다.

레이거스는 그것을 그냥 두고 보지 않았다.

〈땅속에 숨어서 깨작거리는 거, 난 질색이다!〉

혼쇄의 인이 대지를 후려갈기자 꺼지던 지반이 폭발적으로 솟구친다. 장대한 흙먼지가 일어 오르면서 성채처럼 거대한 마수의 몸이 대지를 나뒹굴었다.

〈하하하하하!〉

신이 난 레이거스가 마수를 쫓아가면서 혼쇄의 인을 휘둘렀다. 일격이 작렬할 때마다 폭음이 울리며 대지가 뒤흔들린다. 산도 부술 파괴력이 마수의 거체를 파괴, 피와 육편이 폭포수처럼 날렸다.

그 광경을 보는 자들은 다들 압도당해서 할 말을 잃었다.

레이거스가 거구라고는 하지만 용보다도 거대한 마수에 비하면 사자 앞의 생쥐나 다름없는 격차가 있다. 그런데 그가 마수를 압도하고 있었다.

크그극, 그극… 그어어어어!

정신없이 두들겨 맞던 마수가 울부짖었다. 허우적거리며 휘두른 손을 레이거스가 피하지 않고 혼쇄의 인으로 강타, 그대로 끊어져서 날아가 버리자 아가리를 벌린다.

섬광이 폭발했다.

꽈과과광……!

무시무시한 섬광이 마수의 입에서 뿜어져 나왔다. 허공에 떠 있던 레이거스가 미처 피하지 못하고 거기에 집어삼켜졌다.

일순간 전방 수백 미터가 빛에 휘감겼다. 한 박자 늦게 열파가 사방을 강타했다.

크르륵…….

마수가 비틀거리며 주저앉았다.

탁월한 재생력을 지닌 마수였지만 레이거스의 맹공이 입힌 타격은 굉장했다. 온몸이 너덜너덜해지고 흘러나온 피가 주변을 온통 새빨갛게 물들였다.

그런데 잠시 숨을 고르는 것만으로도 그 상처가 나아간다.

물론 대가 없는 기적은 아니었다. 살아 있는 것이 신기할 정도의 신체 손상을 재생하는 동안 마수의 덩치가 조금씩 줄어들었다.

으적으적……!

마수가 끊어져서 날아간 자신의 손을 입에 넣고 씹었다.

평소에도 끝없이 그를 괴롭히는 허기가 폭발적으로 커지고 있었다. 당장 뭔가를 먹지 않으면 미쳐 버릴 것 같다. 그렇게 생각하던 그의 눈길이 주변에서 다가오는 어둠의 괴물들에게 향했다.

크어어어!

어둠의 괴물들이 용감하게 달려들었다. 마수의 몸에 달라붙어서 공격을 계속했지만 마수는 손을 휘둘러 그들을 털어내면서 그들을 입에 넣고 으적으적 씹어 먹었다.

먹어치우는 것과 소화는 거의 동시에 이루어진다. 괴물들을 먹을 때마다 마수의 몸이 눈에 띄게 불어나기 시작했다.

〈싸우다 말고 처먹지 말랬지!〉

한창 마수가 싸움과 식사를 동시에 진행하고 있을 때, 하늘 저편에서 레이거스가 유성처럼 날아왔다.

꽝! 꽈광!

괴수를 씹어 먹던 마수의 정수리를 강타, 머리통을 반쯤 찢어놓고는 그대로 횡으로 휘두른 일격으로 목을 기억자로 꺾어놓았다.

〈제법 요란한 공격이었다만 이 몸을 꺾으려면 백배쯤은 더 강하게 쳐봐라!〉

레이거스는 휘청거리는 마수의 몸 측면에 달라붙더니 등 위로 뛰어올라갔다. 그리고 등뼈를 향해 혼쇄의 인을 내리찍었다.

충격이 마수의 몸통을 관통했다.

마수가 이판사판으로 쏘아낸 섬광과는 달리, 무섭도록 집중된 일격이었다. 타격 지점으로부터 발생한 충격이 거의 퍼져 나가지 않고 마수의 몸을 강타, 그 밑의 대지를 강타하며 지축이 뒤흔들렸다.

〈패는 맛은 아주 화끈하군! 더 몸부림쳐 보⋯⋯!〉

신이 나서 혼쇄의 인을 들어 올리던 레이거스가 급하게 몸을 틀었다. 그런 그에게 섬광이 작렬했다.

파아아아앙!

〈크, 이제야 한판 떠볼 용기가 생겼나?〉

섬광을 날린 것은 제퍼스 알마릭이었다. 용마기를 든 그를 필두로 다수의 용마왕 숭배자가 주변을 날고 있었다. 레이거스가 마수와 싸우는 동안 배치를 완료한 그들이 일제사격을 퍼붓는다.

콰콰콰쾅! 콰아아아앙!

최정예 병력의 일제사격이 레이거스를 중심으로 반경 수십 미터를 초토화시켰다.

"혼쇄의 인을 쓸 틈을 줘서는 안 된다! 죽을 각오로, 죽을 때까지 몰아쳐라!"

지휘권을 가진 용마족 노인이 외쳤다.

그는 봉인 지점에서 대기 중이던 인물이 아니라 사태를 듣고 공허의 길을 통해서 투입된 지원 병력이었다. 용마전쟁에 참가했던 어둠의 설원의 실권자 중 하나, 가르탄이라고 했다.

가르탄은 레이거스의 무서움을 뼈저리게 알고 있었다.

그렇기에 결코 함부로 공격하지 않고 최적의 타이밍을 노리며 치밀하게 병력을 배치했다. 주변을 원형으로 포위한 뒤 원거리 공격이 가능한 병력을 3교대로 배치하고 쉬지 않고 몰아친다.

수백 명이 주변을 포위한 채 퍼붓는 융단폭격이다. 레이거스도 거북이처럼 방어할 수밖에 없었다.

그러는 동안 고위 마법사들이 충분한 시간을 들여 대마법을 준비했다.

'레이거스와 무한의 마수를 한꺼번에 없애 버린다.'

지금까지 숨죽이고 때를 기다린 이유였다.

무한의 마수는 불멸, 아무리 타격을 준다 한들 죽일 방법이 없다. 하지만 힘이 바닥까지 떨어진 상황이라면 준비해 둔 시설 없이도 봉인이 가능할 것이다. 그런 계산이었다.

"그대들은 예나 지금이나 오만하군."

그때 그들에게 찬물을 끼얹는 목소리가 울려 퍼졌다.

동시에 어둠이 해일처럼 몰려오기 시작했다.

우우우우우우……!

4

"니베리스?"

가르탄이 깜짝 놀랐다.

레이거스가 싸움에 전념할 수 있도록 주변을 지키던 니베리스에게는 충분한 병력을 붙였다. 열두 명의 용령기 수련자와

용마전쟁에 참가했던 용마족 불사체를 포함한 열 명의 마법
사.

그들이 파악하고 있는 니베리스의 실력이라면 충분히 제압
할 수 있는 병력이다. 그런데 니베리스가 그들을 돌파해서 전
장에 개입했다.

'어떻게 된 거지? 그사이에 키르엔 발타자크가 온 것인가?'

니베리스와 함께 어둠의 설원을 배신한 키르엔이 합세했다
면 가능한 일이다. 하지만 그녀를 제압하라고 병력을 투입할
때만 하더라도 키르엔이 다가오는 기미는 없었는데…….

가르탄이 당황하는 사이 대마법 어둠의 여왕을 전개, 능력
을 폭발적으로 증폭시킨 니베리스가 또 다른 대마법을 사용했
다.

─저주받은 원탁의 악마들!

주변에 내리깔린 어둠 속에서 열두 개체의 거대한 부정체가
일어나기 시작한다.

죽은 자들이 남긴 원념과 부정한 기운을 기반으로 만들어내
는 흑마법의 권속, 부정체. 그것을 다루는 것은 예전부터 니베
리스의 특기였다. 하지만 지금 그녀가 구현한 부정체들은 일
반적인 부정체와는 격이 다른 존재감을 과시하고 있었다.

흐어어어어……!

듣는 것만으로도 혼백을 찢어놓을 것 같은 저주의 울림이
흘러나온다.

열둘의 부정체는 레이거스만큼이나 거대한 덩치에, 마치 각

자 다른 인물처럼 뚜렷한 개성을 지닌 모습이었다. 어떤 놈은 거대한 검을, 어떤 놈은 창을, 어떤 놈은 쌍검을, 어떤 놈은 장검과 방패를, 어떤 놈은 거대한 사슬추를……

이 전장에서 니베리스가 쓴 마법을 알아본 자는 소수였다.

"이건 사이베인 님의 비술이 아닌가?"

가르탄도 그중 하나였다.

아테인의 후손으로서 다른 용마족과는 격이 다른 용마력을 가졌던 사이베인이 자랑하던 대마법, 저주받은 원탁의 악마들.

마치 기술을 극한까지 연마한 전사처럼 정교하게 싸우는 열두 부정체는 한자리에 모이면 용조차도 참살해 버린다. 주인으로부터 공급받는 마력을 바탕으로 용령기에 해당하는 기술조차 구현해 내며, 가장 무서운 것은……

"모두 섣불리 공격하지 마라! 어둠은 절대로 피하고, 특정 속성으로 치우친 마법도 되도록 쓰지 마라!"

열두 개체가 각자 다른 속성의 마력에 완벽하게 대응한다는 것이다.

쫘과광! 화아아악!

가르탄의 지시는 정확했지만, 한발 늦었다. 마법사들이 거의 반사적으로 자신 있는 마법을 날린 것이다.

폭염과 뇌격, 냉기의 소용돌이가 부정체들을 덮쳤다. 그리고 날아가던 도중에 목표로 설정한 지점에서 벗어나는 게 아닌가?

"뭐야?"

마법사들이 당황하는 순간, 열두 개체의 부정체 중에 여섯 개체가 몸에서 음산한 잿빛 파동을 발했다. 그리고 그들에게 각각 불꽃과 뇌격, 냉기의 소용돌이가 빨려 들어가서 사라졌다.

"제기랄! 경망한 것들!"

가르탄이 분통을 터뜨렸다.

저것들은 자신이 대응하는 속성의 마력을 삼켜서 힘으로 삼는다. 그것을 피하기 위해서는 어떻게든 따로따로 떨어뜨려놓고 약점이 되는 속성의 마법으로 공격하거나, 아니면 물리적으로 때려 부수는 수밖에……

"그럴듯한 기능을 가졌지만 그래 봤자 부정체다! 두려워할 것 없……"

호기롭게 외치며 순동법으로 뛰어들었던 용마인 전사의 말은 끝까지 이어지지 못했다.

파아아앙!

쌍검의 부정체가 3미터의 거구라고는 믿어지지 않는, 전광석화 같은 움직임으로 그의 검을 막아냈기 때문이다.

그것도 한쪽 검으로만 막아내더니 유려한 몸놀림으로 무게중심을 바꿔서 용마인 전사의 균형을 무너뜨린다. 그리고 자세가 무너진 그의 몸통을 반대쪽 검으로 갈라버렸다.

그워어어어!

그리고 저주의 포효가 용마왕 숭배자들을 덮쳤다. 그 뒤쪽에서 거대한 대검을 든 부정체가 검에 뇌격을 집중시키더니 호쾌하게 휘둘렀다.

집중된 뇌격이 뻗어 나가서 적들을 강타, 그사이에 창을 든 부정체와 커다란 방패를 든 부정체가 뛰쳐나간다.

"막아!"

마법사들이 한 박자 늦게 그들을 저지하기 위해 순수한 물리력의 마탄을 구현해서 쏘고, 대지를 뒤흔들었지만 소용없다. 커다란 방패를 든 부정체가 앞장서서 그 공격을 막아내면서 전진, 그 뒤를 따르던 창을 든 부정체가 적절한 순간에 뛰쳐나와서 가까이 있던 자들을 꿰뚫어 버렸다.

"말도 안 돼! 부정체가 어떻게 이런 전술적인 움직임을?"

경악이 퍼져 나갔다. 부정체 하나하나가 상식을 초월하는 강력함을 지닌데다가 마치 고도로 무예를 수련한 것 같은 움직임을 보이고 거기에 전술적인 연계까지 펼친다?

심지어 니베리스조차도 놀라고 있었다.

'이 정도였을 줄이야.'

사이베인은 아테인과 용마장군들만 아니었으면 능히 그 시대의 최정점을 노려볼 수 있는 대마법사였다. 암흔의 서에는 그가 연마해 온 모든 마법이 각인되어 있으며, 니베리스는 아직까지 그중 절반도 해석해 내지 못했다.

자신에게는 신이나 다름없는 아테인과 싸우겠다고 결의한 딸을 위해, 사이베인은 암흔의 서에 각인된 마법 중에서도 가장 위험한 마법들을 쓸 수 있는 방법을 알려주었다.

저주받은 원탁의 악마들은 마법사를 포함한 다수의 병력을 상대하기 위한 마법이었다.

"니베리스! 이 철없는 것! 네가 짊어진 사명이 얼마나 숭고한 것인지 모르겠느냐?"

전황이 엉망이 되자 가르탄이 격노했다. 니베리스가 싸늘한 눈으로 그를 노려보았다.

"잘 알고 있다."

동시에 시커먼 무언가가 가르탄을 쳤다.

쾅!

가르탄이 경악했다.

"춤추는 마검? 이 마법까지 터득했나!"

그는 이 마법도 알고 있었다. 사이베인이 즐겨 썼던 마법 중에 하나였으니까.

어둠으로 이루어진 저주의 검들이 주변을 날고 있었다. 화살보다도 두 배는 빠른 속도로 날아다니다가 가르탄을 급습한다.

쾅! 콰콰쾅!

그 자체로 강력한 저주의 마법을 담고 있는데다가, 니베리스가 마음먹으면 얼마든지 그 속에 다른 마법을 주입할 수 있었다. 가르탄은 계속해서 찢겨 나가는 방어 마법들을 정신없이 수복하며 밀려났다.

"크윽! 이걸로 그들을 해치운 건가!"

니베리스를 제압하기 위해 붙인 병력이 어째서 몰살당했는지 알 수 있었다.

〈아주 좋아! 멋지군!〉

그리고 악몽 같은 목소리가 울려 퍼졌다. 용마왕 숭배자들의 집중포화가 옅어지자 레이거스가 뛰쳐나온 것이다.

아무리 니베리스가 막강하다고 해도 이 자리에 모인 최정예 수백 명을 다 상대할 수는 없다. 그녀의 노림수는 어디까지나 혼란을 야기해서 레이거스를 자유롭게 만드는 것이었다.

레이거스로부터 한발 빠르게 상황을 전해 받은 니베리스는 부정체들을 움직여서 한 방향을 완전히 틔워 주었다. 가르탄이 있는 방향이었다.

〈완벽해, 아가씨!〉

레이거스가 혼쇄의 인을 내려쳤다. 대지가 통째로 까뒤집어지면서 충격파가 전방 수백 미터를 후려갈겼다.

5

제퍼스 알마릭은 자신의 죽음을 예감했다.

혼쇄의 인이 발생시킨 지진파는 무사히 피했다. 용마기로 광풍을 일으켜서 스스로를 보호하면서 커다란 암석 파편들을 피해내는 데 성공한 것이다.

하지만 그 결과 기력이 바닥나 버렸다. 그런 그의 앞에 기사의 실루엣을 가진, 거대한 대검을 든 부정체가 흙먼지를 뚫고 나타났다.

콰창!

부정체가 휘두르는 대검을 막아낸 제퍼스가 실 끊어진 연처럼 날아가 버렸다.

"크악!"

기력을 소진하기 전이었다면 아무런 문제도 없었다. 저주받은 원탁의 악마들이 강력하다 한들 하나하나의 힘은 제퍼스만 못했다. 게다가 이들은 전사보다는 마법사에게 훨씬 강력한 특성을 지녔다.

지금도 제퍼스는 쉽게 당하지 않았다. 궁지에 몰렸으면서도 부정체의 검을 피하면서 어떻게든 활로를 모색하고 있었다.

흙먼지를 뚫고 비명과 굉음이 울려 퍼졌다.

이 혼란 속에서 아군이 도륙당하고 있는 것이다. 레이거스의 일격이 불러온 혼란은 용마왕 숭배자들에게는 현실의 지옥이었다.

"근성은 제법 괜찮군."

필사적으로 싸우는 제퍼스의 귓가에 예전에 들어본 적이 있는 남자의 목소리가 들려왔다. 동시에 누군가 그의 옷자락을 잡고 뒤로 거칠게 던져 버렸다.

파악!

그 자리를 베어 들어가던 부정체의 대검이 가로막혔다.

땅에 충돌하기 직전에 자세를 바꿔서 착지한 제퍼스는 경악했다.

부스스한 청백색 머리칼을 가진 용마족 청년이 아무것도 장

비하지 않은 맨손으로 부정체의 대검을 붙잡고 있었다.

"레슈 장군!"

"네 목숨 구해주는 건 이번이 두 번째로구나, 알마릭의 후손. 일단 물러나서 정비해라."

제퍼스를 돌아보며 말하는 그를 부정체는 그냥 놔두지 않았다. 검을 살짝 기울여서 대치 상태를 비틀면서 무시무시한 발차기를 날렸다.

쾅!

제퍼스는 순간 무슨 일이 일어난 건지 알 수 없었다.

폭음이 울려 퍼졌을 때는 이미 레슈가 몇 미터나 앞으로 이동한 후였다. 주먹을 내지른 자세가 된 그의 뒤쪽에서 부정체가 팔 하나가 사라진 채로 허공을 날고 있었다.

"엄청 단단하군. 이런 부정체는 처음 보는데?"

레슈가 혀를 차는 것과 동시에 제퍼스는 온몸의 털이 곤두서는 것을 느꼈다.

이 전장을 압도하는 존재, 레이거스가 발하는 것과 필적하는 용마력 파동이 그의 감각을 덮쳐왔다. 마치 눈앞에서 해일이 일어나는 것을 보는 기분이었다.

ㅡ용혼 개방!

레슈의 몸을 감싸며 반투명한 붉은빛으로 이루어진 용의 형상이 나타났다. 그 용이 급격하게 덩치를 불리면서 아가리를 벌려 부정체를 깨물었다.

콰직!

뒤이어 레슈가 땅을 박찼다.

아니, 땅을 박차는 것처럼 보였을 때는 이미 자취를 감춘 후였다. 한 박자 늦게 그가 있었던 지면이 폭발하면서 섬광이 허공을 관통했다.

콰아아앙!

대검을 든 부정체의 상반신 일부가 날아가 버렸다. 레슈가 유성처럼 그를 관통하고 지나간 결과였다.

하지만 부정체는 그 지경이 되어서도 죽지 않는다. 어떻게든 자세를 바로잡으면서 레슈를 후려치려고 했다.

"이쯤 되면 경이로운데?"

레슈가 놀랐다. 그도 수백 년을 살아오면서 온갖 마법의 산물을 보아왔다. 하지만 이런 놈은 처음이었다.

투학!

그러나 놀람과 대응할 수 있느냐는 별개다. 레슈가 연속적으로 순동법을 사용, 근거리에서 마치 공간을 뛰어넘듯이 위치를 바꾸면서 부정체를 난타했다.

콰콰콰콰쾅!

비상식적인 강건함을 자랑하던 부정체도 레슈의 맹공을 버티지 못하고 부서졌다. 레슈가 혀를 찼다.

'이거 완전히 대군을 상대하는 데 특화된 것들이군.'

레슈가 아닌 다른 자들은 이 부정체 하나를 쓰러뜨리는 데만도 애를 먹는 게 당연했다. 어둠의 설원의 최정예들조차도 쉽게 쓰러뜨릴 수 없는 강력한 마법의 산물이다.

"후우……."

레슈는 잠시 심호흡을 했다. 제퍼스는 알아보지 못했지만 그의 숨결은 거칠어져 있었다.

무한의 마수의 봉인이 풀렸다는 소식을 들은 레슈는 곧바로 자신이 지키던 곳을 이탈해서 이곳으로 향했다. 주변의 공허의 길 거점이 모조리 파괴된 상태였기에 그가 아닌 다른 이들은 도저히 시간에 맞춰서 여기까지 올 수가 없었다.

게다가 생각지도 못한 병목 현상도 발목을 잡았다.

공허의 길 거점이 한 번에 통과시킬 수 있는 인원은 제한적이다. 어둠의 설원 쪽에서 이곳에서 가까운 공허의 길 거점들을 이용해서 계속 인원을 투입하는 바람에 꽤나 먼 곳에서부터 뛰어와야 했다.

아무리 레슈라도 지칠 수밖에 없었다. 레슈는 난리 통에 섞인 채로 잠시 호흡과 용마력의 흐름을 정돈했다.

'됐어.'

호흡을 가라앉힌 레슈가 손짓을 한번 했다. 그러자 용혼이 꿈틀거리며 광풍이 휘몰아쳤다.

후우우우웅!

자욱하게 일어 올랐던 흙먼지가 레슈를 중심으로 좌우로 갈라지는 모습은 장대한 기적의 한 장면이었다. 일순간 전장이 정지하면서 모두의 시선이 그에게 집중되었다.

〈이것 참, 이제는 너 말고 다른 놈을 상대해야 할 것 같으니 그만 뻗어라!〉

단 한 사람, 레이거스만 빼고.

레이거스는 이 혼란 통에도 무한의 마수만 두드려 패고 있었다. 용보다도 두 배는 컸던 마수의 덩치가 어느새 집채만 한 수준까지 줄어들어 있었다.

'뭐지?'

그 광경을 본 제퍼스는 왠지 모를 이질감을 느꼈다. 하지만 왜 그런 느낌을 받았는지는 알 수가 없었다.

'뭔가 이상한데…….'

무한의 마수 자체가 이상한 게 아니다. 무참하게 파괴된 주변에서 이질감이 느껴진다.

조금만 더 생각하면 답이 나올 것 같았다. 하지만 그 전에 레슈가 입을 열었다.

"역시 용마장군의 명성은 허명이 아니었군. 아주 멋져."

레슈가 재미있다는 듯 웃었다. 그 순간 레이거스가 마수를 걷어차서 멀찍이 처박고는 그를 바라보았다.

〈흠. 그 신기한 색깔의 대갈통으로 보아서 네놈이 새로운 동지 레슈라는 놈이냐?〉

"그렇게 될 예정이었지. 하지만 이제는 네 동지는 아니야."

〈하긴 그렇군.〉

"그나저나 놀라운데? 아테인으로부터 듣기는 했지만… 이거 나와 필적하는 용마력의 소유자를 보게 될 줄이야."

레슈가 혀를 내둘렀다.

예전에 아젤이 평가했듯이 레슈는 용마력의 크기만으로는

아테인조차도 능가한다. 나중에 적이 될 관계였기 때문에 아발탄 숲에 머물렀던 아젤에게는 보여주지 않았지만, 220년 동안 그 힘은 보다 커져 있었다.

그런데 레이거스는 그와 필적하는 용마력 파동을 뿜어내고 있었다.

변신한 상태이기 때문이 가능한 일이다. 변신한 레이거스는 불사체 상태일 때보다 두 배 이상으로 큰 힘을 발휘할 수 있게 되고 그것은 생전에 그가 지녔던 힘을 월등히 상회하는 수준이었다.

〈그러게. 몸도 작은 놈이 용마력 하나는 정말 무식하게 크군. 참고로 나한테 무식하다는 소리 듣기는 쉽지 않은 일이다.〉

"영광으로 생각하지."

레슈가 씩 웃었다. 그런 그를 보며 레이거스가 혼쇄의 인을 들고 자세를 잡았다.

전장을 압도하는 두 사람의 대치 상황에 끼어든 것은 니베리스의 목소리였다.

"레이거스 공, 그만두십시오."

동시에 멈췄던 전장이 다시 움직이기 시작했다. 여전히 가라앉지 않은 혼란 속에서 저주받은 원탁의 악마들이 날뛰고 용마족 숭배자들의 비명이 울려 퍼졌다.

레이거스는 그 소음을 흘려들으며 말했다.

〈오, 아가씨. 내 성격은 잘 알지 않나? 이런 맛있는 먹잇감

을 두고 참으라고? 그리고 어차피 싸워야 할 놈이야.〉

"공께서는 아버님과의 약속을 잊으셨습니까?"

〈윽…….〉

그 말에 레이거스가 앓는 소리를 냈다.

아발탄 숲을 떠나기 전, 레이거스는 사이베인과 약속했다. 니베리스가 자신과 동료로 함께하는 동안에는 그녀를 지키겠노라고.

그 약속을 상기시킨 니베리스가 차갑게 말했다.

"해야 할 싸움만 하십시오. 사나이답지 못하게 약속을 어기시진 않으리라고 믿겠습니다."

〈이거 참, 아픈 곳을 찌르는데.〉

"미안하지만 싸우고 말고를 고르는 것은 그쪽이 아니야."

머리를 벅벅 긁는 레이거스에게 레슈가 뛰어들었다. 뛰어들었다고 생각한 그 순간 이미 레이거스의 눈앞까지 쇄도해 있었다.

쾅!

보고 있던 자들 모두 자신의 눈을 의심했다. 다들 감각을 극한까지 활성화시키고 있었는데도 중간 과정이 보이지 않았기 때문이다. 레슈가 뛰어든다 싶었더니 폭음이 울리면서 레이거스와 서로 자리를 바꾸었다.

〈하하하! 짜릿하군!〉

"확실히 강하군. 역시 여기서 박살 내놔야겠어. 안 그러면 나중에 아주 골치 아파질 것 같으니까."

〈오, 그런 결단력은 아주 좋아하지. 하지만 결단력이 좋다고 해서 결과도 원하는 대로 나오는 건 아니거든?〉

"두고 보시지!"

쾅! 쾅! 콰콰쾅!

폭음이 연이어 울려 퍼졌다. 둘의 위치가 정신없이 바뀌었다.

기선을 제압한 것은 레슈였다. 붉은빛의 용을 휘감은 그가 맹공을 펼친다. 짧은 단거리에서 연속적으로 순동법을 써가면서 사방팔방에서 레이거스를 두들겨댄다.

레이거스조차도 따라갈 수 없는 속도였다. 레슈가 자세를 잡았다 싶으면 다음 순간 공격이 끝나 있다.

그 가속이 너무나도 갑작스럽고 빨라서 보는 이들에게는 시간을 뛰어넘는 것 같았다. 한두 번도 아니고 계속해서 이어지는 구간 순동법의 공격은 공포 그 자체였다.

꽈광! 꽈과과광!

소리보다도 빠른 공격이 연속적으로 휘몰아친다. 따라갈 수 없는 속도 차에 수세에 몰린 레이거스를, 레슈가 강렬한 발차기로 차올렸다. 그리고 그를 휘감고 있던 붉은빛의 용이 포효한다.

크아아아아!

순간 용의 입에서 폭염이 뿜어져 나왔다.

〈역시 남자는 한 방 승부지!〉

그리고 계속 방어만 하던 레이거스가 거짓말처럼 가속하면서 혼쇄의 인을 후려갈겼다. 폭염 덩어리와 혼쇄의 인이 충돌하면서 가공할 폭발이 일어났다.

꽈아아아앙!

"큭……!"

공격한 레슈도 예상 못한 반격이었다. 완벽하게 틈을 만들고 비장의 일격을 날렸는데 이런 식으로 맞받아쳐 오다니?

게다가 다음 순간을 지배한 것은 레이거스였다. 폭발하는 불꽃을 뚫고 레슈에게 쇄도해 오는 게 아닌가? 그것도 싸움이 시작된 이후로 단 한 번도 보여주지 않았던 순동법으로!

쾅!

레슈가 하늘 높이 솟구쳤다. 거구라서 둔할 것 같은 레이거스였지만 순동법으로 돌격해 오는 그 순간의 돌진력은 레슈조차도 피할 수 없었다. 레슈의 속도에 대책이 없는 것처럼 보이면서도 반격의 틈을 엿보고 있었던 것이다.

〈하하하하하!〉

허공에서 자세를 바로잡는 레슈의 아래쪽에서 레이거스가 혼쇄의 인을 내려쳤다.

〈날고 있다고 안심하지 마라!〉

폭음이 울리며 흙과 암석이 포탄처럼 쏟아졌다. 레슈가 깜짝 놀라서 그것을 방어하는 동안 레이거스가 하늘로 도약, 그를 후려갈긴다.

레슈는 피하기를 포기했다. 허공을 박차고 위치를 바꾸면서 이관사판으로 주먹을 날렸다.

꽈아아앙!

레슈와 레이거스가 서로 반대편으로 튕겨나갔다. 무시무시한 속도로 대지에 충돌, 땅에 수십 미터의 할퀸 자국을 남긴 후에야 멈춰선 레슈가 손으로 입가의 피를 닦았다.

"큭, 꼬리에 불붙은 멧돼지라더니 의외로 능구렁이군!"

〈네놈이야말로 속도만 믿는 얍삽한 놈인 줄 알았더니 제법 사나이다운 면모가 있군그래.〉

레이거스가 유쾌하게 웃었다.

숨을 고르면서 레슈가 냉정하게 상황을 분석했다.

'확실해. 이 자식, 나 이상의 속도를 경험한 적이 있군.'

구간 순동법을 완성한 레슈의 공격 속도는 상상을 초월한다. 도저히 보고 반응할 수 있는 속도가 아니다.

레이거스도 공격의 대부분을 전신을 강화한 채로 급소만 피하는 식으로 받아냈다. 하지만 순간순간 소름 끼칠 정도로 정확한 방어를 선보이는 지점이 있었다. 그것은 몸은 못 따라가도 의식은 정확하게 공격을 포착하고 있었다는 증거다.

'과연 전설의 용마장군. 아발탄 영감이 존중할 만하다.'

아발탄 숲에는 무수한 강자가 있었다. 그리고 레슈는 200여 년간 세상을 떠돌며 온갖 존재와 싸워 보았다.

그런 경험에 비추어 봐도 레이거스의 강력함은 특별했다.

레슈가 물었다.

"레이거스, 왜 배신한 거지? 용마전쟁에서 아테인을 위해 싸웠고, 죽음조차 넘어서 그와 함께하기로 결의했던 당신이 왜?"

〈그러는 너는 왜 이제 와서 아테인에게 협력하기로 했나? 그만한 힘을 가진 놈이 왜?〉

"질문에 질문으로 대답하다니……."

〈아아, 그렇다고 성실하게 대답해 줄 필요는 없다. 미련 생길 것 같거든. 강적을 앞에 두고 참는다니 너무나도 가슴 아프지만 사나이의 명예를 걸고 약속했으니 지켜야지.〉

"뭐?"

레슈가 의아해하며 눈을 크게 뜨는 순간이었다.

우우우우우……!

주변에 내리깔려 있던 마법의 어둠이 하늘로 솟구치기 시작했다.

6

니베리스가 전장 전체에 깔아두었던 장대한 마법의 어둠, 그중 일부가 하늘로 솟구친다. 그 광경에 시선을 빼앗겼던 자들은 곧 한 가지 사실을 깨달았다.

"무한의 마수를 옮기고 있다!"

솟구치는 어둠이 쇠약해진 마수를 구속한 채로 하늘로 옮기고 있다는 것을.

레슈가 경악했다.

"이런! 안 보인다 했더니 역시 와 있었나?"

그의 머릿속에 스쳐 간 가능성은 아젤이 하늘 위에서 이 순간을 기다리고 있었다는 것이다.

레이거스가 시선을 끄는 동안 하늘 높은 곳에서 라우라가 비탄의 미궁을 전개하고, 그 속에서 아젤이 광검해를 완성해서 이 순간에 발사한다면? 그것만으로도 깨끗하게 목적을 이룰 수 있지 않은가?

'아니야.'

그러나 레슈는 곧바로 자신의 추측이 틀렸다는 사실을 깨달았다.

분명 하늘에는 레이거스와 니베리스의 존재감에 묻혀서 자신을 숨기고 있는 자가 있었다. 결정적인 순간을 노리고 있는 것도 맞았다.

다만 그것이 아젤이 아니었을 뿐이다. 그곳에서 모습을 드러낸 것은 화사한 금발을 휘날리는 용마족 청년, 키르엔 발타자크였다.

그를 발견한 레슈는 혼란에 빠졌다.

'이놈들이 도대체 뭘 노리는 거지?'

레이거스가 봉인을 풀었다는 사실을 알았을 때, 당연히 아젤이 그곳을 노리고 있다고 판단했다.

그런데 아젤이 오지 않았다면? 대체 무슨 의도로 무한의 마수의 봉인을 풀어버렸단 말인가?

'세상이 어떻게 되든 나 몰라라 할 거였으면 이러면 안 되는 거잖아?'

그럴 거였으면 무한의 마수를 공격해서 약화시켜서는 안 되었다. 무한의 마수가 마음껏 날뛰도록 하면서 그것을 다시 봉인할 능력이 있는 용마왕 숭배자들을 학살했어야 정상이다.

이 시점에서 레슈가 떠올릴 수 있는 가능성은 한 가지 정도였다.

'설마 위대한 어둠에서 떼어내는 것 자체가 목표인가? 그리고 나서 자기들이 자체적으로 봉인한다면…….'

하지만 불멸을 획득한 초월자를 봉인하는 일이 그렇게 쉬울 리가 없지 않은가? 위대한 어둠 밖에다 봉인을 할 능력이 있다 한들 아테인의 손길이 닿지 않는 장소에 두어야 할 것이다.

'그게 가능했다면 아테인이 벌써 기둥들의 위치를 용마궁으로 옮겼겠지.'

도무지 의도를 알 수가 없다.

그리고 상황은 레슈가 더 궁리할 틈을 주지 않고 진행되었다.

높은 하늘을 날고 있던 키르엔이 중얼거렸다.

"이런 마법을 연습도 안 해보고 곧바로 실전에서 성공해야 한다니… 정말이지 살 떨리는군. 하지만 인간 마법사도 해낸 일인데 내가 실패할 수는 없지."

목소리가 긴장으로 떨리고 있었다. 필사적으로 집중력을 높이는 그의 머리 위에는 핏빛 구체가 떠 있었다.

용마기 '피 흘리는 별'이다.

어마어마한 양의 피를 흡수한 그것은 지름만 해도 20미터를 넘는다. 레이거스에게 두들겨 맞아서 덩치가 줄어든 무한의 마수를 집어삼키고도 남을 크기였다.

지상에서 그것을 본 제퍼스 알마릭은 자신이 아까 전에 느꼈던 이질감의 정체를 깨달았다.

'피가 없었어. 바로 그거야.'

레이거스와 싸운 무한의 마수는 폭포수처럼 피를 흩뿌리고 다녔다. 싸운 장소가 곧 비현실적으로 붉게 물든 장소라고 봐도 과언이 아닐 정도로.

그런데 레슈가 흙먼지를 치웠을 때, 무한의 마수 주변은 묘하게 깨끗했다. 어느 정도 피가 튀기는 했지만 그때까지 흘린 피에 비하면 정말로 핏방울이 튄 수준에 불과했던 것이다.

이유는 키르엔이 하늘에 숨은 채로 전장에서 싸우는 자들이 흘린 피를 흡수했기 때문이다.

키르엔은 오기 전부터 짐승들과 마물들을 학살해서 충분한 피를 비축해 놓은 상태였다. 거기에 전장에서 흐른 피를 더하자 두려울 정도로 엄청난 마력을 느낄 수 있었다.

제퍼스가 외쳤다.

"모두 피해라!"

피 흘리는 별은 피를 비축하면 비축할수록 다룰 수 있는 마력의 규모가 점입가경으로 커지는 용마다. 저 정도의 피를 비축한 이상, 키르엔은 원한다면 이 전장에서는 파멸의 신으로 숭상받을 정도의 대이적도 일으킬 수 있을 것이다.

모두가 사태를 파악했다. 그리고 너 나 할 것 없이 전력으로 흩어져서 도망쳤다.

"흩어져! 흩어지지 않으면 몰살당한다!"

혼란에 빠져서 도주하는 것이 아니다. 앞으로 닥쳐올 사태를 예측하고 피해를 최소화하기 위한 전술적인 행동이었다. 이들이 이런 상황조차도 염두에 둔 훈련을 받았음을 알 수 있는 부분이었다.

키르엔은 지상의 사태를 보며 미소 지었다.

'계획대로다!'

모든 것이 계획대로였다. 레슈의 등장에는 놀랐지만, 사전에 아젤 측에서 귀띔해 준 변수에 포함되어 있었다.

"큭……!"

레슈도 물러나지 않을 수 없었다. 지금 이 순간, 키르엔이 손에 쥔 마력은 레슈조차도 두려움을 느낄 정도로 어마어마했다. 저 마력이 일으킬 파괴 현상이 얼마나 끔찍할지는 부딪쳐 보지 않아도 알 수 있었다.

그리고 산개해서 도주하는 그들의 뒤에서 열파가 휘몰아쳤다.

꽈광! 콰과과과과과······!

그 현상은 그들이 더욱 열심히 도주하게 만들었다. 하지만 그것은 키르엔이 일으킨 현상이 아니었다.

니베리스가 미리 깔아둔 마법의 어둠을 연소시키고, 저주받은 원탁의 악마들까지 자폭시켜서 막대한 열파로 주변을 휩쓸었다. 거기에 레이거스도 혼쇄의 인의 힘을 더해서 지진파를 점입가경으로 부풀려서 주변을 강타했다.

만약 도시 한복판에서 행했다면 그곳에 있는 인간 전부를 몰살시킬 수도 있는 대재난이었다. 용마왕 숭배자들이 필사적으로 도주하는 가운데, 의문을 품을 여유가 있는 것은 레슈 한 사람뿐이었다.

'뭐지? 이놈들 뭘 노리는 거야?'

도주하는 발걸음을 멈추지는 않는다. 이 현상에다가 키르엔이 저 끔찍한 마력으로 뭔가를 더할 경우는 상상하기도 싫으니까.

하지만 아무리 생각해도 뭔가 이상하다. 왜 키르엔이 곧바로 공격을 가하지 않는 것일까?

지진과 장대하게 일어 오른 흙먼지 때문에 그 답은 레슈에게도 보이지 않았다.

하늘로 올라간 무한의 마수를 피 흘리는 별이 집어삼켰다. 그리고 마침내 키르엔이 마법을 발동시켰다.

―극멸(極滅)!

어마어마한 마력을 담아두고 있던 피 흘리는 별이 그 중심부부터 새하얗게 불타올랐다.

마력이 연소하면서 발생한 압력이 최대치에 도달했을 때, 마침내 궁극의 파괴 현상이 일어나서 무한의 마수라는 존재를 세상에서 지워 버렸다.

7

시간은 얼마 전으로 거슬러 올라간다.

유렌이 일행을 살리기 위해 희생한 후, 일행은 한 가지 사실을 알게 되었다.

칼로스가 라우라에게 건네준 마법서에 극멸의 비술을 기록해 두었다는 것을.

애당초 라우라 말고는 읽을 수 없도록 보호 조치가 취해졌던 그 마법서에는, 유렌이 죽은 후에야 드러나도록 장치된 숨겨진 내용들이 있었던 것이다. 그만큼 칼로스는 유렌의 정체를 경계했다.

이 사실을 알게 된 라우라는 고심 끝에 결론을 내렸다. 니베리스에게 극멸의 비술을 전하자고 일행을 설득한 것이다.

그녀의 의견에 대한 일행의 반응은 호의적이지 않았다.

레티시아가 불편한 기색을 드러냈다.

"내가 직접 도와주기까지 했지만… 그렇게까지 믿을 수 있냐 하면 아무래도 무리다."

카이렌도 마찬가지였다.

"극멸은 절대로 아테인에게 빼앗겨서는 안 되는 비장의 카드다. 아무리 비술이 있다고 하더라도 큰 희생을 필요로 하는 만큼 우리도 정말 어쩔 수 없는 상황이 아니면 쓰지 않겠지. 니베리스가 아테인과 적대하기로 결의했다고 하더라도 과연 자신의 용마기까지 희생하려고 할까?"

그는 일행의 전략을 구상하는 입장에서 최대한 냉정한 관점을 유지하려고 애썼다.

칼로스가 마법서를 통해 전한 극멸의 비술은 예전에 칼로스가 익세르와 벨런을 상대로 썼을 때보다는 훨씬 개량된 것이다. 그때에 비하면 훨씬 적은 부담으로 쓸 수 있었다.

하지만 그럼에도 용마기를 희생할 것을 요구한다는 사실만은 변하지 않았다.

아리에타가 한숨을 쉬었다.

"난 이 문제에 대해서는 도저히 냉정한 의견을 낼 수 없을 것 같구나. 기권하지."

아리에타는 자신이 니베리스에 대해서 잘 모른다는 사실도 인정했다. 이 문제에 대해서 판단할 근거가 적은데다가 니베리스에 대한 원한도 컸다.

마지막으로 아젤의 의견이 남았다. 가만히 생각에 잠겼던 아젤이 물었다.

"라우라, 왜 그렇게 하자고 하는 건지 이유를 말해줘."

"이미 말했어."

라우라가 밝힌 이유는 간단했다.

레이거스와 니베리스, 키르엔과 함께 행동하는 것은 무리다. 하지만 수호그림자를 연락책으로 써서 그들과 다른 장소를 동시에 공격하는 합동 작전은 펼칠 수 있다.

그렇다면 그들을 단순히 적의 시선을 붙잡아 두거나 전력을 분산시키는 역할로 쓰기보다는, 확실하게 결정타를 가할 수 있는 존재로 만들어주는 것이 낫다. 그래야 아젤 일행의 입장에서도 그들의 활용도를 최대한으로 늘릴 수 있을 것이다.

아젤이 다시 물었다.

"그 이유 말고."

"……."

그 말에 라우라가 침묵했다. 그러다가 머뭇거리는 기색으로 입을 연다.

"…니베리스를 거기까지 믿는 것은, 나 개인의 감정적인 영역이야."

"그것만으로도 나를 설득할 수는 있겠지. 하지만 모두를 위해서 좀 더 많은 이야기가 필요해."

그 말에 카이렌과 레티시아, 아리에타가 놀란 눈으로 아젤을 바라보았다. 아젤이 심정적으로는 라우라의 의견을 지지하고 있음을 알 수 있었기 때문이다.

라우라가 말했다.

"나는 오랫동안 니베리스를 봐왔어. 늘 그녀를 싫어했지만, 그래도 한 가지 인정하고 있었던 사실이 있어. 니베리스는 바보야."

그 말에 다들 당혹감을 느꼈다. 진지한 이야기를 하나 싶었더니 바보라고?

"자존심과 긍지가 강해. 죽을지언정 타협하지 않아. 정말 필요하다고 생각한다면, 목숨조차 버리겠지."

그 점은 아젤도 동감이었다. 일전에 사이베인의 전언을 전해줄 때 그녀가 어떤 사람인지 확인할 수 있었다.

"내가 아는 니베리스는 그런 사람이야. 레티시아, 당신도 그런 일면을 봤을 거야."

"…확실히."

레티시아는 얼마 전, 수호그림자들을 조종해서 니베리스를 구해주었다. 근방의 수호그림자를 한자리에 모으는 동안 지켜본 니베리스의 모습은 확실히 라우라의 말대로였다.

설령 자신이 그 자리에서 죽는다 하더라도, 그것이 어리석은 선택임을 뻔히 알면서도 스스로 납득할 수 없는 길은 선택하지 않겠다는 꼿꼿한 자존심의 소유자.

라우라가 말했다.

"위험하다는 것은 알아. 내가 직접 가서 만나보고 결정할게."

그 후로도 긴 논의가 이어졌다. 하지만 결국 일행은 라우라의 의견대로 따르기로 했다.

8

결론이 난 후, 바람을 쐴 겸 주변을 거닐고 있던 아젤에게 라우라가 찾아왔다.

"고마워."

"뭐가?"

아젤이 장난스럽게 웃으며 묻자 라우라가 조금 부끄러워하는 기색으로 슬쩍 시선을 피했다.

"…내 의견을 지지해 줘서."

"나도 그럴 만하다고 생각해서 동의한 것뿐이야. 하지만 라우라, 난 궁금한 게 남았어."

"어떤?"

"애당초 왜 그런 생각을 떠올린 거야?"

라우라의 의견은 합리적인 사고에 의한 것으로 보인다. 하지만 아젤은 그 이면에 다분히 감정적인 이유가 존재함을 꿰뚫어 보았다. 그렇지 않고서야 아무리 니베리스가 신뢰할 수 있는 인물이라고 여긴다고 해도 그녀에게 극멸의 비술을 전한다는 발상을 하지는 않았을 것이다.

아젤의 지적에 라우라는 잠시 다른 곳을 바라보다가 대답했다.

"니베리스와 난 같은 빚을 지고 있어."

"같은 빚?"

"너무 큰 빚이라서, 그 빚을 청산하지 않고서는 앞으로의 인생을 살 수 없을 정도의 빚."

라우라는 아련한 눈으로 과거를 회상했다. 어둠의 설원을 지배하는 광기에 의해 탄생하고 사육되었던 삶을.

도구로서의 인생을 살던 두 사람은 이제 그 모든 일의 원흉과 맞닥뜨렸다. 자신들을 지배하는 신화, 용마왕 아테인의 존재와.

라우라는 일찌감치 자신의 길을 선택했다. 그러나 니베리스는 어쩌면 어둠의 설원을 부정한 아테인에게 찬동할 수도 있었을 것이다.

하지만 니베리스는 그런 길을 고르지 않았다. 자신을 사육하던 광기의 우리를 박차고 나와서 스스로의 의지로 미래를 개척할 것을 결의했다.

그 시점에서 라우라는 니베리스에게 동질감을 느꼈다.

"우리는 반드시 이 싸움의 결말을 봐야 해. 그래야만 그다음에 어떻게 살아갈지 상상할 수 있어."

라우라의 삶은 싸움으로 점철되어 있었다. 세상과 싸우기 위한 도구로써 육성되어서 싸우고, 또 싸웠다. 그 외의 인생은 생각해 본 적도 없었다.

어둠의 설원을 배신하고 아젤의 동료가 된 이후로도 마찬가지였다.

눈앞에는 언제나 싸워야 할 적과 이유가 있었다.

배신하기 전에는 아테인이 부활하는 그날까지, 온 세상을 상대로 싸워야 했다.

배신한 후로는 자신이 속한 세계였던 어둠의 설원을 상대로 싸워야 했다.

입장이 바뀌었다 뿐이지 하는 일은 변하지 않았다. 둘 다 아무리 싸워도 끝나지 않을 것 같은 싸움이라는 점은 마찬가지였다.

그런데 마침내 아테인이 부활했을 때, 라우라는 기나긴 싸움의 끝이 다가오고 있다는 사실을 깨달았다.

"하지만 아직도 모르겠어."

그 싸움이 끝난 후에 자신이 어떻게 살아갈지 알 수가 없다. 그저 싸우는 것에서만 의미를 찾을 수 있었던 자신의 삶에서 싸움이 사라진다면 과연 어떻게 살아야 하는가?

"니베리스도 마찬가지일 거야."

싸워야 할 적이 있기에 의미를 구할 수 있었던 인생이었다. 그렇기에 적이 사라진 인생은 상상하는 것조차 힘들었다.

"그래도 우리는 끝을 봐야 해. 그래야만 그 너머로 나아갈 수 있을 테니까."

설령 그 너머에 펼쳐진 미래가 지옥 같은 황무지라고 하더라도 끝을 봐야만 한다. 그래야만 그다음을 시작할 수 있을 테니까.

가만히 듣고 있던 아젤이 입을 열었다.

"…놀랐어."

"왜?"

"깜짝 놀랄 정도로 나랑 비슷한 이야기라서."

아젤이 겸연쩍은 듯 웃었다.

라우라의 이야기는 놀라울 정도로 아젤 자신이 가슴에 품고 있던 것을 떠올리게 했다. 아젤 입장에서, 이 싸움은 해묵은 빚을 청산하는 것과 같다.

먼 미래에 내던져졌으면서도 아젤의 영혼은 과거에서 멈춰 있었다. 아테인과 결착을 내지 않으면 영원히 앞으로 나아가지 못하리라.

"그래도 내가 라우라 너보다 나은 게 하나 있군. 나는 이 싸움 끝낸 후에도 할 일이 있거든."

"뭔데?"

"전에 이야기하지 않았나? 카르자크 후작령을 개척할 거야. 마경이라는 오명을 벗기고 다시 사람 사는 곳으로 만들어야 지."

세계의 운명을 건 싸움에서 승리한 후에도 아젤에게는 싸워야 할 적이 남아 있었다. 그 말을 들은 라우라가 가만히 아젤을 바라보다가 말했다.

"…도와줄 수도 있는데."

"뭐?"

"이 싸움이 끝나고, 그때까지도 딱히 할 일이 없으면… 그동안 신세진 것도 있으니 도와줄 수도 있는데."

표정에는 변화가 없었지만 자신을 향한 아젤의 눈에서 슬쩍 시선을 피하는 것을 보니 부끄러워하는 것 같았다. 아젤은 웃음이 터져 나오는 것을 참으며 물었다.

"이럴 때는 백수 신세가 되는 제게 일자리 하나 주세요, 하고 부탁해야 하는 거 아닌가?"

"나 같은 고위 마법사의 몸값은 부르는 게 값이라고 말해준 건 아젤 당신이야. 카이렌이라면 아주 비싼 값에 고용해 줄걸."

라우라가 새침한 기색으로 말했다. 지극히 합당한 반박에 아젤이 킬킬거리며 웃었다.

"그 말씀대로군요, 마법사 라우라 님. 제가 가진 게 없어서

목적을 이루는 날까지는 박봉이겠지만, 그래도 괜찮다면 도와
주시지요."

"…할 일 없으면."

라우라는 끝까지 새침한 기색을 지우지 않았다.

9

그리고 다시 현재.

―성공했어요.

아젤 일행 중에서 키르엔의 극멸이 성공했다는 것을 제일
먼저 알아차린 것은 케이알리아였다.

비록 위대한 어둠의 정보 열람권을 제한당하기는 했지만 상
관없다. 위대한 어둠의 기둥이 해당하는 봉인이 풀린 것이나,
그 속에 갇혀 있던 존재가 두 번 다시 볼 수 없도록 소멸해 버
렸다는 사실을 알게 되는 것은 그녀에게는 본능의 영역이었
다.

아젤이 말했다.

"훌륭하군, 키르엔 발타자크. 그저 애송이 정도로만 여겼는
데… 사과해야겠어."

키르엔은 아젤에게 별로 깊은 인상을 주지 못한 인물이었
다. 발타자크와 닮았고, 제법 능력이 출중했지만 그뿐이다.

하지만 그는 니베리스를 따라서 목숨을 걸고 아테인과 적대

하는 길을 선택했다. 그것으로도 모자라서 기꺼이 자신의 용마기를 희생해 가면서 아테인에게 치명적인 타격을 입혔다.

경의를 표해야 하는 일이다.

이 순간 아젤은 진심으로 키르엔을 인정했다.

'살아서 다시 만난다면, 꼭 고맙다는 말을 전하도록 하지.'

그날을 위해서 생존해야 하는 것은 키르엔만이 아니었다. 아젤 역시 목숨을 건 싸움을 진행하고 있었다.

"알마릭! 언제까지 안쪽에서 웅크리고 있을 셈이지? 겁쟁이처럼 신중한 건 네놈에게 어울리지 않아! 슬슬 나오시지!"

아젤 일행은 알마릭이 지키고 있는 포인트, 발란 숲에 있는 수목의 신의 봉인을 노리고 총공세를 펼치고 있었다.

魔劍展龍

1

    레이거스와 케이알리아가 반기를 들 것을 선언하고 떠나갔을 때, 알마릭은 아테인을 찾아가서 물었다.

    "어째서 그들을 그냥 보내주셨습니까?"

    위대한 어둠의 최고 관리 권한을 지닌 아테인이라고 하더라도 레이거스와 케이알리아를 강제할 수는 없다. 하지만 그가 마음만 먹었다면 둘을 구속하는 것도 가능하지 않았을까?

    아테인이 대답했다.

    "두 가지 이유가 있다. 이성적인 이유와 감성적인 이유, 어느 쪽부터 듣고 싶은가?"

    "이성적인 이유부터 듣도록 하지요."

    "어째서인가?"

"감성적인 이유부터 들으면 화가 날 것 같습니다."

"그렇군. 나는 케이알리아와 거래를 했다."

"거래라고요?"

"케이알리아는 처음 내가 의도한 바를 초월한 존재가 되었다. 아마도 거듭 전생해 온 경험이 변수로 작용하지 않았을까 싶군."

아테인 앞에 섰을 때, 그녀는 생전과는 비교도 할 수 없는 초월적인 힘을 지니고 있었다. 무엇보다 위대한 어둠을 계획의 핵심으로 삼는 아테인 입장에서는 두려울 정도로 위험한 존재였다.

"그만큼 위대한 어둠에 종속되어 있으니 내가 그녀를 제압할 가능성도 충분했다. 내가 가진 권한이 더 위니까. 하지만 그녀는 위대한 어둠과 합일한 존재이고, 나는 살아 있는 육신으로 현세를 살며 위대한 어둠과 연결된 존재다. 그녀와 내가 싸우는 과정에서, 그녀가 앞뒤 가리지 않고 위대한 어둠에 큰 손상을 입힐 가능성도 있었다."

아테인은 그런 위험을 감수하고 싶지 않았다. 그래서 케이알리아와 거래를 했다.

그녀와 레이거스를 그 자리에서 제압하지 않고 놓아줘서 자유로운 대적자로서 싸울 기회를 준다. 대신 케이알리아의 위대한 어둠에 대한 권한을 제약한다.

"서로가 납득할 수 있는 거래였다."

케이알리아 역시 그 자리에서 결판을 내고 싶어 하지 않았

다. 어쩌면 아테인에게 아무런 피해도 입히지 못하고 소멸할
수도 있었으니까.

그래서 두 사람은 거래를 했다.

알마릭이 납득했다.

"그렇군요. 그럼 감정적인 이유는?"

"이 싸움은 아마도 나와 인류의 마지막 투쟁이 될 것이
다."

허공을 바라보며 말하는 아테인의 시선은 이곳이 아닌 먼
곳을 향해 있었다.

알마릭이 기억하는 한 그는 늘 그랬다. 눈앞의 현실과 싸우
면서도 늘 남들의 시선이 닿지 않는 먼 곳을 보고 있었다.

이 싸움에서 승리하더라도 아테인의 싸움은 끝나지 않는다.
아테인의 계획에서 이것은 첫 단추를 끼우는 것에 불과하다.
그가 인류를 영속시키기 위해서 맞서 싸워야 할 문제는 산더
미처럼 쌓여 있었다.

하지만 장대한 계획을 시작할 때 첫 단추를 잘 꿰는 것만큼
중요한 것은 없었다.

"그러니까 모든 가능성을 보고 싶은 것이다. 인류와의 싸움
을 끝내기 전에, 내가 더 이상 돌이킬 수 없는 선택을 실천하기
전에……."

그가 하고자 하는 것은 인류를 안온한 울타리로 감싸는 일
이다. 자유의지를 지닌 자들의 가능성을 완전히 말살하지 않
으면서도, 그들이 스스로를 파멸시킬 악을 선택하지 못하도록

막을 것이다.

"레이거스가 내게 반기를 드는 것은… 그래, 솔직히 말하자면 예상한 바였다. 그는 그런 사나이지."

아테인은 그 사실을 안타까워했다. 레이거스의 성정을 뻔히 알고 있었기에 자신이 선택할 방법을 감추고 있었다.

그렇다고 해서 그저 결론을 뒤로 미룰 생각으로 진실을 감춘 것은 아니다.

아테인은 어둠의 설원을 대상으로 한 실험의 결과를 기대하고 있었다. 마음속 한구석으로는 절망했으면서도 제발 그들이 자신에게 희망을 주기를 간절히 바랐다.

하지만 그 결과는 모두가 아는 대로다.

"레슈는 인간이 만들어낸 어떤 시스템도 비극을 예방하지 못한다는 사실에 절망해서 내게 찬동했다."

예전에 레슈는 아젤에게 말했다. 인간이 만든 세상은 탐욕스럽고 악한 자에게 관대하고, 욕심 없고 선량한 자에게 가혹하다고.

악의를 가진 자가 선량한 자를 해한다면 벌을 받아야 할 것이다. 하지만 그 원칙이 지켜지지 않는 경우는 흔해 빠졌고, 설령 지켜진다 해도 죽은 목숨이 돌아오는 것은 아니다.

근본적인 예방책이 필요하다. 지금처럼 구멍이 숭숭 뚫리지 않은 진정한 규율이.

많은 비극을 겪으며 괴로워하던 레슈는 바이언의 죽음으로 인해서 결단을 내리게 되었다.

"알마릭, 새삼스럽지만 대답을 듣고 싶군. 그대는 왜 나를 끝까지 따르기로 했는가?"

아테인이 네 명의 용마장군을 부활시키기로 한 것은 그들을 절대적으로 믿기 때문이 아니었다. 자신과 같은 시간을 공유한 자들에 대한 경의였다.

만약 네 명 모두가 이 시대에 부활해서 적으로 돌아섰다고 하더라도 아테인은 자신의 선택을 후회하지 않았을 것이다. 그렇기에 알마릭이 자신의 곁에 남아준 것을 고맙게 생각하고 있었다.

알마릭이 말했다.

"아시다시피 저는 레이거스하고는 지향하는 바가 다릅니다. 예전에도 말씀드렸듯 저는 세상이 평온하게 유지되기 위해서는 제대로 된 질서가 필요하다고 생각했지요."

오래전에 알마릭은 한 지역의 패자로 군림하는 왕이었다. 레이거스도 그랬다.

그러나 둘이 다스리는 지역의 성향은 극과 극이었다.

둘 다 우두머리의 절대적인 카리스마에 의지한다는 점은 똑같았다. 둘 다 일반인들에게는 반쯤은 걸어 다니는 신이나 마찬가지인 존재였으니까.

레이거스의 나라는 무질서하고 자유분방했다. 부족 사회라면 모를까, 작아도 일국으로 불릴 정도의 규모를 지닌 집단이 그런 식으로 유지된다는 것을 믿기 어려울 정도였다.

그에 비해 알마릭의 나라는 규율과 질서가 엄격했다. 계급이 확실하게 나뉘어져 있었고, 자신의 본분을 벗어나는 행동을 하면 법에 의거해서 처벌받았다.

아테인을 왕으로 섬기기 전, 레이거스와 알마릭의 사이가 나빴던 것은 당연한 일이었다. 둘이 사투를 벌인 적도 한두 번이 아니었다.

"하지만 제가 상상한 어떤 질서도 완벽할 수 없었습니다. 하긴 자연조차도 그러하니 어쩔 수 없었는지도 모릅니다."

알마릭은 사나운 맹수 같았다. 그것은 일견 규범과는 거리가 먼 이미지로 보일지 모르지만 사실은 그렇지 않다.

자연의 맹수들이 무리를 짓는 경우를 보라. 그 안에는 확고한 서열과 질서가 존재한다. 집단의 평화가 깨질 때는 우두머리의 권위가 약해지면서 혼란이 찾아올 때다.

"혼자 살 수 없기에 무리 짓는 것도, 무리를 지으면 서로 우열을 확인하고 서열을 결정하는 것도 그들의 본성에 각인된 숙명. 인간도 용마족도 거기서 벗어나지 못했습니다."

천 년이 넘는 세월을 살아오는 동안 알마릭은 인간의 본성이 짐승과 별로 다르지 않음을 알았다. 짐승보다 뛰어난 지성이 선량함보다는 추악함을 더욱 두드러지게 하는 것을 보았다.

"그래서 한 번쯤은 보고 싶군요. 진정 영원한 평화를 보장하는 절대적인 질서라는 것을."

"그저 그것을 보고 싶기 때문에 나와 함께하는가?"

"왕에 비하면 새파랗게 어린 몸입니다만, 그래도 제법 긴 시간을 살아왔습니다. 그동안 아무리 노력해도 이룰 수 없었던 이상을 실현할 수 있다면 목숨을 걸어볼 만하지요."

"그다음에는 어찌할 생각인가?"

아테인이 흥미로워하는 기색으로 던진 물음에 알마릭은 잠시 말문이 막혔다.

이상을 이룬 다음이라. 생각해 본 적이 없었다. 알마릭에게 있어서 이상을 이룬다는 것은 장대한 이야기의 끝이나 마찬가지였기 때문이다.

"글쎄요. 폐하의 이상이 실현된다면 칼잡이인 저는 더 이상 쓸모가 없지 않겠습니까? 많이 늦었지만 마법이라도 공부해 볼까요?"

"아니, 그대는 여전히 귀중한 인력일 것이다. 인류와의 투쟁이 끝난다고 하더라도 싸워야 할 문제가 산적해 있으니까."

아테인이 빙긋 웃었다. 알마릭은 잠시 그를 바라보다가 말했다.

"만약 이상이라는 게 실제로 실현해 놓고 봤더니 영 마음에 안 든다면, 그때는 입장을 바꿔서 폐하의 적이 되겠지요."

"그때가 되면 이미 승산이라고는 전혀 없는 싸움이 될 텐데도?"

"예."

알마릭은 일말이 주저함도 없이 대답했다. 아테인이 고개를 끄덕였다.

"그렇군. 알마릭, 부탁 하나 하지."

"무엇입니까?"

"부디 끝까지 살아남아서 그대의 이상이 구현되는 것을 보아라."

알마릭은 이번에는 곧바로 대답하지 않았다. 잠시 생각해 보더니 웃음 섞인 목소리로 말했다.

"운명이 허락한다면, 기꺼이."

2

쿠구궁, 쿠르르릉……!

바깥에서는 연신 굉음이 울려 퍼지고 있었다.

상념에 잠겼던 알마릭은 몸을 흔드는 땅울림에 퍼뜩 정신을 차렸다. 그는 겹겹이 둘러쳐진 마법진 안쪽의 봉인을 보면서 중얼거렸다.

"완전히 농락당했군."

그에게 위대한 어둠을 통해서 각 봉인 지점의 소식이 전달되어 온다.

아젤 일행 입장에서는 춤이라도 추고 싶은 심정이리라. 그만큼 상황이 그들이 의도한 대로 전개되고 있었다.

레이거스 일행이 극멸을 일으킬 비술을 가졌다는 것만으로도 허를 찔렸다. 그런데 레슈가 혹시나 하는 마음에 자기 자리를 지키지 않고 그쪽으로 향한 것은 알마릭 입장에서는 최악이었다.

레슈가 뛰쳐나가는 그 순간, 동시다발적인 공격이 시작되었다.

이 근방의 공허의 길 거점들은 이미 파괴된 상태다. 그런데도 비교적 가까운 거점들을 향해서 수호그림자의 일원들이 공격을 개시했다.

그리고 아젤 일행이 이곳에 나타났다.

아젤과 라우라, 카이렌과 레티시아, 아리에타와 케이알리아 모두가 참전했다. 그뿐만이 아니다. 수호그림자의 강자들까지 끌고 왔다.

용마왕자 세이가, 대마법사 버레인 미르켈과 그 제자들, 그리고 한때는 카이렌과 필적하는 위협인물로 평가받은 백검백작 라카디와 그 일족들 등등.

거기에 2천을 넘는 수호그림자까지 있다. 여기서 결판을 내겠다는 결의가 엿보이는 총공세였다.

알마릭은 처음부터 그들이 자신을 표적으로 삼았다는 사실을 깨달았다.

'설령 레슈가 움직이지 않았더라도, 그래서 내가 버티는 동안 그가 구원하러 왔다고 하더라도 나만은 잡는다. 그런 목적으로 왔다는 거겠지.'

문제는 상황을 선택할 수 있는 주도권이 아젤 일행에게 있었다는 점이다. 위대한 어둠의 기둥의 위치만은 아무리 아테인이라도 마음대로 옮길 수 없었다.

게다가 케이알리아가 배신함으로써 아젤 일행은 아테인 측에서 감추고 싶었던 정보들을 손에 넣었다. 그리고 아테인 측에서 거기에 대응할 방법을 마련할 여유를 주지 않고 승부를 걸어온 것이다.

'적이지만 훌륭한 결단력이다. 후후. 벼랑 끝에 몰려보는 것도 간만이군.'

처음 겪는 일은 아니었다. 용마전쟁 때도 이런 식으로 막다른 골목에 몰려서 죽음을 맞이하지 않았던가.

하지만 천 년이 넘는 알마릭의 긴 삶을 돌이켜 보면 이런 위기가 한두 번은 아니었다.

계속되는 사신의 유혹을 끈질기게 뿌리치다가 결국 용마전쟁 때 발목을 붙잡혔을 뿐이다.

"좋군."

알마릭이 사납게 웃었다.

가슴이 두근거린다.

도망칠 길이 막힌 상황에서 강적과 목숨을 걸고 싸운다. 투쟁으로 점철된 삶을 살아온 그에게 이 정도로 흥분되는 일이 또 어디 있겠는가?

게다가 그를 기다리고 있는 것은 한 번 자신을 죽음으로 몰아넣었던 아젤 카르자크다. 더 바랄 것이 없는 최고의 무대였다.

"남은 시간은?"

알마릭이 부하들에게 물었다.

열 명의 마법사가 봉인에 달라붙은 채 필사적으로 작업을 진행하고 있었다. 그 작업의 성패가 알마릭의 운명을 결정할 것이다.

"늦어도 10분 안으로 마무리 짓겠습니다."

"그때까지 내가 살아 있어야겠군. 이제는 내 용마력이 없어도 되겠지?"

"예, 무운을."

마법사가 결연한 표정으로 대답했다.

수하들이 죽어나가는데도 알마릭이 이곳에 틀어박혀 있었던 것은 지금 진행되는 작업에 그의 용마력이 필요했기 때문이다. 하지만 이제 그 단계가 지났으니 더 이곳에 있을 이유가 없었다.

"레이거스가 이쪽으로 왔어도 재미있었을 것을. 하지만 이미 죽은 놈보다는 아젤 카르자크 쪽이 더 호화로운 만찬이니 불평하면 안 되겠지."

마법으로 급조한 건물 밖으로 나간 알마릭이 중얼거렸다.

"용마기 초래……."

무시무시한 용마력 파동이 전장을 압도하며 달려 나갔다. 그 중심부에서 출현한 유리처럼 투명한 대검이 알마릭의 손에 쥐어지며 푸른 뇌격을 발하기 시작했다.

"폭풍의 비명."

3

우우우우우……!

용마력 파동이 폭풍처럼 달려 나갔다. 거기에 노출된 이들이 전율하면서 황폐한 발란 숲 깊숙한 곳에 정적이 내려앉았다.

하지만 그것도 잠시였다. 곧 전장이 다시 움직이기 시작한다.

눈앞의 적과 격렬한 전투를 치르고 있던 이들은 감각을 압도하는 무언가가 나타났다고 해서 오랫동안 거기에 정신을 팔고 있을 수 없었다.

특히 그들과 싸우고 있는 적, 수호그림자는 산 자들과 달리 그런 감정에 휘둘리는 존재가 아니다. 허점을 보인 자는 허무하게 목숨이 날아가고 말았다.

"엉덩이가 무거워지셨군, 알마릭!"

그런 알마릭에게 아젤이 뛰어들었다. 용마왕 숭배자들과 싸우고 있던 그와 알마릭 사이에는 수백 미터의 거리가 있었지만 상관없다.

서로가 용마전쟁 때 최강으로 불렸던 분신술사들이다. 용령기와 스피릿 오더에서도 극악의 난이도를 자랑하는 기예, 인카네이션을 터득한 것은 물론이고 다른 이들은 꿈도 꿀 수 없는 수준에 이르렀던 그들의 전투 개념은 시간과 공간을 초월한다.

"기다리게 해서 미안하군. 지휘관 노릇 하다 보면 격무에 시달리게 마련이지. 새파랗게 어리고 덜 바쁜 네놈이 이해하도록 해라."

알마릭이 맹수처럼 웃으며 아젤의 분신이 내려친 검격을 받아쳤다.

파지지지직!

검과 검이 부딪쳤는데 뇌전이 폭발한다. 일격에 아젤의 분신을 격파한 알마릭의 측면을 또 다른 아젤의 분신이 노린다.

알마릭은 돌아보지 않았다.

쾅!

폭음이 울리며 아젤의 분신이 밀려난다. 그곳에서 출현한 알마릭의 분신이 그를 가로막았기 때문이다.

동시에 알마릭의 본체가 서서히 앞으로 나아가기 시작한다. 난전이 벌어지고 있는 저편에서 아젤 역시 붉은 머리칼을 휘날리며 걸어오고 있었다.

"일전에는 신세가 많았다. 아주 뜨거운 대접을 받았으니 제대로 갚아줘야겠지."

아젤이 말했다. 200미터 이상의 거리가 있지만 개의치 않는다. 둘의 대화는 분신으로 이루어지고 있었으니까.

중간 지점에서 분신들이 격돌한다. 폭음이 울려 퍼지고 뇌광이 폭발하면서 수십의 분신이 공간을 뛰어넘어 출현과 소멸을 반복했다.

"저런. 그 시원찮은 대접을 뜨겁다고 느꼈나? 나는 네놈에게 진 빚의 이자도 못 갚아줘서 아주 마음이 아팠거늘."

알마릭이 대답했다. 그는 과거에 아젤에게 패배해서 중상을 입고, 크로이스 니델 공작에게 목숨을 잃었다.

이 시대에서 아젤을 두 번이나 죽음의 위기로 몰아넣었지만 그때의 빚을 갚았다고 하기에는 부족하다. 결국 이 채무 관계는 둘 중 하나가 죽어야만 끝날 것이다.

파직! 파지지직! 콰과광……!

둘이 서로를 향해 성큼성큼 걸어가는 동안 전장을 압도하는 대격전이 펼쳐지고 있었다. 분신들의 격돌에서 발생하는 충격이 공간을 뒤흔들고 광풍이 휘몰아치기 시작한다.

싸우던 자들 중에 하나가 경악으로 입을 열었다.

"하늘이……!"

심지어 기상마저 변화하고 있었다.

먹구름이 급격하게 몰려오는 가운데 격하게 부는 바람에 실린 습기가 강해지기 시작한다. 그리고 어두컴컴해지는 하늘을 가르며 섬광의 궤적이 내달렸다.

알마릭이 말했다.

"하늘을 가르는 검. 왕께서 정말 갖고 싶어 했는데 불충을 저지르게 되는군. 여기서 없애 버릴 테니까."

아젤도 지지 않고 대꾸했다.

"폭풍의 비명. 네놈이 살아온 세월을 생각하면 후세에 전하고 싶은 문화유산인데 유감이야. 이 시대에 사라질 테니까."

두 사람이 살기 가득한 미소를 지은 채 가까워진다.

발걸음은 멈추지 않는다. 주변에서 서로의 분신이 나타났다 사라졌다를 반복하면서 격전을 펼치고 있지만, 그 분신을 조종하는 둘은 너무나도 차분하게 일정한 걸음걸이를 유지하고 있었다.

그 광경은 경이였다.

아직 본격적인 싸움은 시작되지도 않았다. 주변에서 벌어지고 있는 분신전은 가벼운 몸풀기나 마찬가지다.

그런데도 전장이 압도된다. 모두들 숨 막히는 긴장감에 짓눌리지 않게 필사적이었다.

"맙소사. 이게 용마전쟁의 주역이었던 자들의 힘인가……."

백검백작이라는 별명을 지닌 보카드 라카디는 카이렌과 마찬가지로 살아 있는 전설로 불리는 자였다.

어둠의 설원에 의해 수많은 비술이 실전된 시대에 태어났으면서도 넘치는 재능과 멈추지 않는 노력으로 초인적인 경지에 올랐다.

그는 소년 시절부터 용마전쟁의 영웅들을 동경해 왔지만, 한편으로 자신도 태어난 시대가 다를 뿐 그들에게 뒤처지지 않는다고 자부하고 있었다. 수호그림자가 되어 세계를 수호한다는 사명감을 짊어진 후로 그런 자부심은 더욱 커졌다.

아젤을 직접 만나서 그의 정체를 믿게 되었을 때는 동경을 숨길 수 없었다. 이 시대의 누구라도 그럴 수밖에 없지 않겠는가?

그런 한편 호승심이 불타오르는 것을 느꼈다. 자신의 기량은 전설의 영웅에게도 통용될 것인가?

"…아직 멀었군."

하지만 지금 이 순간, 그는 자신이 얼마나 치기 어린 생각을 하고 있었는지 깨달았다.

그러는 동안 마침내 아젤과 알마릭이 검이 닿는 거리까지 접근했다.

알마릭이 말했다.

"서로 몸은 제대로 푼 것 같군. 그럼 슬슬 왕을 살해한 힘을 보여주겠나?"

"기꺼이."

아젤이 살기를 뿜어내며 웃었다.

푸른 장검과 투명한 대검이 격돌, 전장을 떨쳐 울리는 충격과 함께 진정한 싸움이 시작되었다.

4

아젤은 분명 용마전쟁 최고의 분신술사였다.

천재적인 전사들이 넘쳐나던 그 시대에도 인카네이션을 터득한 자는 많지 않았다. 그리고 그중에서 아젤과 같은 수의 실체 있는 분신을 구현할 수 있는 자는 단 한 명도 없었다.

그 점은 아테인도, 아테인보다 뛰어난 분신술사였던 알마릭도 마찬가지다.

알마릭이 동시에 구현할 수 있는 실체 있는 분신은 16개체가 한계였다. 아젤은 그 두 배를 구현할 수 있었다.

그럼에도 아젤이 알마릭을 분신전에서 압도했던 것은 아니다. 둘의 마지막 싸움은 치열한 사투였다.

중상을 입은 채로 도망치는 알마릭을 쫓아가서 끝장을 내는 역할을 크로이스 니델 공작이 맡았던 이유는 아젤도 그 싸움에서 입은 상처가 가볍지 않았기 때문이다.

파칫!

섬광과 뇌격이 교차하며 격렬한 스파크가 튄다.

파지지직!

빛으로 이루어진 아젤의 분신과 뇌전으로 이루어진 알마릭의 분신이 격돌하며 공간이 뒤흔들렸다.

콰콰콰콰쾅!

연달아 폭음이 울려 퍼지며 아젤과 알마릭의 본체가 대지를 질주했다. 순간순간 순동법으로 위치를 바꾸는 두 사람의 격돌은 지축을 뒤흔드는 충격을 발생시켰다.

―용마검 초래! 달의 검!

격전 속에서 아젤이 또 다른 용마기를 초래했다. 세 번째 스승 리글렌으로부터 계승받은 달의 검이었다. 주변의 마력을 장악하고 흡수하는 악랄한 권능을 지닌 용마기가 아젤의 분신의 손에서 빛을 발한다.

"어설퍼."

하지만 그 순간 알마릭의 분신이 그 앞에 나타나서 검격을 날린다. 아젤의 분신의 팔이 잘려 나가고, 이어지는 뇌격에 통째로 분쇄당했다.

그 옆에서 또 다른 아젤의 분신이 나타나서 검을 찌른다. 하지만 곧바로 분신의 얼굴에 놀란 표정이 떠올랐다.

분명히 아젤의 분신의 팔을 잘랐던 알마릭의 분신이 실체가 아닌 허상으로 변하며 공격이 헛되어 허공을 찔렀다. 대신 그 옆에 있던 허상의 분신에 실체가 깃들면서 강렬한 공격을 날렸다.

꽈과과과광!

그 뇌격이 분신들을 집어삼키고 아젤에게까지 덮쳐온다. 아젤의 비기, 천둥용의 뿔을 능가하는 파괴력이었다.

'역시 만만치 않군!'

철저하게 계산된 공격에 아젤이 이를 악물었다.

구현할 수 있는 분신의 수로만 보면 아젤이 압도하는데도 쉽사리 승기를 잡을 수 없다. 둘의 싸움은 아차 하는 순간 치명타를 입을 수 있는 칼날 위의 춤이었다.

그 이유는 알마릭이 분신술사로서 허체와 실체를 오가는 능력이 아젤보다 훨씬 탁월하다는 데 있다. 아젤은 실체 있는 분신의 개체수를 유지하면서 필요한 순간 없애고, 다른 곳에서 구현하는 일을 반복하는 데 비해 알마릭은 무수한 실체와 허체 사이를 옮겨 타듯이 분신을 구현했다.

또한 분신 한 개체에 담을 수 있는 마력도 알마릭이 위다.

듀얼 밴딩을 통해서 아젤은 압도적인 출력을 얻었지만 힘을 담는 그릇의 크기만을 보면 알마릭이 우위에 있었다.

즉 순간적으로 발휘하는 힘은 아젤이, 장기간 유지되는 여력에서는 알마릭이 앞선다.

"인간은 놀랍도록 발전이 빠르게 마련이거늘, 생각했던 것보다 별로 실력이 안 늘었군, 아젤. 이미 올라간 곳이 너무 높아서인가?"

서로의 본체가 격돌, 검과 검이 부딪치면서 뇌격이 터진다. 숨도 쉴 수 없을 정도의 광풍 속에서 연달아 터지는 뇌격이 공간을 뒤흔들었다.

아젤이 식은땀을 흘렸다.

'이놈, 예전보다 기술이 좋아졌어!'

분신을 다루는 알마릭의 기술이 예전보다 더 훌륭해졌다.

용마전쟁 때도 실체와 허체를 전환하는 기술을 보여주기는 했지만 그때마다 약간의 흐트러짐이 발생했다. 하지만 지금은 물 흐르듯 자연스럽게 전환이 이루어지고 있었다.

'50년간 뒷방 늙은이 신세였다더니 안 보이는 곳에서 기술만 죽어라고 연마한 건가?'

그런 생각이 들 정도로 숙련도가 월등히 높아졌다.

어느 순간 팽팽하던 균형이 무너졌다.

꽈광!

아젤이 주춤했다.

일순간 알마릭이 발휘하는 뇌격에 대한 지배력이 아젤의 그것을 넘어섰다. 그 틈을 타고 알마릭의 발차기가 작렬했다.

폭음이 울리며 아젤이 하늘로 날아갔다. 그리고 기류에 붙잡힌 먹구름들이 회전하는 하늘 위에서 뇌격이 내리꽂혔다.

쫘르르릉! 쫘과광!

뇌격은 지상에 도달하지 못했다. 아젤을 관통하지 못하고 그의 검에 붙잡힌 것이다.

회심의 일격이 저지당했어도 알마릭은 개의치 않았다. 애당초 그것조차도 그가 의도한 포석에 불과했으니까.

―폭풍을 가르는 검!

용마전쟁 당시 대륙을 떨쳐 울렸던 그의 별명이기도 한 비기였다.

지상의 알마릭으로부터 발생한 뇌전이 거꾸로 하늘을 거슬러 올라간다. 일순간 온 세상이 하얗게 물드는 가운데, 지상에서 솟구친 뇌전이 아젤에게 직격했다.

쫘과과광!

뇌격의 폭발이 하늘을 갈가리 찢었다. 휘몰아치는 폭풍우가 갈가리 찢어지며 그 여파가 지상을 덮쳤다.

"젠장! 정말 터무니없군!"

카이렌이 이를 갈며 용혼으로 스스로를 보호했다.

전에 그가 알마릭과 싸웠을 때는 초반에 기선을 제압한 뒤 제대로 힘을 발휘할 틈을 안 주고 밀어붙여서 대등한 싸움을 이어갈 수 있었다. 하지만 처음부터 분신을 전개하고 전력을 다하는 알마릭을 보니 말이 안 나올 지경이다.

어중간한 실력으로는 둘의 싸움의 여파만으로도 목숨을 잃게 생겼다. 왜 아젤이 그토록 강해졌으면서도 승패를 장담할수 없다고 하는지 뼈저리게 느낄 수 있었다.

"아젤……!"

라우라의 낯빛이 창백해졌다.

재앙 같은 일격을 날리고도 알마릭은 멈추지 않았다. 태연하게 다음 공격을 준비하는 게 아닌가?

'막아야 해!'

라우라가 공간왜곡장을 펼치는 바로 그 순간이었다.

파직!

무언가가 마법을 구성하는 마력을 끊어놓았다.

경악한 라우라의 눈에 알마릭의 분신이 보였다. 알마릭이라우라의 개입을 사전에 눈치채고 차단한 것이다.

"라우라, 나는 결코 너를 경시하지 않는다. 아니, 너희 모두마찬가지지."

이것이 분신술사의 무서움이다. 동시에 여러 장소에서 여러 가지 상황에 대처하면서도 목적한 행동에 흐트러짐이 없다.

알마릭의 분신이 연속적인 공격을 펼쳐서 라우라를 밀어냈다. 그리고 그사이 태세를 바로잡은 주변의 적들이 라우라를몰아치기 시작했다.

'안 돼!'

라우라의 가슴이 철렁 내려앉았다.

폭발하는 뇌격이 비정상적인 흐름을 보이고 있었다. 사방팔
방으로 뻗어 나가야 할 힘이 불규칙하게 뒤틀리면서 알마릭의
검으로 빨려 들어간다.

"천둥신의……."

투명한 검날이 하얗게 불타오르며 일순간 거대한 뇌격의 검
으로 화한다. 유렌을 상대할 때 선보였던 비기였다. 서로가 뇌
격을 장기로 삼는 아젤과의 격돌로 발생한 뇌격의 힘을 이용,
일격으로 수만의 생명을 거둘 수 있는 재앙을 구현한다.

"…검!"

파멸의 검이 하늘을 쪼개 버렸다.

검의 궤적에 걸린 모든 것이 버터처럼 갈라져 나간다. 몰려
들었던 먹구름이 불타 사라지면서 환한 하늘이 보였다. 그리
고…….

콰아아아아아……!

하늘 끝까지 베어버린 듯한 그 일격의 여파로 전장이 현세
의 지옥으로 화했다.

5

그 순간에는 전장의 모두가 살아남기 위해 필사적이었다.

알마릭이 날린 일격은 신이 내려치는 재앙의 철퇴라고 해도
과언이 아니었다. 이 기술을 구사한 알마릭조차도 그 반동을

버텨내기 위해 온 힘을 다해야 했다.

'명중했다.'

동시에 확신한다.

아젤은 그의 공격을 피하지 못했다.

알마릭은 다른 자들은 보지 못한 과정을 파악했다.

처음의 낙뢰를 아젤은 반은 비껴내고 반은 흡수해서 받아냈다.

그 직후 알마릭이 날린 폭풍을 가르는 검을, 아젤은 자신이 흡수한 뇌격을 수십 배로 증폭시킨 천둥용의 뿔로 받아쳐서 타격을 최소화했다.

알마릭은 처음부터 거기까지 예상하고 있었다. 그는 당연한 듯 천둥신의 검을 준비했고, 혼신의 일격을 날린 반동으로 주춤한 아젤에게는 거기에 대응할 여유가 없었다.

'죽었을까?'

문제는 그런데도 승리했다는 확신이 들지 않는다는 것이다. 그 일격을 받고 살아남을 확률은 없다고 봐도 무방하지만, 상대가 다름 아닌 아젤 카르자크라면…….

그렇게 생각했기에 알마릭은 다음 순간 날아든 공격을 피할 수 있었다.

퍼어엉!

한줄기 섬광이 날아들었다.

그것을 시작으로 수십 줄기의 섬광이 종횡무진 내달리면서 사방팔방에서 알마릭을 노린다. 알마릭이 그것을 피해내는 사이, 그 너머에서 한층 위협적인 공격이 이빨을 드러냈다.

화아아아악!

측면에서 출현한 아젤의 분신이 검을 내려치자 송곳처럼 돌출된 폭염이 알마릭을 덮쳤다. 천둥용의 뿔과 필적하는 비기 화염용의 뿔이었다.

"역시."

알마릭은 그럴 줄 알았다는 듯 광풍을 제어해서 공격을 받아넘겼다. 아젤의 본체가 어디 있는지 파악하지 못했지만 상관없다. 어디서 공격해 오든 전부 분쇄할 생각이었다.

주변에서 불꽃이 치솟는다.

그를 에워싸고 나타난 아젤의 분신들이 거의 동시에 화염용의 뿔을 내려쳤다.

'터무니없군. 한 번에 발휘할 수 있는 마력이 이 정도 수준이란 말인가?'

주변이 지옥 같은 열기로 타오르고 있는 상황이다. 그 열기를 흡수해서 날리는 화염용의 뿔도 무시무시한 위력이었다.

게다가 그런 공격을 여덟 개의 분신이 동시에 가해온다. 알마릭조차도 전율을 금할 수 없었다.

콰아아아아아!

폭발하는 불꽃 사이에서 알마릭이 뛰쳐나왔다. 순동법으로 가속하면서 아젤의 분신을 베어버린다.

아젤이 구현한 여덟 개의 분신 중에 공격을 날리는 데 성공한 것은 단 세 개체. 나머지 다섯 개체는 알마릭이 분신으로 격파했다.

그때였다.

하늘에서 날아든 한줄기 섬광이 알마릭의 가슴을 관통했다.

'아니……?

알마릭이 눈을 크게 떴다.

한 박자 늦게 폭음이 울려 퍼졌다.

콰아아앙!

이 싸움이 시작된 이후, 처음으로 자세가 무너진 알마릭이 폭발을 버티지 못하고 날아가 버렸다.

이해할 수 없었다. 알마릭은 방심하지 않았다.

비록 주변 상황이 워낙 어지러워서 힘의 흐름을 읽기 어려운 상황이지만 그만큼 방어를 강화해서 기습에 대비했다. 아젤이 언제, 어디서 공격을 가해오더라도 막을 수 있었어야 정상이다.

그런데 손가락 굵기의 가느다란 섬광이, 그의 모든 방어 기술을 종잇장처럼 꿰뚫고 가슴에 구멍을 냈다.

'뭐였지?

상처의 면적은 작지만 제대로 맞았다. 심장에 구멍이 뚫렸으니 치명상이다.

하지만 알마릭은 산처럼 거대한 생명력의 소유자다. 그는 용령기로 상처를 지혈하고, 문제가 생긴 신체 기능을 대체했다.

'아젤, 머리를 맞추지 못한 게 네놈의 실수다.'

머리가 관통당했다면 그 순간 싸움이 끝났을 것이다. 하지만 심장이라면, 그것도 손상된 면적이 적다면 대처할 수 있다.

"크윽, 허억……."

겨우 균형을 바로잡은 알마릭이 헐떡였다. 그런 그의 앞에 아젤의 분신이 나타났다. 손에 쥔 달의 검으로 맹공을 펼친다.

"우습게 보지 마라!"

알마릭이 노성을 질렀다.

마력을 흡수하는 달의 검은 지금의 그에게는 최악의 공격이다. 대적하는 것만으로도 마력의 흐름이 이상이 생기니까.

하지만 알마릭은 태풍처럼 아젤의 분신을 몰아쳐서 목을 날려 버렸다.

아젤의 분신이 쉬지 않고 몰아치지만 알마릭의 방어는 철벽이다. 부상을 입었으면서도 노도와 같은 기세로 그 공격을 분쇄한다.

동시에 알마릭은 분신의 눈으로 하늘에서 일어난 일을 확인했다.

'광검해!'

마치 거대한 빛의 나무가 하늘에서 지상을 향해 거꾸로 자라난 것 같은 광경이 펼쳐져 있었다.

점점 흩어지는 빛의 중심에 아젤이 있다. 멀쩡한 모습은 아니었다. 갑옷이 너덜너덜해지고 전신이 피투성이였다.

그것을 본 알마릭은 자신이 당한 것이 무엇인지 알 수 있었다.

　'극멸. 이게 바로 극멸이군.'

　아젤이 용마전쟁 때 보여준 것과는 다른 형태의 극멸, 즉 극멸광을 구사한다는 것은 위대한 어둠을 통해서 확인된 정보다.

　그런 만큼 알마릭도 충분히 주의하고 있었다. 그런데 설마 이런 식으로 당할 줄이야.

　광검해를 일으킬 틈은 주지 않았다. 그렇게 생각했는데 지금의 아젤에게는 그의 예상을 초월하는 변수가 있었다.

　'낙원의 낙인. 하하하. 유렌 리제스터, 정말이지 무서운 인간이군. 폐하의 전생체에게 이런 식으로 발목을 잡힐 줄이야.'

　아젤은 불굴의 성채와 격랑의 주인, 여명수호대, 낙원의 낙인과 하늘을 가르는 검까지 다섯 개의 용마기를 연계해서 알마릭이 날린 천둥신의 검을 방어했다.

　그러고도 완전히 막지 못해서 온몸이 피투성이가 되었다. 하마터면 그대로 의식을 잃고 추락할 뻔했지만 가까스로 버텨낼 수 있었다.

　위기는 곧 기회였다.

　알마릭이 전투 중에 일어난 뇌격을 이용해서 필살의 일격을 구현한 것처럼, 아젤도 그럴 수 있었다. 무엇보다 공격이 작렬한 여파가 너무 어마어마해서 알마릭 본인조차도 그 너머에서 일어나는 일을 알 수 없는 그때가 절호의 기회였다.

낙원의 낙인으로 한계까지 가속된 시간 속에서 주변에서 발
생한 빛을 그러모은 하늘을 가르는 검으로 광검해를 완성했
다.

그리고 혼신의 힘을 다해 분신술을 전개해서 알마릭의 시선
을 혼란시킨 뒤에 극멸광으로 저격했다.

"역시… 정말로 터무니없는 녀석이야."

알마릭은 아젤의 분신들이 가하는 맹공을 뿌리치며 웃었
다.

등 뒤에서 사신의 발소리가 들려온다. 자신이 죽음의 위기
에 처했다는 사실을 더없이 생생하게 실감할 수 있었다.

그래도 알마릭은 웃는다.

그런 알마릭 앞에 아젤의 본체가 쇄도해 왔다. 광화한 하늘
을 가르는 검이 종횡무진 공간을 가르며 질주하는 가운데, 그
손에 들린 검이 알마릭의 검과 충돌했다.

콰창!

충돌 지점에서 발생한 뇌격이 두 사람의 검 속으로 빨려 들
어간다. 그리고 재차 격돌!

쾅!

폭음이 울리면서 피투성이가 된 둘이 한 걸음씩 물러났다.

자세를 바로잡는 것은 동시였다.

그리고 둘은 마치 서로의 존재를 잊은 것처럼, 완벽하게 맞
아 떨어지는 타이밍으로 뒤를 향해 검을 휘둘렀다.

충격이 폭발했다.

서로 똑같은 생각을 하고 있었다. 격돌과 동시에 분신으로 등 뒤를 친다.

그리고 그 사실을 읽고 대응하는 것도 동시였다.

'이건 어떠냐?'

그다음 수도 마찬가지다. 물 흐르듯이 허체에서 실체로 전환한 알마릭의 분신이 측면을 공격하자 아젤이 정면으로 가속해서 빠져나가는 것과 동시에 시간 차로 구현한 분신으로 반격한다.

'그 정도쯤이야! 이거나 받아보시지?'

뛰어드는 아젤의 앞에 거의 겹쳐지다시피 분신 하나가 나타난다. 찔러오는 공격을 알마릭이 받아내는 순간, 칼끝이 허전해진다. 완벽한 타이밍으로 분신을 해제함으로써 알마릭의 자세를 흐트러뜨린 아젤이 시간 차 공격을 날려 온다.

알마릭이 아슬아슬하게 피한다. 하지만 기다렸다는 듯 허공에서 강맹한 섬광이 작렬, 펼쳐뒀던 방어막을 반쯤 부수면서 그를 주춤하게 만든다.

그리고 눈부신 빛을 발하는 검을 쥔 아젤이 뛰어들었다.

광포한 기세와는 정반대로 자세는 소름 끼칠 정도로 깨끗하게 정돈되어 있었다. 한 점 흐트러짐도 없는 자세로 휘두른 검이 아름다운 궤적을 그리며 내려쳐졌다.

'아……!'

알마릭이 눈을 크게 떴다.

흐트러진 자세로도 그 공격을 막았다. 그리고 곧바로 주변에 뿌려둔 허체의 분신들을 실체로 전환해서 반격할 생각이었다.

그런데 아젤의 검이 거짓말처럼 그의 몸을 가르고 지나갔다.

"이런……."

알마릭이 주춤거리며 물러났다.

아젤의 일격은 왼쪽 어깨부터 오른쪽 옆구리까지를 비스듬하게, 몸이 떨어져 나가지 않는 게 신기할 정도로 깊숙이 가르고 지나갔다. 그곳에서 피가 폭포수처럼 쏟아져 나왔다.

"무슨 꿍꿍이를 숨기고 있나 했더니, 이런 게 남아 있었나……."

알마릭이 말했다. 그의 눈길이 자신의 검에게로 향했다.

천 년을 넘는 시간 동안 그와 함께해 온 영혼의 분신, 용마기 폭풍의 비명.

폭풍과 뇌격을 지배하는 강대한 권능이 담긴 그 검이 두 동강 나 있었다.

아젤이 질린 표정으로 대답했다.

"이것까지는 안 쓰려고 했는데 정말이지 지독한 놈이다, 너는."

그것은 아젤이 숨기고 있던 비장의 카드였다.

극멸의 세 번째 형태, 극멸검(極滅光).

저격을 성공시킨 후, 알마릭과 격전을 벌이면서 하늘을 가르는 검은 광화시킨 채로 달의 검을 쥐고 싸웠던 이유는 바로 이것을 위해서였다. 아직 완전히 흩어지지 않고 남아 있는 광 검해의 빛을 한데 모아서 극멸검을 구현하기 위해서.

아젤은 이 기술을 아테인을 상대하기 전까지 감춰두려고 했다. 하지만 알마릭을 확실하게 쓰러뜨리기 위해서는 쓸 수밖에 없었다.

"하……."

알마릭이 어이없다는 듯 아젤을 바라보다가 웃음을 터뜨렸다.

"하하하하하!"

호탕하게 웃는 그의 상처에서 피가 멈추지 않고 흘러나왔다.

더 이상 돌이킬 수 없는 죽음이 다가오고 있다. 그 사실을 실감하면서도 알마릭은 이상할 정도로 후련한 기분에 사로잡혔다.

문득 웃음을 그친 그가 하늘을 올려다보며 말했다.

"…아젤, 왕은 우리가 미움의 자식들이라고 했다."

인간의 증오가 마족이라는 존재를 낳았다. 그리고 치명적인 결핍을 지닌 그들과 용이 합일하여 용마족이 발생했다.

결국 용마족은 인간의 증오로부터 비롯된 존재였다.

증오가 뿌리인 존재가 거기서 벗어나지 못하는 것은 당연하지 않을까? 인간보다 높은 지성과 능력, 수명을 지닌 용마족의 본성이 인간과 다르지 않았던 것은 의아해할 점이라고는 아무것도 없는 필연이었으리라.

"그분은 세계의 진실을 파헤친 현자이니 그 말씀이 옳겠지. 그런데 정말로 신기하군."

"뭐가 말이지?"

"나는 네가 밉지 않구나, 아젤."

"……."

생명의 불꽃이 꺼져가는 것을 느끼며 미소 짓는 알마릭을 아젤은 만감이 교차하는 눈으로 바라보았다.

그는 분명 증오해야 마땅한 적이었다. 하지만 동시에 아젤과 같은 시대를 살아간 끈이었고, 이 싸움 속에서 모든 감정을 초월해서 같은 고지에 올라 서로의 영혼을 불살랐던 대적자였다.

문득 알마릭의 시선이 라우라에게로 향했다.

여전히 전장은 격전의 소음으로 가득했지만, 둘은 약속이라도 한 것처럼 시선을 마주했다.

대화는 한마디도 오가지 않았다. 하지만 라우라는 수많은 말을 들은 것 같은 기분에 사로잡혔다.

그녀에게 있어 알마릭은 목숨을 버려서라도 쓰러뜨려야만 하는 적이었지만 동시에 은인이기도 했다. 어둠의 설원의 광기에 사육되던 시절, 그녀에게 위안을 주었던 사람은 그가 유일했으니까.

'어르신.'

라우라는 정중하게 고개를 숙여 예를 표했다. 알마릭은 살짝 고개를 끄덕이며 말했다.

"이 순간에는, 정말 아무도 밉지 않구나."

그 말에는 한 점의 거짓도 없었다. 천 년 넘게 이어져 온 삶을 끝마치는 이 순간, 그는 세상의 그 무엇도 미워하지 않았다.

"운명의 승자여, 패자의 축복을 받으라."

알마릭이 눈을 감았다.

"무운을 빈다."

그는 목숨이 다하는 순간에도 쓰러지지 않고 석상처럼 꼿꼿하게 선 채였다.

6

알마릭이 쓰러진 시점에서 승부는 났다.

주변에서는 학살전이 펼쳐졌다. 어둠의 설원의 최정예들은 필사적으로 발버둥 쳤지만 전멸은 시간문제일 뿐이었다. 전세가 완전히 기울자 아젤은 슬슬 봉인을 깨고 수목의 신을 완전히 소멸시키기 위한 준비에 들어갔다.

그런데 그때 전투의 여파로 숲의 흔적조차 찾을 수 없게 변해 버린 전장 한복판에서 어둠이 솟구쳤다.

아젤은 그 어둠으로부터 익숙한 기운을 느꼈다. 더없이 불길하고 위험한 기운이었다.

"어둠의 화신!"

아테인의 용마기, 어둠의 화신이었다.

간헐천처럼 솟구치는 어둠 속에서 한 사람이 모습을 드러냈다. 긴 검은 머리칼과 눈앞을 보면서도 먼 곳을 향해 있는 듯한 검은 눈동자, 그리고 굴강한 검은 뿔을 지닌 용마족 청년 아테인이었다.

—괜찮아요.

그때 케이알리아가 아젤의 옆으로 날아왔다. 평소보다 더 흐릿해 보이는 그녀가 말했다.

—그는 실체를 구현하지 못했어요.

케이알리아가 아젤과 알마릭의 전투에 개입하지 않은 이유가 바로 이것이었다.

알마릭은 아젤 일행이 급습해 온 후로도 어느 정도 시간이 지난 후에야 모습을 드러냈다. 급조한 봉인 시설 안쪽에서 마법의 의식을 진행해야 했기 때문이다.

그 의식의 목적은 아테인을 이곳에 불러오는 것이었다.

케이알리아는 그 사실을 눈치채고 아젤이 알마릭과 싸우는 동안 봉인 시설의 방어 마법들을 돌파, 안에 있던 마법사들을 쓰러뜨리고 의식을 저지하는 데 성공했다.

아테인은 거대한 마법 의식을 진행하느라 용마궁을 떠날 수 없다. 하지만 그는 사이베인이 알아냈던 것처럼 전쟁을 수행하면서도 남의 눈을 피해서 비밀 연구소를 이용했던 바 있었다.

그런 일이 가능했던 이유는 그의 용마기 어둠의 화신이다.

아테인과 용마장군들의 용마기는 개개인이 아니라 위대한

어둠에 속해 있었다. 각성한 유렌이 굳이 자신의 몸에 용마기를 계승받는 과정을 거치지 않고도 아테인의 용마기를 쓸 수 있었던 것도 그런 이유에서다.

어둠의 화신 역시 위대한 어둠과 일체가 되어 있다. 그래서 이토록 멀리 떨어진 곳에 아테인의 분신을 구현할 수도 있었던 것이다.

다만 아직까지는 그 일을 위해서 외부의 도움이 필요했다. 그리고 그 작업은 케이알리아에 의해 저지되었다.

"…그랬군."

아젤이 숨을 삼켰다.

케이알리아가 아니었다면 완전히 뒤통수를 맞을 뻔했다. 한창 알마릭과 전력을 다해 싸우고 있을 때 아테인이 등장했다면 이곳에 일행의 무덤이 되었을지도 모른다.

실체처럼 뚜렷한 분신을 구현한 아테인은 꼿꼿하게 선 채로 죽은 알마릭의 시신으로 다가갔다. 그가 진정 안타까워하며 말했다.

"안타깝구나. 하지만 그대가 최선을 다했음을 안다. 알마릭, 나의 친우여."

아테인이 알마릭에게 살아남아줄 것을 부탁했을 때, 알마릭은 그러겠노라고 약속하는 대신 운명에 판단을 맡겼다. 어쩌면 두 사람은 그때부터 이런 결말을 예감하고 있었을지도 모른다.

잠시 비통한 표정으로 알마릭의 시신을 바라보던 아테인이 고개를 돌렸다.

"케이알리아, 새삼스럽지만 그대의 결의가 확고함을 알았다. 그대는 그만큼이나 많은 삶을 경험한 끝에 마침내 삶보다 중요한 가치를 찾아냈구나."

―감사하고 있어요.

케이알리아가 대답했다.

―당신이 아니었다면 이런 기회를 얻지 못했을 거예요. 당신 덕분에 나는 진정으로 내가 어떻게 살아갈지 선택할 수 있게 되었어요.

"그 선택을 존중한다. 나의 동지이며 사랑스러운 반려였던 자여, 이제 우리는 운명을 두고 다투는 대적자일 것이다."

두 사람의 인연은 한마디로 설명할 수 없었다.

아테인이 아니었다면 케이알리아는 인간 소녀의 몸으로 죽었을 것이다. 그것으로 몇 번이나 전생해 가며 죽음을 거부해 온 삶은 종지부를 찍었으리라.

케이알리아를 세 번째 비로 맞이하지 않았다면 아테인은 이 시대에 부활할 수 없었을 것이다. 그녀에게서 전수받은 전생의 비술이야말로 그가 지난 220여 년의 세월 동안 거쳐 온 과정의 핵심이었으므로.

그러나 둘의 협력 관계는 이 시대에 끝났다. 아무리 장구한 세월을 살아와서 개개인에 대한 집착이 희미해진 아테인이라고 해도, 그녀에 대해서는 깊은 감회를 느낄 수밖에 없었다.

"아젤 카르자크."

아테인의 시선이 아젤에게로 향했다. 아젤은 그가 아무런 힘도 없는 허상에 불과함을 알면서도 가슴이 두근거리는 것을 느꼈다.

마침내 두 사람이 만났다.

용마전쟁에 종지부를 찍은 숙적, 운명의 대적자.

이전에도 만남이 있었다. 그러나 그것은 아테인이 남긴 허상이었을 뿐, 두 사람의 진정한 재회는 지금 이 순간에 이루어졌다.

220년의 시간을 뛰어넘어서 아젤과 아테인이 마주했다. 두 사람은 잠시 말없이 서로를 바라보았다. 어떤 운명적인 울림이 두 사람의 심장을 관통하고 있었다.

"…그렇군."

먼저 입을 연 것은 아테인이었다.

그가 미소 지으며 말했다.

"나 또한 이 순간을 고대하고 있었구나. 이 시대에 부활한 후로, 다른 무엇보다도 그대와 만나는 순간을 기다리고 있었다, 아젤 카르자크여."

"기분 나쁘기는 하지만……."

아젤이 씩 웃었다.

"같은 심정이야. 정말로 만나고 싶었다, 아테인. 혹시 내가 그 재수 없는 낯짝을 사랑하는 게 아닐까 의심스러울 정도로."

"하하하. 그렇군. 이 또한 운명의 안배일지도 모르겠다. 무엇보다 그대와 내가 서로의 목숨을 탐하기에 앞서 대화할 기회를 얻은 것에 감사한다."

"나는 네놈하고 별로 할 이야기가 없다."

시큰둥하게 대답한 아젤은 곧 고개를 저으며 그 말을 부정했다.

"…그렇게 딱 잘라서 말하고 싶은데, 그럴 수가 없군. 지껄이고 싶은 말이 있으면 지껄여 봐라. 내가 이렇게 네놈의 말을 관대하게 들어줄 기회는 다시는 없을 테니까."

"그 점은 나도 동감이다. 그러니 말하겠다."

아테인이 빙긋 웃으며 말을 이었다.

"가장 먼저 용이 사라질 것이다."

"뭐?"

"그리고 인간도 같은 길을 걷게 될 것이다."

이전에 들어본 적이 있는 말이었다. 라카디 4남매의 실력을 검증할 때, 파괴된 공허의 길에서 피어나는 사념으로부터.

"마지막으로 용마인이 사라질 것이다. 그리고 부모를 잃은 용마족만이 홀로 남아서 과거가 낳은 악의와 싸울 운명을 짊어질 것이다."

"지껄이라고 했더니 정말로 지껄이는군. 무슨 말을 하고 싶은 거지, 미치광이 왕?"

아젤의 물음에 아테인이 차분하게 말했다.

"나는 나와 그대의 종족이 맞이할 숙명에 대해서 이야기하고 있는 것이다. 나는 이 순간을 고대하며, 그대에게 나의 뜻을 이해시키기 위한 메시지를 전하였다."

"메시지?"

"유더스크의 마왕 불세르크."

아젤은 자신에게 마족의 진실을 전했던 마족의 이름에 흠칫했다.

아테인이 말했다.

"그리고 지혜로운 용 아발탄. 그들이 그대에게 지금부터 내가 할 이야기를 받아들이기 위해 필요한 지식 기반을 전했을 것이다."

"…역시 그건 너였나?"

죽 궁금하게 여기고 있었다.

불세르크와 아발탄을 통해 자신에게 마족과 용마족 탄생의 진실, 그리고 그로 인해 발생하는 문제를 전한 자는 누구인가?

처음에는 칼로스일 것이라 예상했다. 하지만 영봉 라우스에서 재회한 칼로스는 그것이 자신이 아닌 다른 누군가의 안배라고 말해주었다. 그리고 그 누군가의 정체가 아테인일 가능성이 높다는 것도.

아테인이 고개를 끄덕였다.

"그렇다. 그대는 나를 증오하겠지. 결코 용서하지 않을 생각이겠지. 그렇기에 그런 번거로운 방식이 아니면 아예 대화를 시작할 수도 없을 것이라고 생각했다."

아테인은 칼로스가 아젤의 저주를 제거하는 그 순간부터 아젤에게 자신의 뜻을 전하기 위한 준비를 진행하고 있었다. 이 곳에서 이루어지는 대화는 인간의 일생보다도 더 긴 시간에 걸쳐 준비된 것이었다.

"아젤, 세계의 선택을 받은 내 운명의 대적자여, 부디 내 이 야기를 들어주기 바란다. 우리 모두가 맞이할 슬픈 세대교체 의 숙명에 대해서."

아테인의 입에서 세계의 진실이 흘러나오기 시작했다.

『용마검전』 10권에 계속…

네르가시아 장편 소설
FUSION FANTASTIC STORY
THE MODERN MAGICAL SCHOLAR
현대 마도학자
나르서스 제국의 전쟁영웅이자
마나코어를 개발한 천재 마도학자 카미엘!
그러나 제국의 부흥을 위한 재물이 되어
숙청당하는데…….
『현대 마도학자』
죽음 끝에 주어진 또 다른 삶.
그러나 그에게 남겨진 것은 작은 고물상이 전부였다.
더 이상의 밑은 없다!
마도학자의 현대 성공기가 시작된다!
Book Publishing CHUNGEORAM
WWW.chungeoram.com

글삵 장편 소설
FUSION FANTASTIC STORY
세상을 다 가져라

[세상을 다 가져라]

문피아 선호작 베스트 작품 전격 출간!
현대판타지, 그 상상력의 한계를 넘어서다!

권고사직을 당한 지 2년째의 백수 권혁준.

우연히 타게 된 괴상한 발명품으로 인해
과거로 회귀한다!

그런데
과거로 온 혁준의 손에 들려 있는 것은 바로
최신형 스마트폰!

"까짓 세상, 죄다 가져 버리겠다 이거야!"

백수였던 혁준의 짜릿한 인생 역전이 시작된다!

Book Publishing CHUNGEORAM

유행이 아닌 자유추구—
WWW.chungeoram.com